Témoin de la nuit

La collection *l'Aube noire poche*
est dirigée par Manon Viard

Titre original : *Witness the Night*

www.editionsdelaube.com

ISBN 978-2-8159-1096-5

Kishwar Desai

Témoin de la nuit

roman traduit de l'anglais
par Benoîte Dauvergne

éditions de l'aube

Du même auteur, chez le même éditeur :
Les origines de l'amour, 2014

À Meghnad,
l'artisan de notre merveilleuse vie ensemble

Chapitre 1

09.09.2007

Vous m'avez demandé d'écrire mes pensées. Mais il y a trop de questions qui se bousculent dans ma tête, trop de craintes. Il faudrait d'abord que je me débarrasse de toutes ces inquiétudes, et alors seulement j'arriverais de nouveau à penser. Vous ne pouvez pas comprendre combien c'est douloureux. Personne ne le peut.

Comment échapper à la tyrannie de nos rêves ? Aux empreintes qui ne cessent de nous ramener vers cette maison pleine de fantômes, où chaque fenêtre est occupée par un visage aux yeux fixes, autrefois connu et aimé ? Maintenant, les yeux sont sanglants, les lèvres grises, les mains ballantes, les corps flasques mais languissants. Ils sont tous silencieux. La tristesse fait suinter de leurs cœurs une bile épaisse, qui leur remonte dans la gorge et les empêche de parler. Leurs cheveux clairs et indistincts ressemblent à des algues, vertes et filandreuses, flottant dans l'air. Et pourtant, tout autour de leurs corps affaissés plane l'odeur écarlate du meurtre encore frais, la viande à leurs pieds vient d'être déchiquetée pour les chiens, qui se comportent étrangement et n'aboient jamais. Ils ne flairent même pas la viande. Savent-ils à qui elle appartient ? Comment peuvent-ils le deviner ? La chair humaine a-t-elle un goût différent ? L'ADN des animaux renferme-t-il une certaine loyauté qui leur permet de faire la distinction ? Plus rien ne semble normal dans la maison, car une autre odeur se répand et monte maintenant, celle de la chair brûlée. La maison est un ghat[1] *de crémation, et les fleurs n'ont pas encore été cueillies… les fleurs, car c'est comme ça qu'on appelle les os une fois incinérés : on dit qu'ils se transforment en fleurs blanches.*

À présent, chaque visage à sa fenêtre, caressé par mes mains et embrassé par mes lèvres, va disparaître sous forme de fleurs blanches dans une urne en terre et se noyer dans le Gange. Les bouillons des eaux denses et impitoyables vont monter et saisir les urnes de leurs doigts avides, les engloutir d'un coup sec, les arracher à mes mains impuissantes. Je dirai treize prières pour chacune d'elles, marmonnerai treize fois ce que l'on m'a dit de dire.

Je contemple la maison qui tangue dans le vent…

Il pleut, j'adore la pluie. Pendant que la nuit resserre son étreinte autour de moi, je reste parfaitement immobile dans le jardin et laisse les gouttes me transpercer la peau. Je veux qu'elles me touchent partout, que mes larmes se mêlent à l'averse régulière pour ne plus pouvoir les dis-

1. Escaliers aux larges marches de pierre qui permettent de descendre dans les fleuves en Inde. Ceux de Manikarma à Bénarès, le long du Gange, sont spécialisés dans les crémations. [Toutes les notes sont de la traductrice.]

tinguer des gouttes de pluie. Je veux tout absorber en moi, la pluie, les nuages, le vent, je veux que ces gouttelettes qui tombent par milliers me frappent jusqu'à m'abrutir, qu'elles aveuglent mes yeux levés vers le vaste ciel pour que je ne puisse plus voir la maison ni ces visages à la tendresse implacable derrière leurs fenêtres. Si je pouvais m'échapper, je le ferais, mais où aller ?

Je tourne le dos à la maison pour courir vers la route, monter dans un rickshaw[1], *rouler jusqu'à la gare et prendre un train pour Delhi, comme on m'a dit de le faire. Mais quelque chose me retient. Est-ce le sang qui se fige sur les marches en marbre blanc ? Je fais demi-tour et, frissonnant sous la pluie froide, j'essaie d'effacer mes empreintes dans l'eau, mais le sang s'écoule toujours de la maison et les empreintes se reforment, parfaites et reconnaissables. Je finis par m'éloigner, car je prends lentement conscience que la maison sombre qui se dresse devant moi d'un air menaçant est éternelle, comme si elle avait été créée en même temps que la Terre, pour l'éternité. Et à chaque fenêtre, que j'ai laissée ouverte, pour que l'odeur de la chair et des os brûlés puissent se dissiper, continueront à me contempler ces visages doux aux regards vides. Tous treize ne cesseront de m'appeler de leurs yeux alanguis, les doigts écartés, figés par la rigidité inflexible de la mort.*

J'ai fini par le faire. Je me suis enfuie pour de bon. Pas très loin, cependant. Il m'a suffi de traverser la route : il m'attendait là. Je pleurais toujours et essuyais sans arrêt le sang resté sur mes mains. Il avait dit que nous partirions

---

1. Véhicule léger tiré par une bicyclette faisant office de taxi.

à Delhi pour y commencer une nouvelle vie. Mais là, sous son parapluie, il m'a expliqué que nous ne pouvions pas y aller immédiatement car nous avions besoin d'argent. Alors il m'a dit ce que je devais faire. J'allais retourner à la maison et quand on me trouverait, il faudrait que je pleure, exactement comme maintenant, et que je dise que je dormais dans ma chambre, car j'étais souffrante. Puis l'odeur de chair brûlée m'avait réveillée, et en sortant de ma chambre, j'avais découvert tous ces corps, les uns après les autres. J'avais eu une crise de nerfs et m'étais mise à hurler, et puis quelqu'un m'avait agressée. Je n'avais pas vu l'homme : il était vêtu de noir et portait un masque. Les domestiques étaient tous en congé. Je ne savais pas quoi faire. J'avais été prise de vertiges, et malgré mes appels à l'aide, personne ne m'avait entendue à cause de la pluie et de l'heure très tardive.

Ensuite, nous sommes repartis ensemble vers la maison et à l'intérieur, il m'a giflée parce que je pleurais trop et puis il m'a attaché les mains et m'a dit de tirer sur les liens pour qu'ils laissent des marques sur mes bras. Il fallait leur faire croire que quelqu'un avait essayé de me blesser et m'avait attachée. Même si nous étions entourés de sang et de chair brûlée, il a remonté ma tunique et serré mes seins dans ses mains, et puis il m'a emmenée dans ma chambre, m'a enlevé mon salwar [1] *et poussée sur le lit. J'avais la nausée et je refusais de lui obéir, mais il a dit qu'il devait me faire ça pour rendre notre histoire plus*

1. La tenue traditionnelle indienne est composée d'un pantalon (*salwar*) et d'une longue tunique (*kameez*).

crédible. J'ai écouté cette voix raisonnable, si familière, et je me suis laissée envahir par le contact de ses mains et de sa bouche.

J'ouvre brusquement les yeux et fixe mon regard sur le plafond. Je tourne la tête vers le réveil – trois heures du matin. Le passage d'une voiture éclaire la pièce. La ville est calme, comme seul Jullundur peut l'être. Après toutes ces années de terrorisme, ce ne sont plus les explosions qui éclairent la nuit, mais les phares des voitures. Je tends la main pour attraper une cigarette. Nombreux sont les plaisirs d'une chambre à soi. On peut péter au lit et fumer sans demander : « Je peux ? » Je tourne la tête vers l'autre côté du lit aux draps de chintz et imagine le Dernier Jules affalé à côté de moi. Chevelu, gros, riche. Toujours mieux que chauve, maigre et pauvre. Mais son attachement pour sa « Mummyji » est insupportable.

Drôle de truc que ce cordon ombilical. Si vous êtes une fille, on se dépêche de le couper. Mais si vous êtes un garçon, les seins de Mummyji vous abreuvent de leur meilleur nectar. Jules frétillait de plaisir sous le regard de Mummyji, tandis que les millions s'amoncelaient grâce à ses actions. La fortune du fils de Mummyji grossissait de jour en jour, les solitaires à ses doigts brillaient de mille feux, alors qu'est-ce qu'elle aurait bien pu faire d'une belle-fille à la peau foncée vêtue de saris en coton ? J'ai soufflé doucement ma fumée de cigarette sur Jules et il s'est envolé.

J'entends encore le ton choqué de Mummyji et le tintement indigné de ses solitaires : « Simran, vous êtes une femme sikh [1], une Punjabi [2], comment pouvez-vous fumer ? »

Je m'installe plus confortablement sur le lit et profite de la place laissée par Jules. La chambre de la maison d'hôtes de la police du Punjab sent la cigarette. Il paraît qu'une fois que la fumée entre dans les conduits de climatisation, elle continue à y circuler pendant des années. Un peu comme mon trouble obsessionnel compulsif : impossible d'effacer les détails qui s'introduisent dans ma mémoire.

Ils défilent sans cesse. Comme la fumée, ils s'infiltrent dans mon cerveau. La fille. La maison d'arrêt. Ma théorie, à la fois une hypothèse et un cauchemar. Le scénario que j'examine sous toutes les coutures depuis trois mois. La seule chose qui m'inquiète, c'est mon incapacité à assembler les pièces du puzzle. Est-ce qu'il y avait un homme, un étranger ? La fille le nie, mais elle a manifestement été violée. Ou bien s'agissait-il d'un meurtre par légitime défense ? Est-ce qu'elle a vraiment tué quelqu'un ? Est-ce que son frère ou son père ont essayé de l'agresser sexuellement ? Quand on l'a trouvée, son corps était tellement couvert de blessures et de sang – le sien, mais aussi celui de treize autres personnes – qu'il a été difficile de

1. Adepte du sikhisme, l'une des quatre grandes religions de l'Inde.
2. Habitante du Punjab, un État du nord de l'Inde.

comprendre ce qui s'était passé. Et puis elle pouvait à peine parler. Elle a passé trois mois à l'hôpital et vient d'être transférée dans une pièce à proximité de la prison, où elle restera pendant sa garde à vue.

Je suis inquiète. Mon instinct me dit que les preuves sont trop évidentes. Je sais par expérience qu'il faut redéfinir les limites de l'enquête, repousser les murs qui nous bloquent. Travailleuse sociale de métier, mais non salariée (on m'appelle vulgairement « la dame qui travaille pour rien ») et un brin psychiatre, j'ai été choquée de trouver cette pauvre orpheline de quatorze ans traumatisée. Pendant les vingt-cinq années de ma pauvre carrière, je n'ai jamais vu de regard plus triste. En parcourant mes notes, je lis que chaque membre de sa famille a été empoisonné et qu'on a poignardé certaines victimes. Puisqu'on n'a trouvé ni preuves ni empreintes supplémentaires, elle est la principale suspecte et fait l'objet d'une enquête. Une fois que la police aura terminé ses recherches, le jugement ne sera pas prononcé dans la foulée bien sûr, car en Inde, il faut souvent attendre une vingtaine d'années avant qu'une affaire passe devant le tribunal. Au moment du verdict, elle aura trente-quatre ans, ne sera sans doute pas concernée par toutes les réformes votées entre-temps, et si ce n'est déjà le cas, elle sera une meurtrière.

J'allume une autre cigarette. Merde, une coupure d'électricité. Pourquoi donc se fatiguer à vivre dans ce pays corrompu ? Celui qui ne paye pas ses impôts se fait baiser et une fois qu'on les a élus, on ne peut plus rien faire à ces foutus ministres qui vivent dans des palais tout illuminés, alors que le reste de la population passe son temps à grappiller la moindre étincelle de lumière. Le souvenir d'un mariage récent me revient, aussi lumineux qu'un film en Technicolor : la fille de la meilleure amie de ma mère épousait le fils d'un ministre d'État. Le lieu du mariage rayonnait comme s'il devait servir de point de repère à un vaisseau spatial de la NASA en chemin vers la Terre. Les deux millions de roupies qu'avait coûtés la location de groupes électrogènes pour éclairer les divers hôtels et résidences auraient suffi à illuminer plusieurs centaines de maisons ordinaires pendant au moins quelques années. Ma mère était émue aux larmes – de bonheur bien sûr – en voyant la fille de son amie offerte à sa belle-famille sous le feu des projecteurs. Selon elle, quand on avait les moyens, il ne fallait surtout pas le cacher. Sa famille avait toujours respecté cette vieille tradition punjabi.

Je cherche une bougie à tâtons et reprends mes notes sur « l'affaire ». Des gouttes de sueur coulent le long de mon dos. Il paraît évident que personne n'était très attaché à Durga. Sans ce gros héritage, « l'affaire » n'aurait sans doute pas autant mobilisé l'attention des médias. Peut-être que tout ce tapage va au moins forcer les autorités à prendre une décision rapide ?

Je sais ce qui me met mal à l'aise. C'est le risque d'accepter les explications les plus évidentes et les plus simples. Nous faisons parfois ce choix et je ne cesse de le regretter. Il suffit d'en avoir assez, d'être épuisé, il suffit que le soi-disant criminel refuse de coopérer, que la famille de la victime se montre beaucoup plus rigide et exigeante. Ou influente et exigeante. Oui, le système judiciaire baisse souvent les bras, et c'est la mauvaise personne qui finit par être condamnée. Enfin, si condamnation il y a.

Évidemment, ces procès très médiatisés suscitent toutes sortes de manifestations silencieuses et un journalisme engagé. Ce qui n'arrange rien, car ces mouvements de masse font pression sur les tribunaux et influencent leurs décisions. C'est le règne de la démocratie : on peut même voter pour une pendaison de nos jours.

Heureusement, j'ai eu la bonne idée de changer de cap il y a longtemps, alors que je me préparais à devenir avocate. J'ai choisi une profession beaucoup plus complexe mais indépendante, dans l'espoir d'aider ceux qui ont quitté le droit chemin. Je sais que ça peut sembler très vaniteux ; mais croyez-moi, la suffisance est le principal attribut des travailleurs sociaux en Inde, surtout s'ils ont choisi comme moi de travailler à leur compte et de rester le plus loin possible de toute influence gouvernementale. Car je peux ainsi me permettre de railler les rouages d'une administration sans cervelle tout en continuant vertueusement à essayer d'améliorer les choses. Par chance, comme le gouvernement n'a pas le temps, ni l'envie, de réfléchir aux questions de protection sociale, je peux continuer à porter mon auréole de vertu avec panache. Ma tribu irréprochable défend les droits de millions de gens opprimés, sans voix, sans visage, sans nom et bien souvent innocents. Alors ne peut-on me pardonner cette minute d'autosatisfaction après tant d'années passées auprès des exclus et des désespérés ?

Bien sûr, j'ai peut-être tout à fait tort de penser que j'ai aidé qui que ce soit. Mais cette idée me permet de poursuivre ma route jusqu'à ce que j'atteigne un nouveau coin perdu et aide une personne qu'on a écrasée à se relever. Pourquoi est-ce que je fais ça ? Par pure obstination. Ou bien, comme dirait ma mère, parce que j'ai choisi exprès un métier à faire blêmir – et fuir – la plupart des célibataires (à moins que ce soient des criminels ou des pervers).

Je préfère la difficulté. Quand je crois déceler une erreur judiciaire, je m'introduis dans le système, je rencontre chaque personne, n'en représente aucune et essaie de découvrir la vérité. Je ne sais jamais si mes efforts vont payer. Parfois, quelqu'un avoue ou me met sur une piste. Curieusement, la communauté criminelle me fait souvent confiance parce que j'ai l'air d'une vraie excentrique, avec mon hindi [1] de couvent et mes cheveux frisés bien coiffés. Je parais tellement éloignée de l'univers des affaires louches, de la drogue, des poignards et des sanctions qu'ils savent que je ne peux pas être une avocate véreuse ni une combinarde : de mon énorme *bindi* [2] rouge à mes sandales de cuir,

---

1. Langue officielle de l'Union indienne, d'origine indo-aryenne de l'Inde du Nord.
2. Marque portée sur le front par les hindous.

je suis juste une travailleuse sociale impuissante. Quand je leur dis que je veux les voir libres et vivre dans un monde juste, ils savent que je suis sincère, car je n'hésite pas à brandir mon idéalisme comme une arme capable de tuer tous les démons.

Parfois, ils commencent à croire, comme moi, que la rédemption est possible (l'école religieuse que j'ai fréquentée m'a transmis sa vision optimiste de la culpabilité, de la confession, de la rédemption).

En fait, j'ai vu trop de criminels être « redressés » puis retrouver leurs anciens lieux de prédilection et reprendre le cycle familier « maison-prison-maison », jusqu'à ce que la réalité soit complètement déformée. Dans de nombreux cas, il est difficile de distinguer le criminel des circonstances de son acte. On comprend alors que la vie peut se montrer vraiment injuste. Maintenant que le gène de l'infidélité a été découvert, je suppose qu'on ne va plus tarder à identifier le « gène de la criminalité »; et après, qu'est-ce qu'il faudra faire? Ouvrir de grands centres de reconstruction génique et se débarrasser des prisons? Ou peut-être qu'après de multiples expériences sur des souris, les scientifiques concluront qu'en injectant plus de sérotonine à l'homme et en lui retirant un peu de testostérone, il est possible de rectifier le déséquilibre chimique en cause; et alors nous deviendrons tous plus tendres, plus doux, plus charitables…

Je pensais qu'on ne m'y reprendrait plus (ma dernière expérience de bonne Samaritaine m'avait presque convaincue que mon travail ne servait à rien), mais quand j'ai lu le dossier de cette affaire, celle-ci m'a intriguée parce qu'elle avait lieu dans ma ville natale, Jullundur. Je sais précisément à quoi ressemble la vie d'une jeune fille de province. C'est sans doute présomptueux de ma part, mais il m'a semblé que je pourrais comprendre Durga mieux que la plupart des gens. Je serais peut-être capable de l'aider à surmonter sa détresse. De nos jours, n'importe quel crime est considéré comme un « appel au secours ». Le meurtre de treize personnes doit bien faire partie de cette catégorie, me suis-je dit.

Nous avons tous nos petites faiblesses. La mienne a toujours été de mettre mon grain de sel là où d'autres trouvent plus judicieux de ne pas le faire. Alors je n'ai pas pu résister à l'appel d'Amarjit, mon vieux copain de fac (nous avons été assez proches...), qui a toujours soutenu mon travail dans les prisons et est maintenant commissaire divisionnaire au Punjab. Il voulait que je rencontre cette jeune fille, que je lui apporte mon soutien et que j'aide la police à parvenir à une conclusion, quelle qu'elle soit, au sujet de sa santé mentale. Il se sentait également responsable d'elle, car les parents de cette fille et lui avaient été des amis proches. Maintenant, elle n'avait plus personne. Excepté une belle-sœur à Southall qui avait échappé à la mort grâce à son retour récent en Angleterre. Son mari, le frère de Durga, était mort.

Voilà pourquoi je me retrouve les yeux fixés sur une bougie à trois heures du matin dans une maison d'hôtes de la police. Mon pyjama est trempé de sueur.

Je me déshabille et file sous la douche, où l'eau fraîche me soulage instantanément. J'attrape au hasard un de mes seins flasques et le palpe pour y déceler une grosseur ou une bosse. Rien. Mais je ne peux pas m'empêcher d'être inquiète. Est-ce que d'une certaine façon, on n'est pas en train d'enliser cette adolescente de quatorze ans dans un marécage de culpabilité ? A-t-elle vraiment pu tuer treize personnes ? Et en une seule nuit ? Elles ont toutes été empoisonnées, certaines tailladées avec un couteau, quelques-unes brûlées à la hâte. S'il n'avait pas plu, la maison aurait sans doute été réduite en cendres.

Et puis l'adolescente a été violée. Enfin, *vraiment* ? Je ne sais plus si ce sont mes facultés d'analyse qui se détraquent ou si mon jugement est faussé par cette psychologie de comptoir qui désigne la sexualité des adolescentes comme un crime. Le syndrome de Lolita. Ça me rappelle l'histoire désolante que j'ai lue un peu plus tôt aujourd'hui et qui m'a sans doute plus touchée que je le pensais. Si internet a simplifié le monde, il l'a aussi rendu plus sanglant et moins sûr. Avant, chaque affaire me paraissait un cas unique mais je sais maintenant que je pourrai toujours y trouver une autre histoire tout aussi sordide, ou au moins un événement qui pourra me fournir un soupçon d'éclaircissement. Si les gens tapotent sur leur clavier pour trouver l'âme sœur, je clique dans l'espoir de découvrir des esprits tordus et des vies torturées. Et avec un peu de chance, des informations sur ce qui les a fait dévier.

L'histoire d'aujourd'hui est celle d'une jeune fille nommée Billie Jo assassinée à Hastings, au Royaume-Uni. Son père était accusé de l'avoir tuée. L'adolescente avait été poignardée à mort alors qu'elle repeignait la porte d'entrée. Certains témoignages semblaient sous-entendre que la jeune fille, adoptée, était consciente de sa beauté et s'en servait pour manipuler son père (un instituteur) et ses professeurs. On parlait d'une liaison illicite, de l'incapacité du père à maîtriser sa colère ou sa passion, ou même du chantage que sa fille lui aurait fait subir. Finalement, il a été acquitté. De toute évidence, l'explication la plus simple n'est pas toujours la bonne.

Et il faut précisément que je me méfie de ces explications trop simples. Je passe au crible différentes possibilités, tout en étant consciente de ma fascination pour le cas de Durga. Son prénom lui-même semble tellement approprié – Durga, la déesse impétueuse aux bras multiples, dont l'attirance pour le sang et le désordre relève du théâtre mythologique dans toute sa splendeur. Pourtant, la Durga que je suis venue interroger dans la prison surpeuplée de Jullundur m'a semblé terriblement peu sûre d'elle et plutôt inepte. Notre première entrevue a eu lieu hier et j'en suis ressortie complètement déboussolée.

Il y a manifestement un gouffre entre nous. À vingt ans, je suis partie de Jullundur en laissant derrière moi une ville punjabi poussiéreuse et construite pêle-mêle, semblable à une grosse bourgade ambitieuse. J'ai enfreint toutes les règles, brisé le cœur de ma mère et rompu des fiançailles avec un sikh à l'Avenir Très Prometteur dans la bonneterie. Au début, comme on « arrangeait » des mariages pour toutes les filles autour de moi, j'ai cru que je n'avais pas le choix même si j'avais déjà dix-huit ans, l'âge de la majorité sexuelle. Heureusement, le monde de la lingerie peut être très libérateur. Une fois que j'ai estimé en savoir assez sur les encolures V, les soutiens-gorge rembourrés et sur la différence entre fibres synthétiques et naturelles (le principal m'ayant été enseigné au cours de longues promenades sur une Vespa qui se terminaient dans des champs de canne à sucre à la hauteur opportune), j'ai décidé de passer à autre chose.

De retour dans la même ville vingt-cinq ans plus tard, toujours célibataire mais femme du monde, forte de plusieurs relations amoureuses, voyageuse chevronnée, experte de « L'incarcération féminine : ce qu'entraîne la privation de libertés chez les femmes », que puis-je bien avoir en commun avec cette jeune fille effrayée, élevée dans une ville de province ?

Durga paraît plus vieille que son âge. J'avais vu des photos d'elle à la télé, mais elle est beaucoup plus maigre en réalité. Elle a le visage ovale, le nez retroussé et des lèvres pleines et boudeuses. Quand on l'a amenée dans l'antichambre adjacente au bureau de la gardienne de prison (j'avais insisté sur notre besoin d'intimité), elle portait un *salwar kameez* bleu uni au lieu de l'uniforme de l'établissement – un privilège accordé au fait que tous les hauts fonctionnaires du gouvernement fréquentaient ses parents et la connaissaient depuis l'enfance. Ils sont bien embarrassés de la voir en cellule maintenant ! Et pour ne rien arranger, c'est encore presque une enfant. Alors on a fait pour elle quelques concessions : une meilleure nourriture, des vêtements convenables et un accès occasionnel à la télévision. (Mais on m'a dit qu'il lui était limité depuis qu'elle avait très mal réagi à certains reportages sur les meurtres.) Toujours avec l'accord du tribunal, la police a pu réquisitionner une pièce et l'y installer.

Aucun de ces privilèges ne l'aurait rendue populaire auprès des autres détenues ; par chance, elle n'a pas eu l'occasion de les croiser. Mais le plus triste, c'est qu'elle ne devrait pas du tout se trouver là. On aurait dû la placer dans un établissement pour mineurs adéquat. Malheureusement, la police a fait une descente dans celui de la ville il y a peu de temps et un scandale a aussitôt fait la une des journaux. De nombreux enfants y étaient exploités sexuellement et forcés à se prostituer. Alors on a installé Durga ici, dans cette « maison d'arrêt pour enfants » improvisée.

L'habituelle Nari Siketan (la maison de redressement pour femmes « déchues ») était une autre possibilité ; mais ce choix a également été exclu, pour éviter d'exposer Durga aux dangers des trafics de drogue et de la prostitution. En tout cas, c'est ce qu'on m'a dit. D'après mon expérience, *toute* institution qui prive une personne de sa liberté est un endroit propice au vice, mais si le tribunal a décidé qu'elle resterait ici, je ne peux pas remettre ce choix en question. D'ailleurs, tant qu'elle n'aura pas accepté de rencontrer un avocat, on ne pourra rien faire. Pour le moment, elle est encore trop vulnérable et traumatisée pour qu'on puisse lui imposer quoi que ce soit.

Durga n'est pas jolie mais elle a le teint rose et sain de la plupart des filles du Punjab, un État de l'Inde semi-rural où les enfants sont nourris de lait frais et de légumes du jardin. Toutefois, elle se tient voûtée quand elle est assise, comme si elle voulait disparaître. Ou au moins éviter d'attirer l'attention sur elle. Elle porte des vêtements amples, et bien que grande et bien bâtie, elle dégage une impression de fragilité, renforcée par son attitude docile.

Je me suis présentée.

Durga me regarda puis détourna les yeux comme si ce qu'elle avait vu ne lui plaisait pas franchement. Je lui demandai de me parler d'elle.

« Je suis en quatrième à l'école religieuse St. Mary. » Elle retomba dans le silence et je distinguai de petites gouttes de sueur sur sa lèvre supérieure. Elle n'avait rien dit sur sa famille ; peut-être qu'y penser était beaucoup trop pénible.

« Tu étudies quelles matières ?

— La littérature, l'histoire… l'informatique. » Elle chuchotait presque à présent. Elle parlait un anglais parfait, signe que ses parents avaient appartenu à la haute bourgeoisie punjabi. Cette catégorie de la population s'exprimait dans un anglais limpide et sans accent régional, pour ainsi dire.

« Durga... » Je tendis la main et touchai légèrement la sienne. Elle sursauta comme si je venais de la frapper. Je remarquai un petit tatouage étrange sur son bras, mais elle le cacha rapidement sous sa *dupatta*[1]. Pour la première fois, je perçus une lueur dans ses yeux. Je crus qu'elle souriait. Mais c'était peut-être un tic nerveux au coin de sa bouche.

« Je suis là pour t'aider, Durga. Je viendrai tous les jours, et nous parlerons de ce que tu voudras. Est-ce que tu souhaiterais quelque chose en particulier ?

— Combien de temps vais-je devoir rester ici ? demanda-t-elle doucement, sans quitter du regard le sol poussiéreux.

— Je ne peux pas répondre à cette question, mais espérons que ce ne sera pas long. Est-ce que tu aimerais me parler de quelque chose ? »

Elle baissa la tête et ne dit rien. Après ça, elle se replia complètement sur elle-même et fixa le sol, comme si elle essayait de trouver un sens à la disposition des dalles de ciment. Je lui donnai du papier et lui demandai de noter tout ce qu'elle souhaitait partager avec moi. Après lui avoir brièvement caressé la tête, je partis.

Elle est tellement jeune ! Cette pensée résonnait dans ma tête. L'âge des délinquants dont je m'occupais me choquait invariablement. Au fil des années, j'avais rencontré des enfants capables de commettre les crimes

1. Voile ou châle que les Indiennes portent sur les épaules ou sur la tête.

les plus violents, et ces enfances perdues m'affligeaient toujours. Dans de rares cas, on les remettait en liberté, mais généralement ils grandissaient derrière les barreaux, et j'avais beau essayer de les instruire, de leur faire pratiquer le yoga, de leur enseigner la musique et le chant, le théâtre même, la plupart d'entre eux rêvaient seulement de se venger de ce monde qui leur avait volé la seule chose dont ils ne jouiraient plus jamais : l'enfance.

Il fallait que je m'éloigne de l'atmosphère étouffante de la ville et de la prison. J'avais désespérément besoin d'une bière fraîche. Mais je savais qu'à Jullundur, il n'est pas normal pour une femme de boire en public. D'ailleurs, pendant la période du terrorisme, on avait contraint mes concitoyennes à se couvrir la tête et à porter des *salwar kameez* au lieu de jeans. Pas mieux que chez les talibans.

Maintenant allongée sur le lit de ma chambre d'hôtes étouffante, j'entends encore sa voix affaiblie par le chagrin, peut-être même par son incapacité à déchiffrer les cartes que la vie lui a distribuées. Je peux seulement espérer que les choses vont s'améliorer pendant les prochaines semaines. Pour la première fois de ma vie, je ne suis pas sûre d'être capable de m'occuper de ce nouveau cas. Est-ce qu'elle me rappelle mes quatorze ans ? L'époque où je me sentais perdue et déprimée ? Est-ce que j'aurais été capable de tuer quelqu'un ?

J'écrase ma cigarette et essaie de dormir. Il faut absolument que je pense à trouver de l'alcool si je dois passer un certain temps ici. J'aurais dû en mettre dans ma valise à Delhi.

*

À simransingh@hotmail.com

Bjr, vs ne me connaissez pas mais j'ai eu votre e-mail par Amarjitji. Il nous a tous beaucoup aidés. Je suis la belle-sœur de Durga. C'est un choc pour nous tous, évidemment. J'aimerais revenir mais je vais accoucher d'un jour à l'autre maintenant. J'adore Durga. Veillez sur elle, je vous en prie. Elle a enduré bcp de choses. Moi aussi, mais au moins, je suis à la maison avec mes parents. Si jamais vs venez à Southall… vs savez qui contacter. Amitiés, Brinda.

PS : vs pouvez m'appeler Binny.

*

À binnyatwal@gmail.com

Chère Binny,

C'est merveilleux de pouvoir communiquer avec quelqu'un qui connaît bien Durga et qui tient à elle. Vous pouvez imaginer combien elle est triste, et je fais de mon mieux pour la convaincre de me parler. Si vous pensez à quoi que ce soit qui pourrait l'aider à s'exprimer, tenez-moi au courant. Et bien sûr, si vous estimez que je dois savoir certaines choses, racontez-les-moi. Vous pouvez me croire, tout restera confidentiel.

Avez-vous des photos de famille ? Si vous m'en envoyez par e-mail, ça fera sans doute plaisir à Durga. Prévenez-nous dès que le bébé sera né.

Mes amitiés et remerciements, Simran.

Chapitre 2

10.09.07

C'est vrai que ma vie est difficile à comprendre, et peu de gens parviennent même à m'entendre quand je m'exprime. Si je ne pars pas rapidement d'ici, je ne serai plus jamais capable de reparler. Les souvenirs n'arrêtent pas de tourbillonner dans ma tête. Qu'est-ce que j'aurais pu faire ? Est-ce que quelque chose peut changer la situation ?

Oui, je vous demanderai de m'apporter mes livres. Ces livres qui m'ont aidée à rester en vie et heureuse pendant tant d'années. Je vais lire et être transportée dans un autre monde, loin de la maison sombre et déprimante de Company Bagh. Je me rappelle la douceur de ces rêves, devenus de plus en plus élaborés avec le temps, comme si les histoires de mes livres se prolongeaient. Quelqu'un m'aimait, me serrait dans ses bras. Jusqu'à ce qu'un jour, ce quelqu'un devienne réel.

Quand Sharda a eu une retenue à l'école après avoir sauté un cours, j'y suis restée aussi pour qu'on puisse rentrer ensemble à la maison. J'étais son alibi : elle pourrait expliquer plus tard que j'avais eu un cours supplémentaire et qu'elle m'avait tenu compagnie.

Après nous être glissées dans la bibliothèque, nous pouvions ouvrir tous les placards, même les rayons auxquels on n'avait pas le droit de toucher. Alors que Sharda, furieuse, sortait exprès les ouvrages interdits sur la reproduction et la sexualité, elle mit la main sur plusieurs exemplaires de L'Amant de Lady Chatterley, *et même sur un livre écorné du* Chant de Govinda, *puis elle me les montra. J'essayai de tout comprendre. C'était un monde auquel je ne connaissais rien. Mais tandis que nous tournions les pages, ces histoires nous subjuguèrent. Nous avions presque l'impression d'avoir découvert un monde parallèle très secret et d'être lancées dans un voyage d'exploration. C'était un après-midi chaud et tranquille, et alors que nous gloussions en feuilletant les livres, chacune de nous finit par être rouge d'émotion… et très consciente de l'autre. Et comme nous nous connaissions très bien, nous ne ressentions presque aucune timidité. Chacune touchait l'autre, et je me rappelle avoir ri parce que tout était si drôle, parce que nous étions ensemble et c'était tout ce qui comptait vraiment.*

Je compris certaines des choses que Sharda m'expliquait et d'autres pas du tout, mais pendant qu'elle me racontait de quoi parlaient les livres, je crois que je suis tombée amoureuse de son beau visage, de ses yeux, de ses lèvres une deuxième fois. Elle n'était plus contrariée : elle souriait et son corps était chaud sous mes doigts d'enfant. Est-ce que tu veux voir à quoi tu ressembleras un jour ? me demanda-t-elle.

Sharda était bien plus âgée et j'étais une enfant de neuf ans pleine de curiosité. Sous le bureau de la bibliothèque – les nonnes étaient dans leurs chambres –, Sharda souleva sa jupe et ferma les yeux. Je l'examinai presque de façon clinique alors qu'elle écartait les jambes et que je contemplais son merveilleux triangle de poils. Comme pendant un cours d'anatomie, je le comparai avec les dessins du livre, puis Sharda prit doucement ma main, la posa entre ses jambes et un résidu blanc et poisseux parut se former. Elle me dit d'approcher et demanda si je voulais voir ses seins. Ils étaient blancs, leurs mamelons bruns. En les touchant, je me sentis plus proche d'elle que jamais. C'était un jeu magnifique.

Chacun de ces souvenirs est lié à mes livres. Nous jouions à d'autres jeux encore. Souvent, nous lisions des histoires de princes et de princesses et les mettions en scène à la maison. J'étais le prince et Sharda, la délicate princesse que j'allais secourir. Elle devint mon idole, et même si j'étais beaucoup plus jeune, je sentais que je devais la protéger. Nous avions toujours été un peu isolées des autres et à présent, ces jeux nous donnaient une raison supplémentaire de le rester.

Parfois, allongées sur le lit, nous nous serrions si fort dans les bras l'une de l'autre qu'il était difficile de respirer… Mais un jour… eh bien, qu'est-ce que je peux dire ? Les choses changent, les gens aussi. Sharda se désintéressa de mes grandes déclarations d'amour. Souvent, son lit était vide la nuit. Elle me manquait. Et puis elle partit pour de bon. Comme tous les autres.

Je me sens seule, comme je l'ai toujours été. Je suis l'enfant qui n'aurait jamais dû naître, de toute façon.

Les dossiers contenant coupures de presse et documents liés aux meurtres que le bureau d'Amarjit m'avait donnés devaient bien peser six kilos. Je titubai jusqu'à une table inoccupée, où je pourrais les lire tranquillement. J'avais envie de fumer, mais ça provoquerait certainement un scandale. Cette femme discrète, portant lunettes et sari, une cigarette à la main ? *Chee chee chee* ! C'était encore une chaude journée d'été, au moins quarante degrés à l'ombre, et on n'entendait pas un bruit dans l'enceinte de la prison, à l'exception de la sonnerie qui rythmait les différents moments de la journée. Les détenues avaient été rassemblées dans plusieurs pièces pour diverses activités, organisées dans l'idée, louable mais erronée, d'en faire de meilleurs êtres humains. Cuisiner, laver ou coudre pouvait-il les éloigner de leur terrible passé ? Ou au moins les réadapter à la vie hors de prison ? Si jamais elles la quittaient un jour.

J'avais proposé à Amarjit de faire venir un soir le chanteur soufi Imtiaz Ali, afin de les distraire un peu. Il m'avait regardée comme si j'étais complètement folle. Pourquoi auraient-elles besoin de réconfort ou d'un sentiment de normalité ? Elles étaient là pour subir une punition, pour se repentir, pas pour être diverties. Après ça, je réclamerais la climatisation et des salons de beauté ! Selon lui, il valait mieux que je me concentre sur mon affaire au lieu d'essayer de réformer la prison. Je n'étais qu'une bénévole et ne bénéficiais d'aucune autorité pour intervenir. Ces femmes étaient des meurtrières et des voleuses.

Elles n'avaient eu aucune pitié pour leurs victimes. Je ferais mieux de m'en souvenir.

J'ouvris le premier dossier.

« Affaire Atwal ? Je suis le commissaire, Ramnath Singh. »

Perplexe, je quittai des yeux les photos sanglantes et découvris un homme mince aux cheveux étonnamment noirs, peignés en travers de son crâne chauve. Il se tenait fièrement devant moi, dans son uniforme couvert d'insignes.

« Oui ?

— On m'a demandé de vous informer. C'est une affaire très compliquée. » Sans y avoir été invité, Ramnath s'assit en face de moi. Il regarda fixement le dossier depuis son côté de la table. « Est-ce que ces photos ne vous rendent pas malade ? Si vous aviez pu vous trouver dans cette maison ce jour-là… si je devais vous la décrire… » Il grimaça et détourna les yeux une minute. Il était amical, mais bavard.

« Je vous en prie, faites. J'ai rencontré la fille hier. Elle semble tout à fait traumatisée. Que pensez-vous qu'il se soit vraiment passé, monsieur… ?

— Appelez-moi Ramnath. Que savez-vous d'elle ? » Il vérifia le pli bien marqué de son pantalon et croisa les jambes avec précaution. Ses bottes noires brillaient comme deux phares de voiture dans la lumière de l'après-midi. D'un coup sec, il ouvrit un autre dossier et le parcourut des yeux.

« Vraiment pas grand-chose. Elle a quatorze ans, vient d'une famille riche…

— D'une famille très, très riche.

— Elle est scolarisée… A peut-être été violée.

— Nous ne savons pas s'il s'agissait d'un viol. Mais il y a eu un rapport sexuel, sans aucun doute.

— Oh… Est-ce qu'elle avait… Un petit ami ?

— Ils lui auraient tranché la gorge si ça avait été le cas ! Alors peut-être qu'elle la leur a tranchée avant qu'ils aient eu le temps de le faire ! » Singh s'esclaffa en prononçant ces mots. Son rire ressemblait à un hennissement un peu aigu.

Je refusai de me mettre en colère. Quelque chose chez ce policier très habile me gênait. Il me rappelait tous ces provinciaux que j'avais connus. Des hommes qui, d'un regard, décidaient qu'une femme était d'un certain genre. J'avais l'impression qu'il n'était serviable que pour obéir à un ordre. Supportait-il mal mon intervention dans une affaire qui aurait dû être vite résolue ? Et par conséquent, serait-il vraiment prêt à partager avec moi toutes ses informations ? J'avais l'habitude de ce type de réaction : les gens, une fois renseignés sur mes origines, me traitaient comme une mondaine qui aurait temporairement dévié de son cap, mais qui allait bien vite revenir vers ses lieux de prédilection cinq étoiles.

« Alors… Qui a bien pu… ?

— Ces familles riches sont folles. » Il me regarda et marqua volontairement une pause, sans doute pour que je saisisse bien le sous-entendu. *Riche et folle comme vous.* Comme je ne mordais pas à l'hameçon, il poursuivit : « Rien n'est impossible. Sa sœur est morte il y a quelques années, tout aussi mystérieusement. Morte ou disparue. On n'a jamais retrouvé le corps. »

Ramnath contempla pensivement les photos devant moi.

« Je me demande s'ils savaient que ça allait leur arriver. Que je vous explique. C'est une immense maison avec sept chambres, trois vérandas, une salle à manger et une grande cour. Elle est entourée de jardins et de vergers. Et dans chaque pièce, nous avons trouvé des cadavres. Tous ses proches : son père, sa mère, sa grand-mère, ses deux frères, ses tantes et ses cousins. Les domestiques avaient eu droit à un week-end de congé pour pouvoir assister à un mariage. Il y avait du sang partout. Ils l'ont trouvée le lendemain matin, une main attachée au lit. Elle était nue, mais vivante.

— Alors pourquoi a-t-elle été amenée ici ?

— Preuves indirectes. Elle a acheté le poison. On a découvert ses empreintes sur l'un des couteaux utilisés pour les meurtres.

— Mais bon sang, ses mains étaient attachées !

— Une seule en fait, et on avait à peine serré les liens. Cependant ses bras étaient couverts de marques et d'ecchymoses, et avant d'arrêter de nous parler, elle a bien dit à quelqu'un que ses deux mains avaient été attachées. Mais il n'y a vraiment aucun autre suspect et elle est incapable de nous dire qui était cet homme – son violeur présumé.

— Elle aussi a été empoisonnée.

— Ça, c'est assez facile. N'oubliez pas que c'est une fille intelligente ; elle a pu en avaler un peu, mais pas assez pour se tuer. »

Apparemment, l'opinion de monsieur Ramnath Singh sur Durga était faite, et il en faudrait beaucoup pour ébranler ses convictions.

« Alors, que savez-vous d'elle ?

— C'était une enfant calme. La plupart des filles de sa classe sortent, voient des garçons, vont au cinéma, *et cetera*. Les miennes fréquentent le même établissement. Mais elle, elle se contentait d'aller à l'école et de rentrer chez elle. Sans même s'arrêter au cinéma. La voiture la déposait le matin et venait la chercher après les cours.

— Et d'après vous, qui a vraiment assassiné la famille ?

— C'est ça qui est étrange. Nous savons qu'elle a acheté le poison puisqu'elle s'est rendue dans une pharmacie quelques jours plus tôt et a demandé de la mort-aux-rats. Et c'est ce qui a été utilisé pour tuer tout le monde. Mais…

— Et tout ce sang, alors ?

— Soit le poison n'a pas suffi et elle a dû se servir d'un couteau, soit quelqu'un d'autre est impliqué, en effet.

— Est-ce que ce massacre n'a pu être entièrement commis par une autre personne ? Et dans ce cas, qui veut faire d'elle le bouc émissaire ?

— Quel serait le mobile ? Elle seule en a un : elle hérite de tout, en tant que dernier membre survivant de la famille.

— Une fille de quatorze ans ! C'est difficile à croire. »

Ramnath se leva. « Parlez-lui. Ce sera la meilleure chose pour nous tous.

— N'a-t-elle aucun ami ?

— Après la disparition de sa sœur, la famille s'est resserrée autour d'elle, en quelque sorte. Les seules personnes qu'elle rencontrait à la maison devaient être des amis de ses parents ou son professeur particulier peut-être, mais j'en doute parce qu'il a arrêté de lui donner des cours il y a des années. Elle a une belle-sœur qui vit à Southall. Elle était enceinte quand elle a quitté le pays et maintenant, elle est trop choquée pour revenir. La famille s'inquiète pour le bébé.

— Et le professeur particulier ?

— Lui enseignait la littérature, je crois. Et l'informatique. Il est beaucoup plus âgé et a lui-même une fille. On a fait quelques vérifications à son sujet : tout est propre et clair, ça m'étonnerait qu'il y ait quelque chose de ce côté-là. Il ne les a pas vus depuis des années, pas depuis que la sœur a disparu.

— Et les membres de la famille, il vous était arrivé de les rencontrer ?

— Oh, tout le monde les connaissait. Ils étaient très en vue dans la société locale. S'occupaient de nombreuses œuvres de charité dans les hôpitaux et les écoles. Des gens très attachés à la religion. À chaque fête de Gurupurab [1], ils organisaient un grand repas

1. Fête religieuse commémorant la naissance ou la mort de l'un des dix gourous du sikhisme.

ouvert à tous et pendant des jours, des *raagis*[1] interprétaient des chants religieux dans leur maison. Le domestique de la famille nous a dit qu'une querelle avait dû éclater entre eux et les rendre fous furieux : ils étaient du genre tenace. »

Je m'enfonçai dans mon siège en soupirant et le regardai s'éloigner avec élégance, d'un pas presque militaire, comme si les articulations de ses genoux avaient été amidonnées. La plupart des informations qu'il m'avait transmises étaient déjà disponibles dans les articles de journaux devant moi. Apparemment, il ne me restait qu'un seul moyen d'avancer dans cette enquête. J'allais devoir amener Durga à me parler. Monsieur Ramnath Singh serait trop heureux de me voir conclure à une perte de temps et plier bagage avant de m'envoler vers une autre mission inutile.

Ce soir-là, lorsque j'entrai dans l'antichambre, elle m'attendait déjà. Elle portait encore un *salwar kameez* uni, de couleur brune cette fois. Ses cheveux étaient tirés vers l'arrière et rassemblés en une tresse austère. Ses paupières étaient rouges et bouffies : elle avait dû pleurer. Elle me jeta un coup d'œil rapide et regarda ailleurs.

« Alors, comment s'est passée ta journée ? »

Elle haussa les épaules.

« Est-ce que tu as écrit quelque chose ? »

---

1. Personnes qui interprètent les chants sacrés lors des cérémonies religieuses.

Elle resta silencieuse, mais secoua la tête au bout de quelques instants.

« Comment ça se passe pour toi ici ? Est-ce que tes blessures sont guéries ? Tu peux me parler en toute confiance. Je suis comme du papier buvard, j'absorbe tout mais ne laisse rien filtrer. »

Une petite blague pour la détendre. Elle ne répondit pas. Seul le léger tic au coin de sa bouche réapparut.

« Durga, tu n'as pas demandé d'avocat, tu ne veux pas parler. Comment va-t-on pouvoir t'aider ?

— Personne ne le peut. »

Sa voix me surprit. Aujourd'hui, elle était profonde et agressive. Durga n'était pas docile, mais en colère.

« Bien sûr que si. J'ai quitté Delhi pour Jullundur exprès pour toi.

— Delhi ? » Elle semblait très surprise.

« Est-ce que tu connais bien cette ville ?

— Non, je devais m'y rendre très bientôt. Êtes-vous déjà allée à Lajpat Nagar ?

— Plein de fois. Et toi ?

— Je connais quelqu'un qui vit là-bas. Je devais rendre visite à… cette personne.

— Toute seule ?

— Est-ce que Delhi est un endroit sympa ?

— C'est mieux qu'ici, sans aucun doute. Je me suis enfuie de Jullundur, tu sais !

— Pour vous marier ? » Une légère note d'intérêt se glissa involontairement dans sa voix.

« Oh non ! Certains fuient le mariage en lui-même. Et j'en fais partie ! »

Elle sourit presque cette fois, mais aussitôt cet air sombre et grave retomba comme un voile sur son visage.

« Si vous voulez vraiment m'aider... Pouvez-vous me ramener chez moi ? Ma chambre, mes livres me manquent. »

Sa demande me prit de court. Comment pouvait-elle vouloir retourner dans cette maison ? Cela ne risquait-il pas de ranimer des souvenirs épouvantables ? Ou cette enfant était-elle perdue au point de rechercher une source de réconfort, un point d'ancrage, maintenant que tout dans sa vie avait été anéanti ? Peut-être sentait-elle que la maison la guérirait d'une certaine façon.

« Je vais essayer d'obtenir une autorisation. Quels livres voudrais-tu ?

— Si vous allez dans ma chambre, vous trouverez tous mes livres d'école sur une étagère. Pourriez-vous me les apporter ? »

Elle me jeta un regard furtif qui exprimait une terrible tristesse, et je vis des larmes étinceler dans ses yeux. Était-ce tout ce qui lui manquait ? Et ses parents ? Et ses frères ? Évidemment, c'était une chose que je ne pouvais pas lui demander.

« Brinda t'embrasse. Elle m'a envoyé un e-mail. »

Ce fut à son tour de sembler surprise. Un lent sourire envahit son visage.

« Est-ce qu'elle a eu son bébé ?

— Pas encore.

— Elle va l'appeler Mandakini. Mandy. »

La route à l'extérieur de la prison était cachée sous une brume de poussière, et malgré le temps chaud et lourd, je frissonnai. Peut-être qu'il pleuvrait plus tard. Je hélai un *rickshaw*, le véhicule le plus adapté pour se déplacer à travers les rues accidentées et encombrées, puis demandai au conducteur de m'emmener au couvent St. Mary.

J'étais curieuse de voir si l'endroit avait changé depuis l'époque où j'y avais étudié. C'était alors le seul établissement « anglophone » pour filles, choix idéal pour des parents en pleine ascension sociale. Des nonnes du Kerala, dont l'habit noir et blanc était pour nous une source permanente d'amusement, constituaient une bonne partie du personnel. Nous ne perdions pas non plus une occasion de rire de leur fort accent malayalam [1] en anglais. Leur langue se mêlait maladroitement à notre punjabi, créant un étrange hybride, le mal-pun-glais, seulement compréhensible par les pensionnaires du petit monde de St. Mary. « Ni liles ni bavaldage. » C'était leur refrain habituel tandis qu'elles essayaient de nous préparer à devenir de *vlaies* dames. Là-bas, les études étaient rarement une priorité (bon nombre de ces filles, y compris moi, avaient été mises là dans l'unique but d'attirer de riches et beaux maris).

Au lieu de ça, pendant que le soleil des chauds après-midi inondait les classes, nous passions notre temps à nous demander si les nonnes portaient des

1. Langue parlée dans le sud de l'Inde, au Kerala notamment.

sous-vêtements, se rasaient les jambes ou si elles étaient lesbiennes. À Jullundur, où il ne se passait jamais rien, la dernière grande cause d'agitation remontait à la partition de l'Inde, quelques décennies plus tôt. Avant l'arrivée du terrorisme, la plupart des gens pouvaient siroter leur *lassi*[1] ou leur alcool local l'esprit tout à fait tranquille. La foi chrétienne leur était complètement étrangère mais trouvait grâce à leurs yeux car elle fournissait à leurs enfants un passeport pour l'anglais, donc pour un avenir meilleur. Peu de gens tentaient de changer de religion. On réservait ce sort aux cibles faciles de l'Église, les fragiles intouchables par exemple, qui vivaient en marge de la société. La conversion au christianisme était une aubaine pour eux : instruction et services de santé gratuits, et peut-être même travail à la clé. Ceux qui s'exprimaient le mieux pouvaient d'ailleurs espérer une vie entière au service du Vatican. Une conversion de la classe moyenne aurait provoqué un scandale (même si quelques-uns sautèrent bel et bien le pas, plutôt discrètement, à la consternation de leur famille sans méfiance), mais même plus bas dans l'échelle sociale, le phénomène resterait mineur pendant encore de nombreuses années.

En tant que produits d'une culture hybride, nous chantions les cantiques avec passion et exécutions une curieuse petite révérence à l'église en trempant nos doigts dans l'eau bénite. Point culminant de nos

1. Boisson à base de lait fermenté.

rituels, nous faisions notre signe de croix devant la statue crucifiée de Jésus nichée dans le cœur de Marie. Celui-ci laissait s'écouler de superbes gouttes de sang couleur rubis après avoir éclaté sous l'effet de la souffrance. La douleur était presque délicieuse. Comme de la glace à la fraise.

Tout dans la foi chrétienne nous faisait prendre conscience de notre éducation païenne, alimentée par la lecture régulière du *Reader's Digest* et de magazines pour femmes au foyer. Si le *salwar kameez* était obligatoire à la maison, on nous permettait de porter des jupes, des chemisiers, et même des cravates et des blazers à l'école. Par conséquent, nous devions nous raser les jambes (en secret) et faire en sorte que nos poitrines naissantes ne bondissent pas trop sous nos chemisiers blancs et moulants. Le fait même d'introduire un rasoir dans un foyer sikh était un vrai cauchemar. Il fallait soudoyer le gardien au moyen de sucreries supplémentaires à chaque fois que nous commémorions le martyre d'un gourou (oui, nous célébrions les têtes coupées et les yeux arrachés autour d'un délicieux *kara parshad*, gâteau de semoule de blé cuit dans du *ghee*[1] sirupeux), en espérant qu'il garderait nos secrets s'il était bien nourri.

À l'école, nous avions l'air de descendantes d'Irlandais égarées, aux cheveux noirs : on nous apprenait à danser le Highland Fling[2] et on nous faisait

1. Beurre clarifié.
2. Danse folklorique irlandaise.

participer à des concours d'élocution et d'art dramatique. Mais assez curieusement, personne à la maison ne me demandait de danser ou même d'exprimer mon opinion – et c'était pareil chez les autres filles que je côtoyais. Mon père était trop pris par son travail, ma mère trop impliquée dans ses compositions florales ou ses dernières recettes. Les écolières comme moi menaient une étrange double vie dont les hommes, excepté ceux de leurs familles, étaient résolument exclus.

Notre seule occasion de communiquer avec l'un d'eux en dehors de la maison se présentait une fois par an, lorsque les nonnes faisaient une « retraite ». On nous disait qu'elles se repentaient pour leurs péchés, après avoir fait vœu de silence. De nombreuses rumeurs circulaient sur les « péchés » en question. Sœur Margarita était-elle vraiment une ancienne danseuse de cabaret ? Et sœur Catherine voyait-elle toujours ce soldat qui l'aimait à l'époque où elle n'était pas encore au couvent ?

Pendant qu'elles se repentaient, un prêtre venait les remplacer et avait pour mission de nous parler de « sujets personnels ». Pour des raisons que personne ne comprit jamais, il était censé nous enseigner la sexualité. C'était un rituel bizarre et franchement cruel pour le pauvre homme. Enfin, peut-être qu'il avait toujours rêvé de se retrouver au milieu d'une foule d'adolescentes insolentes !

On supposait sans doute qu'un homme était plus à même de nous parler des « choses de la vie ». Pour une fois, toutes les questions étaient permises et comme il fallait les écrire sur un papier de façon anonyme, celles-ci avaient toutes une connotation sexuelle. Deux questions (transmises d'une écolière à une autre de génération en génération) réapparaissaient chaque année : « Que signifie se rouler un patin ? » et « Est-ce malsain de se masturber ? » Une fois que celles-ci avaient été posées et que le visage du prêtre s'était lentement empourpré (sous son bronzage keralais) pour notre plus grand bonheur, un soupir de joie montait dans la salle. Les genoux tremblant nerveusement, il jetait des regards de tous côtés comme un cerf pris au piège par vingt chasseurs déterminés. Pendant ce temps-là, nous le fixions de nos yeux ronds et nous gardions bien de glousser.

L'Église nous envoyait sûrement ces hommes bons dans le but de renforcer leur détermination et de leur donner le courage d'affronter des défis bien plus imposants qu'un groupe d'écolières punjabi frustrées.

Le portail de l'école n'avait pas changé et lorsque je le franchis, les souvenirs de cette époque trop solennelle mais riche en découvertes resurgirent. Une nonne bondit vers moi avec enthousiasme. À mon arrivée, elle était occupée à jardiner et ses mains étaient couvertes de terre. Je lui demandai si je pouvais rencontrer la principale et lui dis que j'étais une ancienne élève.

Le bâtiment était plus grand et mieux entretenu que dans mes souvenirs. Apparemment, l'Église avait plus d'argent aujourd'hui, même si sa position dominante dans l'éducation avait faibli ces dernières années à cause de l'apparition de nouvelles écoles dirigées par des locaux. Elles n'appartenaient plus à des institutions religieuses, délivraient un enseignement plus laïc et les meilleures étaient gérées par des investisseurs dynamiques.

La principale, sœur Sarah, était dans son bureau. La pièce était aussi spartiate qu'autrefois et dominée par l'image de Jésus crucifié.

Mes amies hindoues étaient habituées aux dieux joyeux et dodus ou aux déesses voluptueuses et gracieuses, mais l'iconographie sikh est beaucoup plus sanglante – plusieurs gourous sikhs et leurs familles ayant été décapités, empalés ou massacrés par les Moghols. Pas étonnant que les temples hindous soient généralement bruyants, pleins de pagaille et de musique dissonante, alors que dans les églises et les *gurdwaras*[1] règnent un silence imposant et une organisation bien huilée. Les images de torture inspirent forcément douleur et calme feutré, n'est-ce pas ? Je résistai au réflexe de poser un genou à terre et de me signer.

Des trophées étaient alignés le long d'un mur. La plupart avaient été remportés dans des domaines raffinés qui faisaient déjà la réputation de l'école à mon époque : théâtre, débat, élocution. Les photographies des différentes présidentes des élèves dans leurs jupes bleues et chemisiers blancs étaient accrochées près de la porte. Toutes très soignées et disciplinées.

1. Lieu de culte des sikhs.

Aucun papier ne traînait sur le bureau de sœur Sarah. Un ordinateur en occupait une partie, un peu incongru à côté de son habit formel. Cette femme corpulente à la peau foncée avait probablement intégré l'école après mon départ. Quand je lui expliquai le but de ma visite, elle parut bouleversée.

« Cette pauvre enfant ! Quelle tragédie, vous savez.

— Pouvez-vous me dire quelque chose sur elle ? Est-ce qu'elle était bonne élève ?

— Tout à fait, vous savez, jusqu'à ce que sa sœur… disparaisse. Avant, ses notes étaient correctes et nous avions trouvé un bon professeur particulier pour toutes les deux. Mais après ça, vous savez, ses résultats étaient… passables, pourrait-on dire. Elle ne nous posait aucun problème. En fait, elle était très discrète en classe. » Sœur Sarah parlait d'un ton triste. « Nous étions choquées, choquées et horrifiées… vous savez. » Ce « vous savez » revenait comme un signe de ponctuation dans son discours.

« Avez-vous rencontré ses parents ?

— Oh oui ! Elle fréquentait notre école depuis la maternelle. Ils venaient à toutes les réunions. Ils étaient très polis, vous savez. Extrêmement traditionnels. La mère était très religieuse, elle priait tout le temps, vous savez. La pauvre.

— Mais on m'a dit que Durga n'avait aucune amie, qu'elle n'allait jamais nulle part.

— Son éducation était très stricte. Elle était très calme, lisait beaucoup. »

Sœur Sarah alluma son ordinateur et parcourut rapidement quelques données. « Le voilà, son dernier bulletin. Il y est écrit qu'elle est bonne élève. Excellente en dissertation, notes maximales en anglais. Excellent vocabulaire. Elle a eu un score global de quatre-vingts pour cent à ses examens. Aucun problème avec elle, vraiment. »

Elle s'éloigna de son écran et soupira. « Rien à voir avec les autres. Les choses changent à Jullundur, vous savez. Les filles sont capables de tout. L'an dernier, nous avons dû renvoyer deux élèves. » Sœur Sarah s'interrompit brusquement, eut l'air de vouloir dire quelque chose mais elle dut se raviser, car elle me demanda si je voulais du thé.

Pendant qu'elle le commandait, je regardai les vieilles photos autour de moi et le souvenir flou de sœur Josie resurgit. C'était la plus gentille des nonnes, la seule qui ne nous frappait pas derrière les genoux avec une règle en bois et ne nous faisait pas courir autour de la cour de récréation en plein après-midi quand nous nous étions « mal comportées » en classe. Elle était jeune et belle. Nous la plaignions car elle avait du mal à supporter les couches de vêtements qu'on l'obligeait à porter et parfois, elle s'évanouissait sous le soleil brûlant. En fait, elle eut largement sa part des « châtiments » censés lui enseigner l'humilité. Quelquefois, dans la soirée, nous la trouvions occupée à nettoyer les toilettes sales de l'école. Un jour, il y eut un véritable scandale car elle s'était risquée à me parler, malgré sa mise en quarantaine. Quelqu'un, je ne sais toujours pas qui, l'avait raconté à la mère supérieure. On m'interdit de parler à sœur Josie après ça. Trois ans plus tard, alors que la fin de l'école approchait pour moi, elle m'arrêta dans les escaliers et me chuchota : « Je t'en prie, pardonne-moi, parce que moi, je n'arrive pas à me pardonner. » Je savais exactement ce qu'elle voulait dire, car après ce jour, j'étais aussi tombée en disgrâce et j'avais dû porter le lourd fardeau de mon péché. Dans cet environnement, il était facile de passer de l'état de parangon de vertu à celui de coupable soumis. Sœur Josie et moi nous étions quittées du même côté de l'enfer.

« Qu'est-ce qui est arrivé à sœur Josie ? »

Pendant une seconde, le visage de sœur Sarah sembla se contracter, puis il devint aussi raide que le col blanc fermé sous son menton.

« Elle a quitté l'Église il y a quelques années, vous savez. Si vous voulez bien m'excuser, j'ai un rendez-vous à présent, dit-elle gentiment. J'ai bien peur de devoir vous quitter. Je suis désolée pour le thé, vous savez. Une autre fois peut-être ? »

Je n'en sais rien, eus-je envie de lui répondre. J'allais lui offrir une cigarette pour l'aider à se détendre, mais me ravisai. Je sortis du bureau et décidai de me promener un peu. La nonne jardinière bondissait toujours de droite à gauche et attaquait les soucis d'un geste déterminé. J'errai vers la cour de récréation. Combien d'heures passées là à jouer au basketball (à notre façon), à écouter les discours hebdomadaires ou à contorsionner nos corps au cours de séances d'entraînement physique, dont faisait partie la gymnastique ! À l'époque où mon corps n'était pas encore raide, je pouvais faire un saut périlleux et retomber sur les mains avec grâce.

Le nombre de classes avait manifestement doublé, mais il régnait une sensation étrange de désolation, comme si les locaux avaient dû être évacués en urgence. J'essayai d'imaginer l'entrée de Durga, personnage solitaire, en route pour sa classe au deuxième étage. Des gouttes de sueur coulèrent le long de mon dos. Le soleil rouge de fin de journée projetait de grandes ombres d'arbres sur le sol et il commençait à faire sombre. Soudain, je crus entendre sœur Josie m'appeler depuis l'une des classes. Je me retournai aussitôt et aperçus une robe noire traversant le couloir du deuxième étage.

Mon cœur bondit. Elle était là ! Sœur Josie était toujours là.

Je montai les marches en courant et me précipitai vers la nonne qui se tenait près de la porte de la bibliothèque. Elle se retourna, le sourire aux lèvres, mais ce n'était pas sœur Josie. Je la saluai et quittai l'école, tremblante de chagrin et de confusion.

*

À simransingh@hotmail.com

Bjr, merci pr les nouvelles de Durga. Qu'est-ce que je peux vs dire ? J'ai passé à peine six mois à Jullundur. C'était un mariage arrangé (Jitu devait rentrer avec moi), et avt d'avoir vraiment pu m'installer, je suis revenue ici pour accoucher. Durga était censée me rejoindre plus tard. Dites-lui que Rahul ne l'a pas oubliée. Ça lui fera plaisir. Quand pensez-vs qu'ils la laisseront sortir ?

Amitiés, Binny

*

À binnyatwal@gmail.com

Chère Binny, qui est Rahul ? Je m'y perds sans arrêt dans cette grande famille. Même si, bien entendu, il n'en reste presque plus rien. Lui transmettrai le message.

Prenez soin de vous, Simran

Chapitre 3

11.09.07

Ma mère était très belle. Je me souviens qu'une fille m'a demandé si elle était actrice, la fois où elle est venue me chercher à l'école. Elle était grande, avait le teint clair, et mon père était tout aussi beau. Il semblait descendre d'une famille royale, avec sa longue barbe blanche et ses turbans aux couleurs éclatantes. Ensemble, on les aurait crus sortis d'une peinture de Sahib Singh, vous savez, l'artiste qui a peint tous ces couples célèbres au destin tragique, Heer et Ranjha, Sohni et Mahiwal.

Même s'ils semblaient faits l'un pour l'autre, ils venaient de milieux différents en réalité. La famille de ma mère était dans l'armée, depuis que les habituels zén'ral Singh et col'nel Singh (en fait de modestes officiers subalternes) avaient servi pendant la Première Guerre mondiale. Son père, le commandant Singh, fut le premier à pouvoir atteindre un tel grade, de nombreuses années plus tard.

La famille de mon père possédait des terres réparties en petites exploitations. À Jullundur, nous étions connus pour nos fraises rouge sang. Et pour les cliniques que nous dirigions comme œuvres de bienfaisance.

Ma sœur ressemblait à ma mère : elle était tout aussi belle. Mes frères n'avaient pas les mêmes qualités physiques. Pourtant, personne ne s'en souciait vraiment; c'était des Garçons et ça suffisait. Nous savions qu'il s'agissait de nos cousins en réalité, mais mon père était obsédé par l'envie d'avoir des fils, tout comme ma mère. Alors mes frères bénéficiaient de leur entière attention. Je n'ai jamais fait partie des gens au physique agréable. Ma peau était foncée et mon corps très velu. Trop, sans doute, pour une fille. Peut-être qu'on ne m'avait pas donné la bonne alimentation ou que mon taux de testostérone était trop élevé. Dans mes plus anciens souvenirs, je revois mon ayah[1] *Amla m'enduire d'huile, avant de me laisser courir au soleil. À cette époque, ma peau s'assombrit petit à petit jusqu'à devenir noire comme de la suie, la couleur d'Amla, et les gens finirent par croire que j'étais son enfant. Puis un jour, ma mère condescendit à me regarder et fut horrifiée par cette petite créature foncée, laide et couverte de poils. On entreprit de me masser quotidiennement en lents mouvements circulaires avec un mélange de farine de pois chiche et de lait caillé, afin de réduire la quantité de poils et d'éclaircir ma peau.*

Manque de chance.

J'étais censée servir de « kala teeka[2] ». *On dit que quand tout va bien, la colère des dieux s'abat sur vous.*

---

1. Nourrice.
2. Tache noire.

Il suffit alors d'appliquer une tache noire quelque part sur votre corps pour détourner la malchance. J'étais la tache noire de la famille Atwal.

Au fil des jours, les applications régulières de crème éclaircissante et d'eau oxygénée transformèrent les poils foncés qui recouvraient mon corps en un duvet blond plus acceptable.

Mais il restait des problèmes plus difficiles à résoudre. En grandissant, je commençai à remarquer des choses étranges dans la maison. Même si j'étais bien plus proche d'un garçon que d'une fille (dans mon esprit, en tout cas) et passais mon temps à grimper aux arbres et à me rompre les os, on ne me traitait jamais avec le même respect que les Garçons. J'essayais de tout faire comme eux, équitation, cricket, j'appris même à fumer (ce qu'aucune famille sikh ne pouvait tolérer) et à jurer comme eux, mais ne récoltai que des gifles, tandis qu'ils étaient couverts d'amour et d'éloges. Même lorsqu'on les surprenait à fumer, le problème était ignoré comme s'il s'agissait d'une blague de gamin. Il y avait là un gouffre que je ne pouvais pas traverser : mes cheveux étaient plus longs que les leurs, alors je les cachais sous un turban ; je portais pantalon et chemise, mais personne ne semblait sensible à mes efforts. Tous se contentaient de me regarder en soupirant : « La pauvre, personne ne l'épousera jamais. »

Je ne comprenais pas pourquoi on devait me marier. Ne pouvais-je rester dans notre vieille maison hantée jusqu'à la fin des temps ? Mes frères se marieraient et chacun ramènerait chez nous une bahu[1]. *Je rêvais aussi de présenter une jolie épouse rougissante à ma mère. Peut-être qu'alors elle m'aimerait un peu.*

Je demandai à ma sœur de m'épouser pour qu'aucune de nous ne soit obligée de quitter la maison. C'était la meilleure solution. Je crois qu'elle a pleuré ce jour-là.

Les chaînes de télé diffusaient de nouveaux reportages sur l'affaire Durga. Quelqu'un avait localisé sa belle-sœur à Southall.

« Pouvez-vous nous parler de Durga ? »

On avança brusquement un micro sous le nez de Brinda Atwal, alias Binny. Je la regardai avec curiosité. Elle parlait avec l'accent cockney, mais tout le reste chez elle paraissait très traditionnel. Longs et beaux cheveux noirs, *salwar kameez* blanc tout à fait adapté aux circonstances. Elle avait les traits anguleux et un visage séduisant, auquel seule une touche de rouge à lèvres rouge vif apportait un peu de couleur. À l'arrière-plan, on distinguait une maison ouvrière de classe moyenne typiquement anglaise, avec des rideaux en dentelle aux fenêtres et une tapisserie au point de croix encadrée représentant Gourou Nanak, dont la main levée émettait des rayons de lumière tout droit vers la jeune femme.

« Pauvre petite. J'ai beaucoup d'affection pour elle, vraiment.

— Est-ce que quelque chose vous a laissé entendre… qu'elle pourrait faire ça ?

---

1. Belle-fille.

— Écoutez, je pense qu'elle n'a rien fait. Elle est totalement innocente. Elle n'a que quatorze ans, vous savez. Vous savez à quoi ressemble le système judiciaire en Inde. Je m'inquiète tout le temps pour elle. Je crois, je sais qu'elle n'a rien fait de mal, et pourtant c'est elle qu'ils ont arrêtée. Les vrais coupables sont dehors, en liberté.

— Pouvez-vous les décrire, elle et sa famille ?

— Je ne les connaissais pas très bien. C'était un mariage arrangé. J'ai vécu toute ma vie à Southall, je suis née ici. Jitu, le frère de Durga, devait rentrer avec moi. Nous venions de nous marier, en janvier…

— Comment ça se passait avec vos beaux-parents ?

— Pas mal. Ils étaient très stricts, très croyants. Ma belle-mère ne cessait de prier et d'aller au gurdwara… Je n'aurais pas cru qu'ils avaient des ennemis. Ils semblaient très proches l'un de l'autre. Et très bien intégrés dans la société de Jullundur. Les gens les appréciaient. Ils les respectaient.

— Alors que s'est-il passé ?

— Je n'en sais rien, je vous l'ai dit. Et maintenant Durga est en garde à vue ; je n'ai donc pas pu lui parler récemment, mais je suis en contact avec elle par l'intermédiaire d'une travailleuse sociale, Simran Singh.

— Mais votre bébé a perdu son père… »

Binny inspira profondément et quelque chose sur son visage vacilla. « On se débrouillera, d'une manière ou d'une autre. Je pense que… C'est ce qui pouvait arriver de mieux.

— Que voulez-vous dire ? » Le journaliste semblait choqué.

Binny regarda droit vers la caméra. « Je veux dire que si cette enfant devait perdre son père, c'est mieux comme ça, parce qu'elle ne souffrira pas. On ne peut pas regretter l'absence d'une personne qu'on n'a jamais connue. »

Alors que le présentateur passait à un sujet politique, je m'installai dans mon fauteuil avec une tasse de café et une cigarette, seule dans l'intimité de ma chambre d'hôtes. Les réponses calmes et stoïques de Binny m'impressionnaient. Je l'appellerai un de ces jours.

Binny allait donc fournir un permis de séjour britannique à Jitu. Partout au Punjab, des centaines de familles abandonnaient joyeusement leurs filles et leurs fils en échange d'un passeport étranger. La valeur de leurs fils, surtout, était bien plus élevée en livres et en dollars qu'en roupies. D'ailleurs, ceux-ci gagneraient bien plus comme chauffeurs de taxi et hommes de ménage en Angleterre qu'en exerçant n'importe quel travail en Inde. Lorsqu'on échouait à les envoyer à l'étranger par voie légale ou à leur trouver l'épouse adéquate, ces garçons devenaient des « kabutars » ou « pigeons », un euphémisme désignant les milliers de Punjabi sans papiers qui apparaissaient sur les plages d'Europe ou d'Amérique après être entrés clandestinement par la mer ou par les airs. Souvent mourants et affamés, mais toujours fidèles à l'esprit punjabi, ils se débrouillaient pour entrer en contact avec des compatriotes et disparaissaient à jamais dans ces contrées inconnues. L'autre solution consistait à amener de très jeunes enfants d'un village et à oublier tout bonnement de les renvoyer au pays. Les foyers dans lesquels ils grandissaient leur offraient une vie semblable en tout point à celle qu'ils auraient eue au Punjab – même langue, mêmes prières, mêmes vêtements –, les seules différences étant la météo et la promesse d'une scolarité occidentale. Un jour, un passeport au nom de l'enfant apparaissait mystérieusement et au bout de quelques années, le système fatigué, malmené, de ces pays axés sur la protection sociale voyait s'ajouter un nom à la liste de ses citoyens.

S'il avait vécu, Jitu aurait suivi le chemin le plus facile. D'après les dossiers, ses résultats avaient été remarquablement médiocres à l'université. Il avait quand même obtenu une licence, diplôme important pour des beaux-parents potentiels. Autrefois, le milieu familial aisé de Jitu lui aurait assuré un avenir confortable.

Comme beaucoup d'autres cultivateurs cependant, les Atwal voyaient leurs rendements se réduire comme peau de chagrin sous l'effet de la multiplication des récoltes, de l'usage abusif des pesticides et du coût croissant de l'agriculture. Peu à peu, des entreprises plus lucratives et moins incertaines s'installaient sur leurs terres, ou bien on divisait celles-ci pour y construire des maisons.

Même si les Atwal n'avaient pas encore touché le fond financièrement, Jitu n'était qu'un neveu et n'hériterait pas de la plus grosse part du gâteau. C'est pour toutes ces raisons habituelles que celui-ci devait trouver une épouse «*phoren*[1]».

De la même façon, en Angleterre, une fille comme Binny avait dû boire son premier verre, sortir avec son premier petit ami, porter sa première minijupe et perdre sa virginité avant de finir enveloppée dans un sari rouge de mariée et d'être expédiée chez une famille traditionnelle, chose dont ses parents avaient rêvé depuis sa naissance. Et à partir de ce jour, sa modernité britannique resterait soigneusement dissimulée sous sa *dupatta* de soie. Pour ne plus jamais réapparaître. L'association parfaite: Jeune Anglo-Punjabi épouse Garçon du Village. Ou l'inverse. Tous les problèmes qui suivraient ne concerneraient personne, et personne ne les résoudrait jamais. Jusqu'au jour où surviendrait un événement macabre tel un meurtre collectif et soudain le kaléidoscope tournerait. La question de l'immigration de Jitu avait-elle un lien quelconque avec les meurtres?

Par la fenêtre de ma chambre, je voyais le spectre d'une nouvelle chaude soirée avancer en perforant l'air immobile de ses poings brûlants. Il n'y avait toujours aucun signe de l'hiver. À cette époque de l'année, je me trouvais d'habitude à Delhi avec ma mère et je parcourais les magasins à la recherche de cadeaux pour Diwali et de petites bougies destinées à illuminer la

1. Déformation du mot anglais «*foreign*», qui signifie «étranger».

maison. Mais cette année, je préférais passer du temps à éclaircir l'affaire Durga. Il me vint à l'esprit que je pourrais demander à Amarjit l'autorisation spéciale de ramener Durga chez elle pour Diwali. Ça pourrait lui permettre de laisser libre cours à ses émotions refoulées ; peut-être même que ça provoquerait un déclic en elle et qu'elle me parlerait enfin.

Plus j'y pensais, plus l'idée me plaisait. Mais avant ça, je ressentais le besoin d'en savoir plus sur la « suspecte ». Je parcourus la liste des numéros de téléphone de mes camarades d'école qui vivaient sans doute encore ici et à la cinquième tentative, je parvins à joindre Amrinder Kaur.

Amrinder et moi étions rivales à St. Mary. Si j'obtenais la meilleure note dans une matière, Amrinder se devait d'égaler mon score au devoir suivant. J'avais cru qu'elle deviendrait une grande scientifique, ou encore mathématicienne. Mais elle avait choisi de rester à la maison et de s'occuper de sa mère malade, dont l'adresse m'avait permis de retrouver sa trace. La vaillante Ma Sukhi était capable d'éteindre plusieurs bougies d'une simple inspiration et son énergie pouvait vous mettre à plat plus vite que n'importe qui. Je ressentais une nervosité familière à l'idée de les revoir, Amrinder et elle : la dernière fois que nous nous étions croisées, les choses s'étaient plutôt mal passées. Mais peut-être que ce serait différent aujourd'hui. Après tout, Amrinder était mariée et mère de deux filles. L'une d'elles était dans la classe de Durga.

J'appelai un *rickshaw* et me retrouvai bientôt à nouveau sur la route. La vue des jambes très maigres du conducteur me fit regretter de ne pas avoir pu marcher jusque là-bas. Mais c'eût été le meilleur moyen de me faire accoster par un Roméo de bord de route, cette espèce particulière de mâle indien qui cesse toute activité dès qu'elle aperçoit une passante peu méfiante et lance sur elle une offensive bruyante, quel que soit son âge. J'avais beau ne plus être une « jeunette » (d'après un commentaire acerbe de ma mère), je pouvais encore attirer les regards. Alors je décidai de m'installer confortablement et de savourer la rareté d'une balade en *rickshaw*.

Mes songes volèrent malheureusement en éclats lorsqu'un bus nous dépassa et me cracha un jet de fumée noire au visage. Je me cachai sous ma *dupatta* et passai le reste du trajet la tête enfoncée entre mes genoux pliés. Tout compte fait, mon entrée dans la bonne société de Jullundur n'aurait rien de très élégant.

La course ne dura que dix minutes. À mon arrivée chez Amrinder, je découvris avec étonnement qu'une Jeep de la police était garée devant la maison. Mon étonnement fut encore plus grand quand je vis Ramnath Singh en sortir.

« Comme on se retrouve !

— Il paraît que vous étiez à l'école avec ma femme. Si seulement vous me l'aviez dit, je vous aurais invitée à la maison dès hier. »

Pour une raison inconnue, je n'avais pas associé Amrinder à un pisse-froid comme Ramnath. Enfin, à vrai dire, je ne lui avais même pas posé de questions sur son mari.

« Je croyais que vous étiez venu l'arrêter !

— Elle est déjà assignée à résidence, comme vous pouvez le voir », répondit-il de ce ton plaisantin trop familier, assorti de son rire agaçant. Amrinder sortit à ce moment-là. Beaucoup plus large que dans mes souvenirs mais toujours très belle, ses longs cheveux marron raccourcis en carré à la mode.

« Bonjour. Je pensais que tu le savais ! On s'est mariés tout de suite après l'école. Un petit avertissement avant qu'on entre : maman a un cancer, mais elle n'aime pas en parler. Elle dort pour le moment. Cependant, il se pourrait qu'elle ait envie de te voir. » Amrinder me conduisit au salon tandis que Ramnath allait faire ses bagages dans leur chambre. Il partait quelques jours à Amritsar.

Il y avait eu une explosion dans le Samjhauta Express, ce train historique qui reliait Lahore à New Delhi. On supposait que la bombe avait été posée par l'ISI, Al Qaeda ou même le SIMI [1]. Tant d'organisations militantes se développaient en Inde que dans ces cas-là, la police pouvait sélectionner un nom et arrêter n'importe qui. On comptait encore les morts, et les hôpitaux étaient submergés de blessés.

La maison d'Amrinder, comme toutes celles de Model Town, était grande, spacieuse et agrémentée

1. Mouvement islamique étudiant indien.

d'un jardin soigneusement aménagé. Un balcon de style baroque lourdement orné surplombait le jardin et la rue. Le bâtiment entier était peint en rose crème, l'une des couleurs préférées des habitants de Jullundur, dont la plupart des maisons étaient rose crème, bleu mer ou vert menthe. L'idée étant peut-être que plus la couleur était claire, plus vite il faudrait la refaire ; et quel meilleur moyen d'exposer sa richesse que de faire repeindre sa façade plus souvent que les voisins ? La maison était pleine de statues en verre taillé ou en porcelaine importée et les meubles étaient tous de style victorien, recouverts de velours et de dorures sur les accoudoirs et les pieds. Manifestement, Ramnath s'en sortait bien et avait aussi fait un bon mariage. J'espérais qu'il n'aurait pas le temps de s'asseoir avec nous et qu'il nous quitterait rapidement. J'avais l'impression désagréable qu'il était rentré dans l'unique but de découvrir pourquoi je venais voir Amrinder après autant d'années. Allait-il nous écouter ?

Sur la table basse, Amrinder avait déjà disposé du jus de citron vert fraîchement pressé et un gâteau au chocolat fait maison. Pendant quelques instants, j'oubliai la rivalité qui nous avait obsédées tout le long de notre scolarité.

« Ça fait quoi, vingt ans qu'on ne s'est pas vues ?

— Tu te souviens de cette rivalité entre nous ? Quelle blague, franchement ! » Son rire laissa brièvement apparaître la blancheur parfaite de ses dents. Je gardai les lèvres serrées afin de cacher les miennes, tachées par la nicotine. J'avais un peu de mal à rire de cette époque, mais je tenais à ce que cette rencontre reste aussi agréable que possible.

« Alors, qu'est-ce que ça fait de revenir après autant d'années ? » demanda Amrinder en conservant son ton léger. Si notre rencontre ravivait en elle quelques souvenirs, elle se gardait bien de le montrer.

« Je ne sais pas si je serais revenue sans l'appel d'Amarjit. J'essaie d'apprendre à connaître Durga ; je suis même retournée à l'école pour essayer de trouver des indices. Mais franchement, à part ce que j'ai appris grâce aux articles de journaux et à la télé, je ne sais presque rien d'elle.

— Ram a vraiment envie de clore l'affaire. C'est la principale suspecte, tu sais.

— Mais d'un autre côté, elle est très jeune et présente les symptômes typiques d'un traumatisme. Elle est tellement introvertie ! Alors j'ai pensé que je pourrais t'interroger ; tu vis ici depuis longtemps. J'imagine que ta mère et tes filles connaissaient aussi les Atwal.

— Je ne sais pas exactement ce que t'a dit Ram…

— En fait, on a eu à peine l'occasion de se parler. Et si tu me disais tout ce que tu sais ? Il se pourrait bien que ce soit le seul moyen d'aider cette fille.

— L'aider ? Mais qui voudrait aider une criminelle ? » Amrinder semblait horrifiée.

« Mon travail consiste à la faire parler. Elle a été empoisonnée, attachée, violée, terrorisée. Toute sa famille a été éliminée. » Je cherchai sur son visage un quelconque signe de compassion, mais cette femme avait un vrai cœur de pierre. Comme par magie, je vis réapparaître devant moi la jeune Amrinder obstinée, ambitieuse et égocentrique que j'avais connue. Sa suffisance était encore plus agaçante maintenant qu'elle était l'épouse d'un chef de la police locale. Leur union ne me surprenait plus : ils étaient parfaitement assortis.

« Est-ce que Ram t'a parlé de sa sœur ?

— Oui.

— Écoute, quelque chose me dit que cette famille est maudite. Tu ne vas pas pouvoir faire grand-chose. Mais je crois que les deux événements sont liés. La fille aînée disparaît, et puis c'est au tour de la famille.

— Que disent les gens sur sa sœur ?

— Qu'elle était enceinte et a disparu. Elle avait seize ans. Je crois qu'elle était devenue un peu folle.

— Quand est-ce arrivé ?

— Il y a cinq ans.

— Mais Durga n'avait alors que neuf ans.

— C'est vrai... Mais elle savait quelque chose. Et peut-être qu'elle en voulait toujours à sa famille. Sa sœur et elle étaient très proches.

— Et est-ce que tu crois que l'un d'eux... Le père, les frères, pouvaient être impliqués dans la disparition de sa sœur ?

— Ce Jitu était capable de tout. Si ses parents n'avaient pas été aussi réputés, ce garçon aurait fini en prison. Un vrai voyou. Je crois que c'était un cousin, pas leur véritable frère. »

Avant que j'aie pu poser une nouvelle question, Ramnath réapparut, prêt à partir, suivi de deux filles qui me surprirent par leur élégance raffinée. Après son départ, je m'aperçus que les reproches inexprimés que Ramnath faisait aux femmes ne visaient pas ses filles. Vu leur extrême minceur, on se préparait déjà à les marier, et ce très loin de Jullundur. Liverpool et Birmingham étaient inscrits en lettres de néon sur leurs fronts. Elles avaient les cheveux courts et quelques mèches colorées à la mode, et portaient jeans et T-shirts moulants. Nul doute que les quarante prochaines années de leurs vies avaient été planifiées avec un soin considérable par leurs parents, eux-mêmes frustrés de ne pas avoir réussi à quitter cette ville.

L'une projetait de devenir médecin, me dit Amrinder, et l'autre étudierait l'informatique. Et puis un jour, elles se marieraient. Elle me raconta ces choses d'un ton désinvolte, mais n'oublia pas de mentionner que leurs résultats scolaires leur avaient valu une médaille d'or en fin d'année. Et, bien sûr, elles avaient un véritable don pour le chant ! Encore cinq minutes de louanges et je risquais de me noyer dans l'océan de leurs vertus. Il est toujours essentiel de mettre en valeur les différents talents de ses filles, car au Punjab, beaucoup de gens se demandent comment on peut vivre sans fils. Mais au bout d'un moment, je finis par détester ces deux-là autant que leurs parents, même si elles n'y étaient vraiment pour rien. Je fis de mon mieux pour ne pas le montrer et leur souris aussi chaleureusement que possible.

« Vous connaissez Durga ? » leur demandai-je.

Reena, qui était dans la même classe qu'elle, fit la grimace. « Elle était très coincée. Vous savez, toujours habillée en *salwar kameez*, toujours très sérieuse… et regardez un peu ce qu'elle a fait ! »

Sangeeta, la cadette, prit lentement la parole : « Je trouve que toute cette famille était bizarre. Ils étaient tellement stricts avec elle ; elle ne pouvait aller nulle part. Enfin, nos parents aussi sont stricts, mais on peut sortir sans eux de temps en temps. En plus, Durga était très bonne élève, on nous lisait toujours ses dissertations, et pourtant… Elle n'avait même pas le droit de rester aux fêtes de l'école.

— Je crois que la situation a empiré après la disparition de sa sœur. Quand on était petites, c'était vraiment un garçon manqué : elle jouait toujours au cricket avec ses frères. Elle insistait pour porter des pantalons ou des shorts comme eux, en dehors de l'école. Trop bizarre.

— Est-ce que vous avez essayé de l'inviter chez vous ou de jouer avec elle ?

— Je l'invitais toujours à nos fêtes d'anniversaire. Elle est venue plusieurs fois quand elle était plus jeune ; mais après, je ne peux pas dire qu'on ait insisté. On oubliait presque sa présence à l'école, sauf quand ses devoirs étaient lus devant tout le monde, et personne ne se souciait vraiment d'elle. Enfin, on nous donne tellement de travail, d'examens, de devoirs et puis chacune a ses propres amies. Si quelqu'un n'est pas disponible, on finit un peu par l'oublier. » La réponse de Reena était équivoque.

« Et vous vous souvenez de sa sœur aînée ?

— Pas vraiment, mais certaines de mes amies disent qu'elle était très belle… et puis, vous savez, un peu libre avec les garçons. »

Amrinder tiqua. « Qui t'a dit ça ? Et où est-ce qu'elle les aurait rencontrés ? »

Reena rougit. « Ce ne sont que des ragots, Maman. »

Je les quittai peu après, toujours aussi perplexe. Alors même que je franchissais la porte, j'entendis Amrinder réprimander Reena de sa voix haut perchée. Où avait-elle entendu ces ragots ? Qui lui avait raconté ça ?

D'après mes souvenirs, la maison Atwal se trouvait dans le quartier colonial de Company Bagh, vestige de la Compagnie anglaise des Indes orientales. En tout cas, à Jullundur, il ne fallait pas plus de vingt minutes pour se rendre d'un endroit à l'autre, même à la vitesse remarquable de cinq kilomètres-heure, allure à laquelle semblait avancer mon *rickshaw*.

Lorsque celui-ci arriva dans la rue de Company Bagh, j'aperçus la maison qui se dressait plus loin, à côté d'une ancienne salle d'exposition de voitures. Un puits désaffecté se trouvait près de l'entrée, et la maison dominait tous les bâtiments des environs, exactement comme l'avait dit Ramnath. Elle était peinte en jaune terne (pas de rose crème ici, dieu merci) et toutes ses portes et fenêtres étaient fermées. Deux policiers se tenaient à l'entrée, et lorsqu'ils eurent vérifié mon identité par téléphone, ils m'autorisèrent à passer par la véranda située à l'avant de la maison.

À quoi m'étais-je donc attendue ? La maison avait l'apparence et l'odeur du passé. Elle semblait sortie de terre comme un arbre, totalement enracinée. Tout en elle paraissait éternel.

S'il s'agissait vraiment d'une maison maudite, elle devait l'être depuis des siècles, voire des millénaires. La vitalité des plantes qui poussaient dehors contrastait étonnamment avec l'aspect sinistre de la maison ; peut-être les domestiques étaient-ils toujours dans les parages. Je tentai péniblement d'ouvrir l'une des lourdes portes en bois protégées par des volets grillagés et finis par y arriver sous le regard amusé des deux gardes. Fidèles à la plus pure tradition machiste punjabi, ils ne bougèrent pas le petit doigt pour m'aider. Si j'avais besoin d'un coup de main, il faudrait que je le demande. Mais vu mon caractère têtu de Dilliwali [1], je ne risquais pas de le faire. Cette époque était révolue.

À l'intérieur de la maison, le ménage avait été fait. On avait recouvert les meubles et les tableaux de housses de protection ; mais à part ça, rien ne semblait avoir été déplacé récemment. Pourtant, l'endroit me faisait penser à un jardin dont les oiseaux viennent de s'envoler, quand les particules dans l'air semblent suspendues, sur le qui-vive. On aurait dit que cette maison attendait quelque chose ou quelqu'un. Elle me rappelait certaines scènes de vieux films fantastiques en noir et blanc, comme *Madhumati*, au moment où l'acteur entre dans une maison isolée et découvre sa vie

1. Habitante de Delhi.

antérieure. Je souris à cette pensée car je ne ressentais vraiment aucune attache ni familiarité avec cette maison. Je commençai à soulever les housses pour vérifier ce qui se trouvait dessous, presque sûre de voir une main retomber, un œil rouler par terre ou de découvrir des taches de sang sur le tissu d'ameublement. Mais les marques du récent massacre étaient invisibles. S'il y en avait eu, on les avait bien frottées. Ce bain de sang n'avait pas laissé plus de traces qu'une averse passagère. Pourtant, il me semblait que son odeur était toujours là, qu'il flottait dans l'air un relent de chair légèrement putréfiée. Des traces noires de brûlures sur le mur rappelaient qu'on avait vainement essayé d'incendier la maison. Enfin, ça venait peut-être de mon imagination.

Je poursuivis mon chemin tout en observant minutieusement les photos de famille sur le mur. Les parents de Durga étaient très beaux. Avant de les voir, je les imaginais posés et gentils... et dans un sens, leur charme me confortait dans cette idée. Je trouvais étrange qu'on n'ait cessé de me répéter combien ils étaient respectés et qu'on ne m'ait jamais parlé de ces visages remarquablement beaux, de leur expression intense et calme de personnes nobles, habituées à ce qu'on leur obéisse instantanément. Morts, ils n'avaient plus franchement l'air aussi élégants et soignés, avec toutes ces perles et ces boutons de manchette en diamant. Les photographies que j'avais vues au commissariat montraient des corps sanglants et mutilés méconnaissables, très différents de ces représentations grandioses.

Il y avait là des quantités de photos et de portraits en noir et blanc ou en couleur. Les deux garçons étaient présents, eux aussi. Le plus âgé, Jitu probablement, devait avoir dans les vingt-cinq ans. Juste à côté se trouvait une photo plus grande de Brinda et lui, sans doute prise le jour de leur mariage. Une épée pendant à son côté, Jitu portait la tenue complète du marié. Brinda était assise à demi tournée vers l'objectif, un sourire timide aux lèvres, sa *dupatta* rose vif et or étalée sur le sol. On distinguait du henné appliqué en motifs délicats sur ses mains, entre les pendentifs en argent accrochés autour de ses poignets et les bracelets rouges traditionnels. Elle était presque entièrement couverte de bijoux en or – des joyaux de taille indécente pendaient à ses oreilles et dissimulaient son buste comme une armure.

Curieusement, aucune photo de Durga ou de sa sœur n'était exposée. Il y avait quelques portraits supplémentaires d'hommes et de femmes, sans doute des membres de la famille, mais c'était comme si les deux filles n'avaient jamais existé. Je parcourus la maison en ouvrant et refermant toutes les portes. Cependant, je ne trouvai aucun cliché qui me rappelait Durga. Peut-être qu'un album photo se cachait quelque part ?

J'entendis une porte s'ouvrir derrière moi. Mais ce n'était que le vent. J'entendais les chiens aboyer au loin. Se trouvaient-ils à l'intérieur du bâtiment ? Quelqu'un avait dit que l'un des trois était mort la nuit des meurtres, empoisonné comme toute la famille.

« Qui est là ? » criai-je. J'allai à la fenêtre et l'ouvris pour appeler les gardes. Mais ils étaient plongés dans leur conversation et ne regardaient pas dans ma direction. Agacée par ma propre nervosité, j'entrai dans une chambre. Ce devait être celle de Durga. Il s'y trouvait encore des animaux en peluche et le bureau était couvert de livres. Posés en équilibre instable sur le côté, un ordinateur et son imprimante ultramoderne étaient cachés sous une housse. Durga avait besoin de l'équipement le plus moderne pour ses devoirs, si elle étudiait l'informatique. Sur l'étagère au-dessus du lit étaient rangés ses livres d'école, exactement comme elle l'avait dit. J'en descendis quelques-uns – littérature, chimie, mathématiques. Après avoir déposé ma sélection de manuels sur le lit, je commençai à explorer la chambre avec curiosité. Je devais bien pouvoir trouver des indices. Quelque chose qui me révélerait les secrets de Durga et de sa famille. J'ouvris chaque tiroir du bureau. Rien d'autre que le matériel scolaire habituel, des crayons et des stylos. J'ouvris des cahiers et les secouai, avant de les feuilleter. Est-ce qu'elle tenait un journal ? Où aurait-elle bien pu le cacher ?

J'ouvris les placards, mais ils étaient vides. Pas de vêtements. Seulement quelques journaux poussiéreux et deux cintres.

Je tâtai le lit. Le matelas avait une très légère bosse. Je glissai une main dessous et en ressortis un paquet de feuilles manuscrites. Je m'aperçus avec consternation que le texte était en gurmukhi. Si seulement j'avais appris les caractères de la langue punjabi toutes ces années plus tôt, au lieu de m'y opposer dans l'unique but de défier mes parents ! J'enfouis les papiers dans mon sac à main sans regretter un seul instant de subtiliser un indice, car je savais qu'une fois que j'aurais réussi à les déchiffrer, ils reviendraient à Ramnath ou Amarjit.

« Vous cherchez quelque chose ? » Un homme maigre, légèrement voûté et vêtu d'une *kurta*[1], se tenait à la porte. Au lieu de s'adresser à moi en punjabi, il l'avait fait en hindi, avec l'intonation typique du bhojpuri qu'on parlait dans le Bihar. « Vous êtes de la police ?

— Non ! Enfin, si, je travaille avec elle. » Je me levai d'un bond et commençai à rassembler les manuels scolaires après avoir remis le matelas en place. « J'ai rencontré Durga à la prison et elle m'a demandé de lui rapporter ces livres.

— Qu'est-ce qu'elle va bien pouvoir en faire, cette idiote ! Les livres ont détruit sa vie et elle croit encore en avoir besoin ? » Son ton était acerbe. « Ainsi vous l'avez vue. Est-ce qu'elle vous a dit comment elle les avait tués ?

— Non... Personne ne le sait. Qui êtes-vous ?

— Je travaille dans cette maison depuis quarante ans, et j'aurais préféré qu'elle me tue aussi, ce soir-là. Si seulement j'avais quitté ce monde en même temps que Sahib et Memsahib ! À quoi bon vivre maintenant ? Durga, pourquoi as-tu fait ça... ? »

1. Longue tunique ample.

Des larmes coulèrent sur ses joues. « Je n'ai nulle part où aller. C'était ma maison ; où est-ce que je vais vivre maintenant ? »

Il me lança un regard noir, puis il s'apprêta à sortir, aussi brusquement qu'il était entré.

« Non, attendez, arrêtez. Dites-m'en plus sur Durga.

— Je ne parlerai pas de cette vipère. On aurait dû la tuer à sa naissance. Elle a dévoré ses parents… Ils étaient… » Il s'interrompit pour essuyer ses larmes.

« Ses parents ?

— Lui, c'était un saint, ni plus ni moins. Ils ne se sont jamais doutés de ce que manigançaient leurs filles.

— Qu'est-il arrivé à sa sœur ?

— C'était une vipère, elle aussi. Qui sait ? Qui sait ? Il faut que j'y aille maintenant. »

Je m'empressai de l'attraper par le bras, mais il se dégagea aussitôt.

« Comment vous appelez-vous ?

— Manubhai. »

Je le regardai s'éloigner, impuissante. Tout le monde semblait en savoir bien plus que moi. J'allais donc devoir poursuivre mes recherches laborieuses jusqu'à ce que toutes les pièces du puzzle s'assemblent enfin.

« Attendez ! le rappelai-je. Où sont toutes les photos de Durga et de sa sœur ?

— Elle les a toutes déchirées, il y a deux, trois ans. Elle avait un caractère épouvantable et quand elle se fâchait, c'était la fin du monde.

— Contre qui se fâchait-elle ?

— Ses parents. Elle se disputait toujours avec eux. Laissez-moi partir maintenant. J'ai du travail.

— Est-ce que je pourrai vous revoir ? »

Il m'adressa un geste dédaigneux puis se dirigea vers la cour et je le suivis, soulagée de laisser derrière moi cette maison sombre et étouffante. J'avais l'impression de quitter le quartier des condamnés à mort. Alors que je rangeais le reste des livres dans mon sac à main, un morceau de papier en tomba. C'était la photo surprenante d'une jeune fille nue, dont le visage était partiellement caché par des mèches d'épais cheveux noirs. Je n'avais pas l'impression qu'il s'agissait de Durga.

*

À binnyatwal@gmail.com

Bonjour, ça m'a fait plaisir de vous voir à la télé. Vous avez l'air en forme, et très enceinte ! J'ai visité la maison aujourd'hui et j'ai été surprise de ne pas trouver une seule photo de Durga ou de Sharda. Avez-vous une idée de l'endroit où elles peuvent être ? Manubhai dit qu'elles ont toutes été déchirées. Savez-vous quelque chose du professeur particulier de Durga ? Je me disais que je devrais le rencontrer.

Amitiés, Simran

*

À simransingh@hotmail.com

Bjr, je dois bientôt me rendre à l'hôpital. Je vs enverrai des photos par e-mail à mon retour. Êtes-vs sur Facebook ? Ce sera plus facile. Désolée, je n'ai jamais rencontré son prof particulier. Interrogez Durga à propos de Rahul. À mon avis, c'est elle qui devrait vs parler de lui, pas moi. Ci-joint un article du Daily Mail d'aujourd'hui. Ça me rend folle, mais que faire ?

Binny

Chapitre 4

12.09.2007

Essayer d'être une fille n'est pas facile. Dès la naissance, les privilèges sont rares et on ne nous en accorde pas beaucoup d'autres tout au long de la vie. On nous met des robes et des rubans dans les cheveux, des bracelets aux poignets et aux chevilles, on nous enseigne le chant, la danse et la pâtisserie, mais pourquoi ne pas se préoccuper autant de notre vie Intérieure ? La personne Extérieure sait sourire, couper des légumes, s'asseoir en tailleur et dire « namaste [1] *ma tante* ». *Pourtant, la personne Intérieure est toujours en colère, le nez collé à la fenêtre, parce qu'elle rêve d'aller courir avec les Garçons.*

Les Garçons n'avaient pas besoin d'aller à l'école religieuse ; ils étaient inscrits dans un internat mixte de qualité où ils apprenaient à fumer et à boire, mais ma sœur et moi devions être « *formées au mariage* ». *Ma sœur était plus intelligente que les Garçons, je crois. C'était aussi une excellente femme d'affaires. Elle suivait le cours des actions*

1. « Bonjour. »

en regardant des émissions spécialisées à la télévision et pouvait nous dire lesquelles grimpaient ou chutaient. Elle étudiait leurs tendances sur quelques semaines puis dessinait un schéma compliqué qui permettait à mon père de savoir dans lesquelles investir. Mais qui engrangeait les bénéfices ? Certainement pas elle. Toutes les actions étaient au nom des Garçons. Rien ne revenait jamais à ma sœur, car elle était, comme moi, « paraya dhan ». *Amla m'avait expliqué ce concept. En gros, ça voulait dire que les filles représentaient un capital, mais que celui-ci ne leur appartenait pas. Il revenait à quelqu'un d'autre, leur mari par exemple. À l'homme qui arriverait un jour, entouré de danseurs et de musiciens, et repartirait avec. D'après ce que j'avais compris, ce jour viendrait bientôt car les filles étaient comme les jeunes pouliches, plus faciles à dresser que les juments âgées. Et plus elles étaient jeunes, plus elles étaient demandées.*

Ma sœur était comme moi à l'Intérieur. Elle voulait qu'aucune de nous ne parte, que nous restions proches l'une de l'autre. En plus, nous venions d'apprendre qu'après avoir quitté la maison pour se marier, la fille des voisins était revenue morte un mois plus tard. On l'avait brûlée vive, car sa dot était insuffisante. Nous répétions en pleurant à Amla que nous ne voulions pas être paraya dhan. *Est-ce qu'on ne pouvait pas devenir des Garçons ? Ils étaient hors de danger, eux, ils avaient des actions et n'avaient pas besoin de quitter la maison.*

Il était inutile d'aller voir ma mère car elle nous avait déjà dit qu'on nous marierait dès que nous en aurions l'âge. Mon père nous avait également prévenues qu'aucune fille de la famille n'avait jamais travaillé et qu'il n'avait aucune raison de nous laisser poursuivre des études.

Et si on nous brûlait pour une dot? Personne ne répondait à cette question. Mon père était riche; mais s'il était incapable de mettre une seule action au nom de ma sœur, pourquoi lui sauverait-il la vie?

On annonçait à la télévision que de jeunes arbres venaient d'être plantés en mémoire de toutes les « filles disparues ». Le Punjab était connu pour assassiner ses filles. Le *sex-ratio* ici était le plus bas de tout le pays – moins de huit cent cinquante filles pour mille garçons – et malgré les terribles prédictions des sociologues et des démographes, la naissance d'une fille était toujours considérée comme un événement de mauvais augure. À Chandigarh, la capitale super-urbaine que le Punjab partageait avec l'Haryana, il était maintenant de sept cent soixante-dix-sept filles pour mille garçons. Dans certains villages de l'Haryana, on atteignait le taux misérable de trois cent soixante-dix pour mille. À son tour, Delhi rattrapait à toute allure ces chiffres lamentables. Je pensai aux arbres qu'on plantait partout dans les rues de la capitale au milieu du béton – ainsi que dans toutes les villes du pays. J'imaginai ce vert vif symbole de vie sur le fond gris mort du paysage urbain. J'imaginai des arbres dont les branches transperçaient les fenêtres, les murs des chambres, des salles de classe, des bureaux, des magasins de jouets, des boutiques de mariage et grimpaient hors des berceaux vides… semant leurs feuilles vertes comme autant de petites empreintes de pas partout où ces filles seraient passées, si elles avaient vécu.

Il n'y a pas si longtemps, les sages-femmes avaient pour habitude de soustraire les petites filles qui venaient de naître à leurs mères, de les enfermer dans des pots en terre et de faire rouler le récipient jusqu'à ce qu'elles cessent de pleurer. Ou alors, elles les étouffaient, tout simplement. Ou leur donnaient de l'opium et les enterraient. Pour une communauté largement agricole, les filles représentaient une charge. Lors d'un récent incident, une femme avait reconnu avoir subi sept avortements dans l'espoir de donner naissance à un garçon.

Pourquoi étais-je aussi en colère ? Binny venait de m'envoyer un article de journal rapportant le cas d'une Anglaise de cinquante-neuf ans d'origine indienne (dont on ne divulguait pas le nom par respect pour sa vie privée, évidemment) qui était venue en Inde avec son mari de soixante-douze ans. De Wolverhampton, bien entendu. Après avoir subi une FIV onéreuse, elle était rentrée en Angleterre et avait fini par larguer ses jumelles dans un hôpital. Elle n'en voulait pas. Ah bon, mais pour quelle raison ? Elle voulait des fils. Oh ! mais bien sûr. Pourquoi n'y avais-je pas pensé ? Merde. Je ne pouvais pas me sortir de la tête l'image de ces enfants. Peu importait leur âge ou l'endroit où ils vivaient. Ces gens avaient beau être instruits, issus de la classe moyenne, britanniques, ce désir d'avoir des fils ne les quitterait jamais… Foutus assassins. J'avais désespérément envie d'une bière. Il fallait que je me calme.

J'étais de retour dans ma chambre, pas encore vraiment remise de ma visite de la maison de Company Bagh. Je devais voir Durga dans la soirée, alors il fallait que je me détende. Pourtant, je ne pouvais pas arrêter de penser à la précarité de notre statut de femme. Les choses n'avaient-elles pas changé ? Ne devrais-je pas me montrer plus optimiste ? Nous avions eu une femme Premier ministre, notre présidente était une femme, et des députées étaient élues un peu partout dans le pays. Mais notre situation avait-elle évolué pour autant ? Ce matin, j'avais lu une fois de plus qu'une femme accusée d'être une sorcière avait été déshabillée de force et qu'elle avait dû défiler nue devant tout un village de l'Uttar Pradesh.

Je sortis la photo de la fille que j'avais trouvée dans la maison et l'examinai de plus près. Elle était étendue sur un lit, mais est-ce qu'elle dormait ? Qui était-elle ? Je retournai la photo, mais n'y trouvai aucune inscription. Ni nom ni date. Ce n'était certainement pas un cliché pornographique. Et la fille ne posait pas. L'angle de la photo était quelque peu troublant – on ne voyait pas du tout la pièce. L'attitude de la fille était naturelle : elle ne savait pas qu'on la photographiait. Et pourtant, son corps semblait anormal, raide, comme si on lui avait fait prendre une certaine position. Je distinguais l'encadrement d'une fenêtre ou d'une porte au premier plan. S'agissait-il d'une cellule ? L'ombre était-elle celle d'un barreau ? Mais pourquoi la fille était-elle allongée de cette façon ? Je scannai la photo et l'agrandis. Je cliquai jusqu'à ce qu'apparaissent les pixels et que l'image soit divisée en millions de fragments. Oui, c'était bien ce que je craignais… parmi la multitude de petits carrés se trouvaient les yeux de la fille. Grands ouverts, aveuglément rivés au plafond.

Pourquoi cette photo était-elle cachée dans les livres de Durga ? M'avait-elle envoyée chercher ses manuels pour que je la trouve ? Quelque chose me disait qu'il pouvait s'agir de sa sœur disparue, mais à qui pourrais-je bien montrer une photo pareille ? Et si Durga n'avait pas voulu que je la découvre ? En tout cas, malgré mes faibles compétences en soutien psychologique, je devinais qu'il valait mieux ne pas la montrer tout de suite à Durga ; elle était déjà suffisamment bouleversée. Elle risquait de se replier encore plus sur elle-même à la vue de cette photo. De toute façon, cette affaire progressait très lentement. Si je n'apportais pas de nouvelles preuves dans l'immédiat, ça n'avait pas vraiment d'importance. J'étais là depuis quatre jours déjà et tout ce que j'avais réussi à récolter, c'était une longue liste de questions… et un silence assourdissant.

Je parcourus rapidement le paquet de feuilles que j'avais rapporté de la maison. Je décidai d'acheter un manuel de gurmukhi pour débutants et de déchiffrer les phrases moi-même avant de les rendre.

Mais d'abord, j'irais en ville me chercher de l'alcool pour la nuit, car je voulais être sûre de bien dormir. Je commençais à me sentir anxieuse.

En chemin, mon portable sonna. J'oubliais pourtant rarement de l'éteindre. C'était ma mère.

« Est-ce que tu vas bien ? s'enquit-elle. Tu es allée voir ton ancienne maison ?

— Non, j'ai été trop prise par cette affaire. J'ai rencontré Amrinder, elle est mariée à un policier et a deux filles adorables. »

Un silence peiné s'installa à l'autre bout du fil. Ma mère détestait toute allusion au fameux mot en M. Il lui rappelait qu'elle aurait pu être en train de tricoter des chaussons de bébé pour ses petits-enfants au lieu de veiller sur sa fille rebelle de quarante-cinq ans, une fumeuse et buveuse de gin qui refusait de grandir. Elle ne supportait pas non plus d'entendre le prénom d'Amrinder car il faisait resurgir un triste épisode de nos vies qu'elle aurait vraiment préféré oublier.

« Est-ce que tu seras de retour pour Diwali ?

— C'est dans longtemps, Maman. Et si tu essayais d'organiser quelque chose avec tes amies ?

— Je pense que je vais plutôt passer une soirée tranquille à la maison. Il y a eu un autre attentat à Delhi. D'Al Qaeda, je crois. Ou du Huji. Ou bien de n'importe quel autre mouvement islamiste. Personne ne le sait vraiment. Ça peut aussi bien être l'œuvre d'un groupe bangladais, pakistanais ou kashmiri. Personne n'a envie de faire la fête. Ces fichus attentats-suicide sont vraiment casse-pieds. »

Ma mère était une experte en euphémismes.

Cinquante morts à Amritsar. C'était peut-être le retour du terrorisme… Le conducteur de *rickshaw* qui voulait rentrer tôt chez lui venait de m'apprendre le nombre de victimes de l'explosion du train.

Tout en discutant avec lui, je pensai à Durga. En fait, elle avait elle-même commis une sorte d'attentat-suicide – si c'était bien elle l'auteur des meurtres – car elle ne pouvait pas ignorer qu'elle se ferait prendre. Était-ce pour cette raison qu'elle avait laissé des preuves aussi flagrantes ? Pourquoi ne pas s'être enfuie ? Il aurait été plus malin de quitter les lieux. D'éviter d'acheter le poison au vu et au su de tout le monde. Mais les auteurs d'attentats-suicide aimaient généralement s'attribuer le mérite de leurs actes en faisant filmer la scène. Le seul point faible de cette explication, c'était le viol. Elle avait beau être futée, il aurait été difficile de l'organiser.

Je fis taire ma mère en lui promettant de rentrer bientôt. Elle ne pouvait pas se résigner au fait qu'en plus d'être célibataire et de commettre tous ces péchés, je fréquentais des assassins. Ne pouvais-je tout au moins prendre plaisir aux *kitty parties* du club de gymkhana ? Ma mère adorait ce rituel mensuel qui rassemblait ses amies mariées ou célibataires oisives, au cours duquel chacune déposait une somme d'argent fixe dans la cagnotte (ou *kitty*). On organisait ensuite une partie de loto et la gagnante était chargée d'offrir un déjeuner aux perdantes avec l'argent de la cagnotte. Le choix de l'endroit et la somme déposée variaient selon les moyens des joueuses. Plus celles-ci étaient riches, plus le lieu du déjeuner était recherché et moins la conversation y était intéressante. Un de ces jours, il faudrait que je découvre pourquoi personne n'avait jamais relevé le terrible jeu de mots qui se cachait derrière le nom de *kitty party*[1].

Je la prévins aussi gentiment que possible que je raterais la réunion de ce mois-ci. Je perçus tout le poids de sa déception dans son au revoir. Mon dieu, qu'avait-elle donc fait pour mériter une fille pareille ?

Incapable d'attendre plus longtemps, je montai dans mon carrosse et demandai au conducteur de *rickshaw* stupéfait de m'emmener au magasin « d'Alcool Étranger Fabriqué en Inde » (autre archaïsme) le plus proche. Malgré le regard curieux du vendeur, je repartis le cœur un peu plus léger une fois ravitaillée en gin, whisky et bière. Je dissimulai les bouteilles dans des sacs en papier et après avoir déposé ceux-ci dans ma chambre, je me dirigeai vers la maison d'arrêt. Là-bas, je m'installai dans l'antichambre et attendis Durga.

Aujourd'hui, elle portait à nouveau son ensemble bleu et comme elle s'était lavé les cheveux, elle les avait laissés détachés. Ils étaient vraiment très longs. Je pensai à la fille sur la photo que j'avais trouvée dans la maison de Company Bagh et me demandai si ce n'était pas elle, finalement. Elle regarda mes sacs avec curiosité.

« Je t'ai apporté des livres. J'en ai pris autant que possible mais s'il y en a un que tu aurais voulu en particulier, dis-le-moi, je peux toujours y retourner. »

---

1. *Kitty*, en anglais, désigne aussi bien une cagnotte que l'organe sexuel féminin en argot.

Elle eut l'air perplexe en me les prenant des mains. « Ce ne sont pas les miens.

— Quoi ? Mais je les ai pris dans ta chambre.

— Vous voyez ? »

Elle ouvrit un livre et je m'étonnai de n'avoir rien remarqué. En caractères gurmukhi et anglais joliment travaillés était écrit le nom de « Sharda ».

« Ce sont les livres de ma sœur.

— Mais j'ai regardé partout. C'était la seule chambre qui semblait être la tienne. »

Ses yeux se remplirent de larmes. « Ils ont pris mes livres… Quand Sharda… a disparu, ils ont caché toutes ses affaires. Maintenant que je suis partie… ils ont tout enlevé. Vous n'avez vraiment rien trouvé d'autre ? »

Je pensai à la photo, mais hésitai à en parler. Je secouai la tête.

Elle se couvrit le visage. Ses sanglots presque silencieux semblaient désespérés, comme si son dernier espoir s'était éteint. Le fait qu'elle ait employé ce « ils » me laissait perplexe. Après tout, il ne restait plus personne dans cette maison. Toute sa famille était morte.

« Attends, je vais te décrire la pièce. C'est la troisième porte après la salle à manger, et il y a un bureau avec un ordinateur… »

Elle retira lentement les mains de son visage. « C'est ma chambre. » Elle avait l'air surprise. « Mais où sont mes livres ? Madame, je vous en prie, j'ai besoin de lire, de faire quelque chose, de garder mon esprit éveillé, sinon je vais devenir folle ici.

— Écoute, je vais demander la permission de t'emmener là-bas, peut-être un peu avant Diwali. Tu aimerais peut-être allumer une bougie pour ta famille, en souvenir… »

Elle était sceptique. « Ils ne le permettront jamais. »

Encore ce mystérieux « ils ». Pensait-elle que sa famille était ressuscitée ? Peut-être qu'elle vivait dans un monde d'illusions. Ou bien parlait-elle de la police ? Je ne voulais pas l'interroger tout de suite.

« Je ne vois pas pourquoi tu dis ça. Nous sommes là pour t'aider. Tu as vécu des événements très traumatisants. Nous devons t'aider à comprendre ce qui s'est passé. Ensuite il faudra clore ce chapitre et passer à autre chose. »

Il ne faisait aucun doute pour moi que cette fille était très intelligente. Elle savait exactement de quoi je parlais. Dans un sens, je misais aussi sur cette sortie pour établir un lien entre nous, quelque chose qui lui permettrait de me faire confiance, et peut-être qu'alors on pourrait discuter.

« Parle-moi de ta sœur. Comment était-elle ?

— Très belle. » Durga traça du doigt les lettres du prénom inscrit sur le livre. Mon regard dériva vers le tatouage sur son bras.

« De qui est-ce le nom ?

— Ce n'en est pas un », répondit-elle.

Elle resta silencieuse, mais je me penchai en avant pour essayer de le lire. On aurait dit un S. Ou bien un serpent, enroulé autour d'un cœur. Apparemment, elle ne voulait pas en parler.

« J'ai cru comprendre que tu avais brûlé toutes les photos de ta sœur et toi. Je n'en ai trouvé aucune quand je suis allée là-bas.

— Pardon ? Je n'ai jamais fait une chose pareille. Qui vous a dit ça ?

— Une personne que j'ai croisée dans la maison… Manubhai.

— Quel menteur ! Ils racontent tous n'importe quoi. Ils font des choses et rejettent la faute sur moi : c'est tellement facile. Surtout maintenant. S'ils vous disaient que j'aimais boire le sang des vaches et voler sur un balai, vous le croiriez. Et moi alors ? J'ai été battue, empoisonnée, violée, mais ça n'a aucune importance. »

La rage de Durga était visible. Pourtant, elle ne me regardait pas. Elle s'adressait toujours au sol.

« Durga, raconte-moi ce qui te mettait en colère quand tu étais chez toi.

— Tout et tout le monde. Rien n'avait de sens. Dans la vie, on devrait éprouver de la joie, du bonheur et apprécier la beauté des choses… Mais dans cette maison, surtout après le départ de Sharda, c'était le néant. Plus rien n'avait d'importance.

— Ta mère était très croyante ?

— Oh oui… Mais depuis peu. Avant ça, elle ne pensait qu'à ses fêtes et ses soirées au club. Et puis des choses graves sont arrivées et elle a décidé que Dieu seul pouvait la comprendre.

— Tes frères…

— Les Garçons. Oui, les Garçons. J'étais l'un d'eux, moi aussi. Pourtant, ils n'ont plus voulu de moi quand j'ai commencé à grandir… En fait, après le départ de Sharda, je n'ai plus eu le droit d'aller nulle part, ni de rien faire. »

. J'étais soulagée de l'entendre parler. Manifestement, la vue des livres, d'objets venant de sa maison, avait ouvert le barrage qui retenait ses souvenirs.

« J'ai vu Binny à la télé ce matin. »

Elle me répondit avec enthousiasme pour la toute première fois depuis notre rencontre. « C'est vrai ? Est-ce que sa fille est née ?

— Pas encore, mais comment sais-tu qu'elle va avoir une fille ? »

Durga fixait de nouveau le sol ; elle n'avait pas entendu ma question.

« Les filles ne provoquent que des problèmes : vous devez dire à Binny de faire attention. Savez-vous que Manubhai vient du Bihar ? Il a fait venir de la main-d'œuvre bihari à la ferme. Il a aussi amené ses filles… Et puis… » Elle s'interrompit brusquement. « Demandez-lui ce qu'il a fait d'elles. »

Après ça, elle ne voulut plus rien dire.

Je me demandai si j'arriverais à la faire parler davantage.

« Binny m'a dit de te poser des questions sur Rahul. »

Elle ne leva pas les yeux du sol.

« Durga ? Est-ce que tu peux me parler de Rahul ? »

Notre entrevue était dans l'impasse. Je ramassai les livres et les rangeai dans mon sac à bandoulière.

Alors qu'elle se levait pour partir, j'eus l'impression étrange d'avoir réussi une percée, mais sans vraiment savoir de quoi il s'agissait. Peut-être que je devrais retourner à la maison. Avant ça, cependant, il me faudrait trouver un manuel de gurmukhi et peut-être essayer de rencontrer le professeur particulier de Durga. J'avais besoin de discuter avec une personne qui avait passé du temps avec elle avant cette terrible nuit.

Plus tard, je m'installai dans ma chambre avec un verre de bière fraîche, le manuel et le paquet de feuilles. Tout en allumant une cigarette, j'étalai les documents devant moi et parcourus la liste des caractères pour me les remettre en mémoire. Je les écrivis plusieurs fois jusqu'à ce qu'ils me soient redevenus familiers. Puis je feuilletai le manuscrit que j'avais trouvé à Company Bagh. Les feuilles avaient été arrachées à un cahier à lignes, visiblement. L'écriture était très recherchée, aussi entortillée que celle du livre d'école. Ces mots avaient été tracés par Sharda, alors, pas par Durga. Chaque page avait un titre. Une phrase griffonnée dans la marge attira mon attention. Par chance, je parvins à la déchiffrer, même si ce fut long et pénible. Sharda acceptait de rencontrer quelqu'un à dix-sept heures.

Je me demandai si ce mot pouvait être destiné à l'un des petits amis mentionnés par la fille d'Amrinder. Ou bien à son professeur particulier ? D'après mes souvenirs, Ramnath avait dit qu'un professeur marié donnait des cours aux deux filles. J'ignorais si des hommes enseignaient à St. Mary ; il faudrait que je vérifie.

Je me promis de remettre ces papiers (ainsi que la photo) à Ramnath, mais seulement après les avoir déchiffrés. Avec un peu de chance, ils éclairciraient le mystère de la disparition de Sharda.

Le téléphone de ma chambre se mit à sonner. Cette fois, c'était mon ami Amarjit qui voulait savoir si j'étais bien installée. Je devenais peut-être paranoïaque, mais il me semblait percevoir une certaine froideur dans sa voix. Je l'avais à peine vu depuis mon arrivée, et pourtant je me souvenais d'une époque où il ne pouvait pas vivre sans moi. Toutes ces balades à moto, ces rendez-vous secrets de nos jeunes années… Il les avait peut-être oubliés encore plus vite que moi. Je ne tenais pas spécialement à en raviver le souvenir, mais un peu de chaleur ne m'aurait pas fait de mal à cet instant…

Il voulait savoir si j'avais progressé. Je lui racontai que Durga s'était enfin un peu exprimée et que curieusement, selon l'adolescente, toutes les photos de sa sœur et elle avaient été détruites par les domestiques.

« Elle a l'imagination débordante. Je suis sûr que personne n'a touché à rien dans la maison après le drame, à part pour effectuer le nettoyage habituel, répondit Amarjit, le ton toujours formel. Ramnath n'a autorisé personne à changer quoi que ce soit, car il reste toutes les preuves des meurtres. Mais essaie encore de la faire parler : les journalistes me harcèlent de questions sur l'enquête et j'aimerais éviter toute conclusion hâtive… Tu sais, ses parents et moi étions très proches : je veux être sûr qu'on aura les bons arguments pour la défendre. Ce serait fantastique si tu découvrais que quelqu'un d'autre était coupable et a fait d'elle un bouc émissaire. »

Est-ce qu'il me tendait une perche ? Étais-je censée fabriquer des preuves et les lui fournir pour qu'il puisse clore l'affaire et libérer Durga ? Peut-être pressentait-il comme moi qu'elle était victime d'un coup monté…

*

À binnyatwal@gmail.com

Bonjour, j'espère que tout va bien… Il faut que je vous téléphone, pouvez-vous me donner votre numéro et me dire à quelle heure je peux vous appeler ? Vous devez avoir beaucoup de choses à faire pour préparer l'arrivée du bébé. Durga est sûre et certaine que ce sera une fille ! Et que vous l'appellerez Mandakini ou Mandy !

Elle n'a rien pu me dire sur Rahul. C'est un petit ami ?

Prenez soin de vous, Simran.

PS : Je crois que je vais me faire appeler Simi maintenant.

*

À simransingh@hotmail.com

Bjr, c'est la dernière ligne droite. En fait, on a toujours su que ce serait une fille. Ils m'ont fait passer une échographie. C'est mon beau-père qui m'y a emmenée. Durga a toujours été de mon côté : c'est mon ange gardien. Rahul est son frère adoptif. Sa mère l'a recueilli il y a 4 ans. Je crois que j'en ai trop dit. Je me sens très émotive aujourd'hui. Je pense à mon petit ange. Veillez bien sur elle. À bientôt, B.

Chapitre 5

13.09.2007

Parfois, je me dis que je pourrais vivre comme ça le reste de mes jours. Dans l'incertitude. Je parle seulement quand on me parle. Je mange quand on pose de la nourriture devant moi. Je me traîne, car le poids de mon corps m'est devenu insupportable. Après tout, quelle différence entre ici et l'extérieur ? Je pourrais aller à l'école, je suppose, mais pour y apprendre quoi ? Là-bas, certaines filles aiment parler de leurs projets et de leurs futurs métiers, mais elles se font des illusions ; elles finiront toutes mariées, mères de famille et on les obligera à rester à la maison (ou à aller au club tous les soirs, comme le faisait ma mère avant de découvrir que la religion pouvait l'aider à avoir un fils). Bref, elles obéiront à leurs Chers Maris. C'est ce que ma mère nous disait, à Sharda et à moi : qu'il fallait qu'on arrête de se plaindre, parce que c'était la même chose pour toutes les filles. Nous n'étions pas des cas à part. Et elle ajoutait qu'on apprendrait à Aimer Ça.

Je sais que je suis plus futée et intelligente que les autres élèves de ma classe, mais je ne peux pas le montrer… car je dois éviter d'attirer l'attention sur moi. C'est ce qu'il dit. « Reste silencieuse et raisonnable, ne montre pas ton caractère. Ne te fâche jamais en public. » Je me souviens de la première fois où il m'a parlé. J'étudiais seule pendant qu'il supervisait les devoirs de ma sœur. Quelquefois, il venait me voir, regardait mon travail et effectuait quelques corrections. J'aimais sa façon de m'écouter. Personne, à part ma sœur, ne m'écoutait jamais, alors c'était très inhabituel pour moi. Je lisais des journaux et des livres tous les jours dans le seul but de trouver quelque chose à lui dire, n'importe quoi. J'aurais pu lui raconter que des astronautes avaient atterri sur Vénus même s'il y fait cinq cents degrés, il m'aurait toujours écoutée. Il m'aurait même encouragée à lui en dire plus. Il aimait toutes mes petites inventions, qui devenaient de plus en plus grotesques au fil des semaines. Ces choses peuvent arriver quand on mène une vie recluse. On s'invente tout le temps des histoires. Je me demande maintenant si je l'ai inventé, lui aussi. Et si j'avais tout imaginé pour combler un immense besoin d'amour ? Rien n'est impossible. Peut-être que je suis folle, schizophrène. On dit que c'est héréditaire. Je sais que c'est ce qu'ils espèrent. Ils attendent que je craque. Peut-être que je vais leur rendre ce service, finalement.

Je ne sais plus quand j'ai commencé à jouer avec lui aux mêmes jeux qu'avec ma sœur. Je me suis mise à lui tenir la main quand elle ne se trouvait pas dans la pièce. J'ai compris pourquoi Sharda aimait autant le faire, parce que ça me plaisait aussi. Ça me donnait envie de travailler encore plus dur. Dès que la leçon était terminée, il écoutait ce que j'avais à dire et puis me serrait fort contre lui. À part Sharda, personne ne m'avait jamais tenue dans ses bras et je trouvais cette sensation très agréable. Il me conseilla de ne pas en parler, mais c'était inutile. Je ne risquais pas de le faire après ce qui était arrivé à ma sœur.

Dans notre maison hantée, les secrets étaient partout. Nous les connaissions tous mais nous n'en parlions jamais. Et ce fut pire après le départ de Sharda. Et puis Manubhai a fait venir ses deux filles et les a installées dans les pièces réservées aux domestiques près du jardin. Ces chambres se trouvaient à côté de celles de mes frères, et je compris bientôt pourquoi Amla disait toujours que les filles ne provoquaient que des problèmes. C'est pour cette raison que mon père avait adopté Jitu, le fils de son propre frère.

Je faisais toujours de mon mieux pour ne causer de difficultés à personne. Et c'était là le principal problème, je crois.

Il faut avouer que les révélations de Binny sur la détermination du sexe du bébé me laissèrent sous le choc. Savait-elle que c'était illégal ? C'était encore plus risqué pour une famille comme celle des Atwal, qui était intimement liée aux responsables de la police. Ce rendez-vous chez le médecin était certainement un service qu'on leur rendait en secret. Venais-je de repérer un défaut supplémentaire dans l'écheveau compliqué de la vie de Durga ? Pas étonnant que son père ait offert tout cet argent aux hôpitaux locaux.

D'après mes souvenirs, la famille possédait même des maternités ; aussi cet examen avait-il dû être très simple à réaliser.

Il n'était pas vraiment utile de révéler cette nouvelle information dans l'immédiat. Celle-ci n'aiderait pas à faire avancer l'affaire et ne ferait que fournir à la presse plus de titres à sensation. On avait déjà publié une photo de moi dans les journaux locaux et déclaré en toute certitude que j'étais une détective privée, recrutée par la belle-sœur de Durga installée au Royaume-Uni. Quelqu'un avait peut-être lu nos échanges d'e-mails ; je les avais imprimés. Après tout, qu'est-ce qui pouvait bien rester secret dans une maison d'hôtes appartenant à la police ? Si au moins on m'avait dit que je tenais un rôle aussi prestigieux, j'aurais porté le trench et les immenses lunettes noires de circonstance !

Maintenant que chacun connaissait le but « réel » de ma présence à Jullundur, deux chaînes de télévision, ainsi qu'un journaliste de presse écrite, souhaitaient me rencontrer. Même le gérant de la maison d'hôtes, un homme habituellement renfrogné, eut l'air impressionné quand il me transmit leurs messages. Je me demandai s'il était à l'origine des rumeurs qui circulaient dans les rues de Jullundur. Combien l'avait-on payé pour qu'il monte une histoire de toutes pièces à mon sujet ? Il m'avait déjà prévenue que la gardienne de la maison d'arrêt était prête à me fournir des « informations » sur Durga si je le souhaitais. Il suffisait que je fixe un prix.

« De la part de la chaîne Aaj Tak, *Saar* », dit le gérant. Pour une raison inconnue, il parvenait seulement à m'appeler *saar*. Son sens de l'observation était tel que ma féminité lui avait totalement échappé. Il devait être un informateur sacrément efficace pour la police.

Je l'informai que je ne voulais être dérangée par personne et m'assis au bureau de ma chambre pour tenter une nouvelle fois de comprendre « l'affaire ». Comme Durga était capable de se servir d'un ordinateur, je décidai de rechercher sur internet d'autres faits divers impliquant des enfants. internet était certainement un bon outil de travail pour moi, mais il exerçait sur d'autres une fascination particulière, surtout sur les enfants, qui par nature ont tendance à vouloir reproduire ce qu'ils voient. Comme j'étais sur le point de le découvrir, son utilisation pouvait avoir des conséquences terrifiantes.

À mon avis, essayer de comprendre pourquoi les enfants devenaient des criminels était le moyen le plus rapide de s'offrir une dépression durable. Plus rien ne restait secret dans ce monde et le moindre crime incompréhensible était enregistré, non seulement par écrit, mais aussi sur des vidéos que l'on pouvait visionner par accident. J'évitai celles-ci, me concentrai uniquement sur les articles et lus les histoires récentes d'enfants agresseurs. Après toutes ces années de travail auprès de délinquants juvéniles, j'étais toujours déconcertée par ce désir de vengeance et cette rage incontrôlable que peuvent ressentir les enfants. Si seulement ils avaient trouvé une personne à qui se confier ou quelqu'un pour les conseiller, avant de passer à l'acte ! C'était mon souhait le plus cher et mon espoir le plus fréquemment déçu ! Les cas de brutalité les plus récents qui apparurent sur mon écran avaient tous eu lieu au Royaume-Uni, eux aussi.

Brian Blackwell, un bachelier soi-disant brillant, avait emmené sa petite amie faire du shopping en Amérique après avoir tué ses propres parents, parce qu'ils s'étaient opposés à leur relation. Le plus curieux, c'est qu'au moment où il avait poignardé son père et sa mère, le couteau s'était enfoncé si facilement qu'il n'avait pas vraiment cru les tuer. Ainsi, d'après son témoignage, il n'avait éprouvé aucun remords en laissant ses parents agoniser et se vider de leur sang sur le sol. Brian était fils unique et avait eu des parents aimants. Qu'avait-il bien pu se passer ?

La télévision et les autres médias nous abreuvaient de violence au quotidien et je me demandais si on n'avait pas fini par sous-estimer ses effets. Ce manque d'empathie pour les victimes était-il dû à l'excès de scènes brutales et sanglantes au cinéma ? J'observai la photo du garçon. Avait-il des traits communs avec Durga ? Des milliers de kilomètres avaient beau les séparer, elle avait peut-être ressenti la même colère et la même frénésie avant de supprimer les personnes qui veillaient sur elle et subvenaient à ses besoins.

Bien sûr, si des parents étaient capables de tuer leur enfant – et les journaux étaient particulièrement friands d'histoires d'hommes ayant violé et assassiné leurs propres filles, l'inverse devait bien exister.

Les États-Unis comptaient parmi les pays où l'on relevait le plus de cas de parents infanticides. Certaines victimes n'avaient même pas atteint l'âge d'un an. Et le plus souvent, malheureusement, il s'agissait de nourrissons ou de nouveau-nés tués par leurs mères.

Si des parents pouvaient succomber à une telle cruauté, alors il devait être assez facile de manipuler et de pousser un enfant à l'acte, même sans provocation régulière. D'après mon expérience dans les prisons de Delhi, c'était un phénomène fréquent lorsqu'un enfant au passé perturbé rencontrait une personne imposante et tombait sous son charme : celle-ci devenait un mentor, un modèle auquel il pouvait s'identifier. Quelqu'un qu'il idolâtrait et qui pouvait facilement le préparer à commettre toutes sortes de crimes, même un meurtre.

internet avait transformé ce processus. Le mentor pouvait désormais se trouver physiquement éloigné et toucher les enfants de manière indirecte. Il pouvait s'agir d'un joueur de football, de cricket, d'une star de cinéma, d'un mannequin, autrement dit d'une personne que l'enfant ne rencontrait jamais en vrai ou avec qui il ne pouvait pas communiquer, mais dont il croyait recevoir des messages à travers sa façon de jouer, ses films, sa musique, ses photographies ou ses interviews.

Dans de nombreux cas récents, des adolescents avaient cru recevoir un message de ces mentors. Ils avaient fini par se faire du mal ou par blesser d'autres personnes, persuadés à tort d'avoir été « guidés ». Je venais de travailler sur le cas d'un enfant qui pensait devoir imiter les singeries habituelles des héros de films d'action. Mais ces « messages » auxquels il avait obéi ne lui avaient rapporté qu'une mâchoire fracturée, plusieurs côtes luxées et une condamnation avec sursis.

Durga avait-elle pu se trouver exposée à l'une de ces influences négatives ? Un modèle, un mentor, proche ou éloigné, un petit ami ou bien un amant avait-il pu la forcer à agir d'une certaine façon ? Ou bien ce meurtre avait-il été planifié sur internet ? J'étais sûre que la police avait vérifié le disque dur de l'ordinateur chez elle – je notai tout de même de poser la question à Amarjit.

Jusque-là, je n'avais rencontré aucun proche de Durga. J'ignorais encore tout de ses relations avec sa sœur, ses frères ou même ses parents. À ce stade, il faudrait que j'interroge l'adolescente, ou un proche, si je voulais en apprendre plus sur eux et sur « Rahul », leur fils adoptif. La maison de Company Bagh m'était apparue comme une énigme et ses habitants se révélaient tout aussi incompréhensibles. Chaque fois que je croyais mieux comprendre Durga, elle semblait s'éloigner un peu plus.

J'avais l'impression de me trouver dans une galerie de miroirs face à mon reflet, qui était lui-même le reflet d'un autre reflet. Et le dernier, tout au bout, n'était pas le mien mais celui de Durga. Il était si petit qu'il me faudrait des millions d'années pour l'atteindre.

Il était trop tôt pour boire un verre; je fumai dès lors une cigarette. J'inspirai profondément et retins la fumée quelques secondes dans mes poumons jusqu'à ce qu'elle les emplisse entièrement. Il fallait absolument que je me détende. J'appelai le bureau d'Amarjit en croisant les doigts pour qu'on veuille bien me donner l'adresse du professeur particulier de Durga, Harpreet Singh. Je me préparai ensuite à partir tout en m'efforçant d'ignorer les ondes attirantes que m'envoyait la pile de bouteilles de bières et de whisky, et demandai à mon conducteur de *rickshaw* préféré de me déposer chez le professeur.

La route n'était pas directe. Après avoir pris la mauvaise direction à plusieurs reprises et rencontré de nombreuses voies de circulation à sens unique – qu'il parcourut avec une insouciance admirable et généralement à contresens –, mon chauffeur finit par trouver la maison tout à fait par hasard dans une ruelle à l'intérieur du marché. Elle était située au-dessus d'une petite confiserie et d'un snack qui proclamait, sous l'image colorée d'un coq à l'allure fière: «Entrez et Goûtez-Moi Ça!» J'en conclus que son poulet tandoori devait être «le Meilleur du Monde». La petite porte derrière laquelle se cachait l'escalier raide en béton qui menait à la maison s'ouvrait juste assez pour que je puisse entrer, et je n'étais pas particulièrement grosse.

Visiblement, Harpreet n'avait pas encore la chance d'enseigner l'anglais à des étudiants américains sur internet, ce qui lui aurait permis de gagner rapidement des millions de dollars et d'emménager dans un bungalow cossu.

Une jeune fille m'ouvrit la grille et m'invita à entrer. J'étais trop âgée pour être une étudiante ; elle me demanda si j'étais venue voir sa mère. Je secouai la tête et lui demandai où se trouvait son père.

La fille était vêtue d'un *salwar kameez* traditionnel, austère et bien amidonné. Elle devait avoir à peu près dix ans. Deux longues tresses mêlées de rubans bleus lui tombaient sur les épaules. Elle me dit qu'elle allait appeler son père, car il donnait un cours quelques maisons plus loin.

Je m'assis dans une petite cour semblable à celles qu'on trouvait dans la plupart des maisons anciennes. C'était le poumon de la maison, puisqu'elle permettait de ventiler les pièces sombres et fermées situées tout autour. D'après les parfums qui s'échappaient par une ouverture, quelqu'un devait être occupé à cuisiner, mais hormis la fille, personne n'était sorti. Le rideau de la cuisine bougea légèrement et une femme apparut. Je devinai que c'était une femme grâce à ses vêtements. Elle était complètement défigurée, sa peau ridée recouverte de cicatrices. Malgré tout, ses yeux foncés me regardaient avec calme et chaleur, éclairant son visage nu. Ses cheveux épars étaient grossièrement tirés vers l'arrière.

Elle me tendit un verre d'eau sans dire un mot et repartit vers la cuisine. Mon cœur battait un peu plus vite et mes paumes étaient moites. Que lui était-il arrivé ? Cette vision ne m'était pas étrangère ; je croisais des visages semblables dans les hôpitaux où j'allais recueillir les témoignages de victimes de dot, ou de jeunes filles que des amoureux éconduits avaient aspergées d'acide. En parcourant les murs du regard, je remarquai le portrait d'une belle jeune fille à la peau claire, la tête couverte d'une *dupatta* rouge et or. S'agissait-il de la même femme ?

Lorsque Harpreet Singh entra dans la cour, ma surprise fut tout autre. C'était un très bel homme. Il avait les yeux d'un vert intense, des cheveux foncés ondulés, légèrement plus longs que la norme, et une expression douce et tranquille.

« Je suis désolé de vous avoir fait attendre », dit-il. Son punjabi était aussi doux et poli que l'expression de son visage. « J'étais chez un élève. Tout le monde devient fou à l'approche des examens. Est-ce que ma femme vous a offert à boire ? Que préférez-vous ? De l'eau citronnée, du thé ? »

Je lui demandai de l'eau citronnée en bégayant. J'étais complètement prise de court par la différence entre Harpreet et sa femme. Je ne m'attendais sans doute pas à voir quelqu'un comme lui. Je me souvenais de professeurs particuliers semblables à des créatures grises, indéterminées, que mes parents angoissés m'obligeaient à écouter. Ils apparaissaient et disparaissaient sans me laisser aucune impression. Je ne gardais que le souvenir de leurs yeux fixés sur l'horloge et de leurs méthodes intransigeantes. La plupart du temps, j'essayais de me cacher sous le lit ou prétendais avoir mal au ventre quand j'entendais la sonnette d'un vélo devant la porte. Avec une cruauté typiquement enfantine, je ne m'inquiétais pas de savoir s'ils avaient besoin de ce travail ou non – je cherchais seulement un moyen d'écourter la leçon. Mes professeurs particuliers de maths et de hindi avaient les dents jaunes et l'haleine fétide. La seule façon de leur échapper étant d'améliorer mes notes, c'est ce que je fis. Et je ne les revis plus jamais.

Tandis qu'il me regardait calmement, assis sur sa chaise, j'essayai d'imaginer Harpreet et Durga dans une pièce close et cette image me perturba.

Sa façon confiante de me dévisager me força à détourner les yeux. Il semblait me considérer comme son égale, voilà ce qui me troublait, car il était censé être un professeur humble, sans le sou et tout à fait oubliable. Un homme dont le salaire n'excédait sans doute pas quelques milliers de roupies par mois. C'était ce que dépensait souvent ma mère rien que chez le coiffeur. Pour une raison ou pour une autre, j'avais tout à fait conscience de mon sentiment de supériorité déplacé.

Je ne percevais aucun manque de respect dans son regard, mais il ne se montrait pas non plus obséquieux. Il m'intriguait et je me doutais qu'il décelait ma confusion croissante. Je tentai péniblement de trouver les bons mots pour commencer.

« Je… Je crois que vous savez pourquoi je suis ici ?

— J'ai lu votre nom dans les journaux. Vous êtes venue de Delhi pour aider la police à faire avancer l'affaire qui concerne Durga. »

Il me sourit d'un air narquois.

Je savais ce qu'il pensait. Il n'était pas aussi dédaigneux que Ramnath, mais tout de même curieux de savoir pourquoi une personne comme moi prenait la peine de consacrer du temps à une affaire criminelle. Je décidai de plaisanter avec ça. De garder un ton léger et superficiel – de coller à mon image.

« Ce que vous avez lu dans les journaux est totalement faux. Je ne suis pas détective ! Je suis seulement une travailleuse sociale sans véritable formation. Amarjit et moi allions à l'université ensemble, alors il a cru que je pourrais l'aider à ma façon. Je dois avouer que je suis déconcertée. Je n'ai pas beaucoup avancé avec Durga, car elle me parle à peine... C'est pour cette raison que je suis là. »

L'effet de ses yeux verts était hypnotique. Je parlais trop, trop vite, et ne lui laissais pas l'occasion d'en placer une. J'inspirai profondément et me tus. Il continua à me sourire, comme on sourit à un mauvais élève. *Pas de panique, je sais que tu peux y arriver.* Curieusement, je me sentais petite et insignifiante face à son attitude. Cependant, son amusement laissa rapidement place à la tristesse.

« Durga n'a jamais été connue pour sa facilité à converser. Elle parle peu... mais ressent les choses très profondément. C'est une enfant blessée, vous savez », dit-il lentement, l'air pensif.

C'était la première déclaration pertinente que j'entendais à son sujet. Sans le quitter des yeux, j'assimilai soigneusement ses paroles. Sa femme sortit alors et nous servit de l'eau citronnée.

« Assieds-toi, Sudha. » Il me regarda à nouveau, tandis qu'elle prenait place à côté de lui. « Savez-vous pourquoi Sudha est dans cet état ? Parce qu'elle a été brûlée après son premier mariage. Sa dot était insuffisante. Sudha, Durga… On sait vraiment y faire avec nos femmes dans ce pays. Cette enfant… ne devrait pas se trouver en prison. »

Je vis la colère s'installer sur son visage. Ainsi il avait épousé Sudha malgré ses cicatrices et ses brûlures. Devais-je me laisser impressionner ? Ou rester méfiante ? Cet homme était-il trop beau pour être vrai ? J'avais désespérément envie de le croire, car dans le monde d'où je venais, les hommes comme lui n'existaient tout simplement pas. Et pourtant, un signal d'alarme plus bruyant que les klaxons de la circulation extérieure retentissait dans ma tête. Je me souvins du visage de Durga. Je l'imaginai assise à côté de cet homme, en train d'étudier. S'il faisait un tel effet à une garce cynique comme moi, qui détestais les héros de pacotille, comment une jeune fille pouvait-elle lui être insensible ? Pourquoi sa famille, si conservatrice, l'avait-elle choisi comme professeur particulier ? Ça n'avait aucun sens. Il y avait un problème quelque part.

« Je ne veux pas dire qu'elle est trop jeune pour aller en prison ni autre chose de ce genre, surtout si elle a vraiment tué quelqu'un. Ce qu'entre nous je ne crois pas, poursuivit-il d'un ton sérieux et avec la dose parfaite de compassion dans le regard. Je pense seulement que les familles qui traitent aussi mal leurs femmes méritent ce qui leur arrive. Durga est tout simplement innocente. C'est ce que vous êtes venue me demander, n'est-ce pas ?

— En fait… » Et merde, je bafouillais encore comme une enfant de cinq ans. Cet homme était vraiment trop beau et quelque chose en lui excitait mon attention, ou bien un endroit situé un peu plus bas dans mon anatomie. Je n'avais pas ressenti cette étrange attirance pour quelqu'un depuis longtemps. Je me sentis rougir.

« Je… Je suis venue vous demander de m'expliquer un peu le passé de la famille. Les gens ici ne semblent pas savoir grand-chose sur eux – je n'ai eu droit qu'à des généralités… Famille riche, parents très religieux, *et cetera*. J'ignore encore tellement de choses. Durga aimait-elle ses parents par exemple ? Était-elle proche d'eux ? »

Harpreet se pencha en avant. Son expression devint encore plus intense. « C'est une question sérieuse ? Il s'agit d'une enfant de quatorze ans. Qui a reçu une éducation stricte. Elle partageait sa vie entre la maison et l'école. Bien sûr qu'elle aimait ses parents. Mais est-ce qu'ils l'aimaient, eux ? C'est ce que vous devrez découvrir quand vous parviendrez enfin à la faire parler.

— Lui donniez-vous des cours régulièrement ?

— Environ deux fois par semaine. Mais je ne suis pas allé là-bas depuis des années. J'étais surtout le professeur de sa sœur. »

Il se redressa, tandis que j'assimilais cette information.

« Et qu'est-il arrivé à Sharda ?

— Ne me dites pas qu'Amarjit ne vous l'a pas raconté ? Ou alors son grand ami, Ramnath ? Ils le savent tous. Ils rendaient tout le temps visite à Santji – à chaque fête, chaque occasion. Ils étaient là quand Sharda… » Il s'interrompit brusquement.

« Je suis désolée, je ne comprends pas ce que tout ça signifie. Est-ce que vous voulez dire qu'ils savent où se trouve Sharda ?

— C'est exact.

— Où est-elle partie ? »

Harpreet resta silencieux une fois encore. Il regarda Sudha qui secoua la tête, très légèrement. Que se passait-il ? Au lieu de m'aider à comprendre quoi que ce soit, cette rencontre me déroutait encore plus. Peut-être qu'il restait prudent parce que sa femme était là. Et qu'elle ne voulait pas qu'il en dise plus.

« Je pourrais vous le révéler, mais ça ne servirait à rien. Ça n'aiderait pas Durga. Et je ne pense pas que ça vous aiderait non plus. Dans cette partie du monde, moins vous en savez, mieux c'est. En tout cas, laissez la police faire son travail ; ce n'est pas le vôtre d'enquêter.

— Très bien… Alors, une dernière question… J'ai reçu un e-mail de Binny, la belle-sœur de Durga à Southall. Elle a mentionné une personne appelée Rahul. Est-ce que vous savez quelque chose sur lui ? »

Harpreet se leva brusquement et se tourna pour examiner quelques livres sur une étagère.

« Rahul est arrivé à la maison de Company Bagh à l'époque où je n'y travaillais plus, dit-il très prudemment. Voyons si je peux trouver des livres appartenant à Durga ici. Elle a écrit des nouvelles un jour, la plupart des contes de fées qui se terminaient mal… Peut-être que je pourrais aussi vous donner un livre pour elle. Elle adore lire. »

Je sortis les manuels en gurmukhi et rangeai celui qu'il me donnait dans mon sac à bandoulière.

« Est-ce que vous reconnaissez ceux-là ? »

Lentement, Harpreet me prit les livres des mains et l'espace d'un instant, il sembla avoir les larmes aux yeux.

« Ils sont tous à Sharda. Où les avez-vous trouvés ?

— Dans la maison.

— La maison ? Mais… »

Sudha se leva.

« Veuillez m'excuser, je dois aller préparer le dîner.

— Voulez-vous les garder ? »

Je posai la question à Harpreet sans vraiment comprendre pourquoi. C'était dû à quelque chose dans ses yeux, au chagrin sur son visage. À la tristesse soudaine de cette bouche si parfaite. Nous étions seuls dans la cour à présent, et je ressentais intensément sa présence. J'essayais de rester indifférente, de lutter contre l'étrange attirance que j'éprouvais pour lui. Il avait semblé vouloir me communiquer certaines choses, et j'avais envie de lui dire qu'il m'émouvait et que je le comprenais. Comme moi, il luttait contre l'injustice, mais il était si réservé qu'il m'était difficile de lui dire quoi que ce soit. Je risquais de paraître trop présomptueuse.

En entendant ma question, il parut redevenir un petit garçon l'espace d'un instant.

« Si c'est possible. Juste quelques jours.

— Bien sûr… Pouvez-vous me prévenir si vous trouvez quoi que ce soit dans ces livres qui puisse aider Durga ? Une chose qui pourrait l'aider à s'ouvrir à moi. »

Je pris un ton aussi désespéré que possible. Bon sang, il fallait que quelqu'un me dise quelque chose. J'étais dans le brouillard total.

« Bien sûr. » Il s'arrêta pour feuilleter les pages des livres. « C'est une chose étrange à dire… Mais ça vous mettra peut-être sur une piste. Savez-vous ce qui arrive parfois aux femmes trop… gênantes ?

— Vous voulez parler des filles qui disparaissent ? Celles qu'on tue à la naissance ?

— Oui, ou plus tard. Vous avez vu ma femme ? Eh bien, elle a survécu. Il y en a d'autres qui y restent. Durga a décidé qu'elle survivrait. Mais d'autres pourraient souhaiter le contraire. Voilà ce que je peux vous dire. »

Je compris que la discussion était terminée. Il se rassit en serrant les livres de Sharda contre lui comme un bouclier.

J'espère vraiment que je vous reverrai. Ces mots me vinrent à l'esprit spontanément. Je m'empêchai à temps de les prononcer à haute voix.

Après avoir bredouillé un au revoir, je dévalai l'escalier étroit comme si l'ouverture en bas risquait de s'écrouler avant que je l'atteigne. J'approchai du *rickshaw* une fois de plus au bord de l'asphyxie. Alors que je tentais de reprendre mon souffle, le conducteur me regarda d'un air interrogateur.

Il voyait certainement en moi une de « ces *memsahibs*[1] citadines et modernes », aux nerfs extrêmement délicats. Il m'aurait été difficile d'expliquer pourquoi je ressentais soudain une peur intense pour Durga. Harpreet avait réussi à me transmettre ses propres appréhensions et je craignais maintenant qu'elle ne sorte pas vivante de cette histoire. En outre, j'avais commencé à douter des intentions réelles de mon cher copain de fac. Amarjit m'avait-il vraiment fait venir ici afin de mener une vaste opération de dissimulation ? Et chose encore plus inquiétante, où se trouvait donc la sœur de Durga ? Manifestement, cette histoire était encore plus complexe que je l'avais imaginé.

*

À simransingh@hotmail.com

Bjr, désolée d'apprendre que vs avez eu autant de mal avec Harpreet. Si seulement je pouvais vs en dire plus. Cependant, comme vs le savez, je ne l'ai jamais rencontré. Durga lui faisait confiance, en tt cas. Elle l'appelait monsieur Harpreet. Mais il a raison, moins vous en savez, mieux c'est. Je peux vs donner une piste, mais surtout, supprimez cet e-mail

1. Terme respectueux qui désignait les femmes européennes à l'époque où l'Inde était colonisée par les Anglais.

dès que vs l'aurez lu. Ou bien je vs en parlerai au téléphone si vs m'appelez. Ça concerne Rahul. Toutefois c'est une chose vraiment terrible à dire. Appelez-moi demain, mais pas depuis votre portable. N'oubliez jamais qu'ils essaient d'obtenir des aveux. Même s'ils prétendent le contraire.

Soyez très prudente, B

Chapitre 6

14.09.2007

La vie dans la maison hantée ne devint pas plus facile après le départ de Sharda. Je me demandais pourquoi ils faisaient tous comme si elle avait disparu. Ils savaient très bien où elle était, et ne savaient pas quoi faire. Vous voyez, on l'avait élevée sans jamais perdre de vue le jour où un homme viendrait la chercher en compagnie de l'habituel cortège. De nombreuses cérémonies auraient lieu, comme au mariage de la fille des voisins. Il y aurait les chants, le rituel du henné, celui du curcuma et puis le couple exécuterait ses quatre tours autour du Livre saint des sikhs. Et bien sûr, comme l'exige notre rang, chacun porterait ses plus beaux vêtements et bijoux. Mais Sharda ne voulait rien de tout ça. Dès l'instant où elle a posé les yeux sur lui, elle s'est perdue et nous n'avons jamais pu la retrouver. J'étais souvent inquiète car dès qu'elle s'absentait la nuit, je devais rester éveillée et faire croire aux personnes qui entraient dans sa chambre qu'elle était dans la salle de bains. Ou bien, comme dans les films, j'empilais des oreillers, les recouvrais d'un drap et me recroquevillais contre eux comme s'il s'agissait de son corps endormi.

Je ne comprenais pas ce qui lui arrivait ; son changement d'attitude était tellement spectaculaire. Devant tout le monde, elle restait la même cependant, alors je me demande encore comment quelqu'un a pu découvrir la vérité. Je crois que c'est Jitu qui a compris le premier. Jitu avait toujours adoré Sharda. Il l'appelait Sita[1] *pour la taquiner car il disait qu'enfant, il l'avait trouvée dans la terre, enfermée dans un pot. En fait, c'était les chiens qui l'avaient déterrée. Elle n'avait alors qu'une semaine, et les autres se dirent que c'était une sorcière parce qu'elle n'était toujours pas morte. D'abord, ils lui avaient donné de l'opium et l'avaient enfermée dans un pot de lait avant de l'agiter. Par miracle, le lait s'était transformé en beurre et le bébé en pleurs avait survécu. L'opium ne l'avait pas endormi. La sage-femme angoissée s'enfuit car selon elle, Sharda avait les pieds retournés, signe indéniable que c'était une sorcière.*

Finalement, ma grand-mère rassembla tout son courage et ordonna qu'on enferme cette maudite fille dans un autre pot, puis qu'on enterre celui-ci pendant la nuit. Malheureusement pour elle, les chiens le déterrèrent et Jitu ramena à la maison la petite fille affamée qui hurlait toujours. Il imprégna un coton de lait et la nourrit comme un chiot. Et ainsi Sharda devint Sita, car Sita, l'épouse de Ram, avait aussi été trouvée dans la terre. Elle devint l'enfant chérie de Jitu.

---

1. Divinité hindoue. Le roi Janaka découvrit un jour la petite fille en labourant la terre d'un champ. Il l'adopta et la nomma Sita, ce qui signifie « sillon ».

Et c'est aussi Jitu qui découvrit plus tard où elle se rendait la nuit. Sa colère fut terrible.

Son attitude envers elle changea radicalement. Le problème, c'est qu'elle voulait vivre avec un homme de basse caste, alors que notre famille très respectée appartenait à l'une des plus hautes. Le problème, c'est que c'était une sorcière, une vipère, une rebelle. Le problème, c'est que c'était une fille. La crise dura des jours. Ils réessayèrent toutes les méthodes qu'ils avaient employées quand elle était bébé. Jitu lui avait sauvé la vie un jour, mais cette fois, il voulait y mettre fin. Comment une fille pouvait-elle subir deux fois en seize ans exactement le même traitement ? La seule différence, c'est qu'ils ne pouvaient plus l'enfermer dans un pot en terre, elle était trop grande à présent.

Je venais de passer une mauvaise matinée. Maman avait appelé et s'était plainte comme d'habitude de son ostéoporose et de son arthrite. Et puis elle s'était demandé si elle serait encore vivante le jour où j'aurais décidé de rentrer. (Mon départ remontait seulement à six jours.) Comme si ça ne suffisait pas, j'avais ensuite eu droit au même vieux refrain : combien elle aurait aimé s'éteindre en sachant que quelqu'un veillait sur moi, mais elle ne pouvait même pas mourir en paix puisque je n'avais pas daigné lui accorder ce plaisir en acceptant de convoler avec le premier homme assez fou pour me demander en mariage… *et cetera*, *et cetera*.

Je repensai au Dernier Jules. J'avais l'impression que notre relation remontait au siècle dernier. En fait, le monde dans lequel je vivais actuellement était de moins en moins synonyme de tendresse et d'amour, et de plus en plus de brutalité et de tromperie. Pour être tout à fait honnête, le fait que les gens aient si peu pitié de Durga commençait à me rendre perplexe. Harpreet avait eu beau faire preuve de compassion, il n'avait pas non plus été capable de m'aider à comprendre la situation, avec son sens moral inflexible.

Si personne ne me disait de quel côté chercher, je craignais vraiment que tout le monde finisse par l'abandonner. Y compris moi. Combien de temps allais-je pouvoir rester ici à essayer de découvrir la vérité ? Amarjit était de plus en plus impatient. J'étais là depuis une semaine déjà et je n'avais pas grand-chose à dire. Il avait réussi à gagner du temps en sa faveur, mais trois mois et six jours s'étaient déjà écoulés depuis cette terrible nuit. Et pourtant, il était beaucoup trop tôt pour que Durga parvienne à affronter l'atrocité de ce qu'elle avait vécu.

J'aurais voulu l'emmener faire une promenade, aller voir un film, passer quelques soirées normales avec elle, afin qu'elle commence à me faire confiance. Il aurait fallu qu'on passe du temps ensemble en dehors de la maison d'arrêt, mais je savais que c'était impossible.

Par chance, j'allais bientôt pouvoir parler au téléphone avec Binny. Elle ne m'apprendrait sans doute rien de plus, mais cette conversation était ma seule chance de dégager quelques fragments de vérité parmi le tas de fausses informations que tout le monde semblait vouloir me faire avaler. J'avais surtout été très surprise d'apprendre par Harpreet qu'Amarjit était mêlé à la disparition de Sharda, et qu'il en savait plus que ce qu'il voulait bien me révéler. En outre, Binny avait insisté pour que je lui parle sans être écoutée et ça ne me rassurait pas non plus. Elle pensait que mon téléphone portable et l'ordinateur de la maison d'hôtes n'étaient pas sûrs. Qui pouvait bien s'intéresser à une vie aussi banale que la mienne ? Mais avant tout, quels aveux ces personnes espéraient-elles surprendre ? Pensaient-elles que je finirais par piéger la jeune fille ? Amarjit m'avait pourtant assuré qu'il voulait la voir lavée de toute accusation.

Je sortis de mon lit aussi lentement qu'une vieille femme et décidai qu'un bain me remettrait d'aplomb. Pour ne rien arranger, il y avait encore une coupure d'électricité et les gigantesques molécules d'air brûlant étaient à peine dérangées par les faibles mouvements du ventilateur, qui fonctionnait grâce à l'onduleur. La veille au soir, je m'étais donné beaucoup de mal pour réduire le stock d'alcool du Punjab et j'avais une gueule de bois infernale. Je sais très bien qu'il ne faut jamais boire seule. C'est l'un des plus sûrs moyens de devenir alcoolique. Mais ça m'était bien égal à ce moment-là. Je souhaitais seulement régler cette affaire et rentrer chez moi. Je voulais commencer une nouvelle vie très loin de Jullundur.

Je subis le trajet cahoteux jusqu'à la prison en grognant intérieurement. Il était temps que j'aie une sérieuse conversation avec Ramnath, s'il était revenu d'Amritsar. Peut-être que ma mère avait vu juste (nos mères ont toujours raison au bout du compte) en disant que je prenais cette « fichue affaire » trop au sérieux. Après tout, je n'avais qu'à leur balancer un rapport, leur offrir mes suggestions et déguerpir. Je n'avais rien à voir avec tout ça, cette histoire était beaucoup trop glauque et je risquais de passer le reste de mes jours à chercher Sharda. Je ne savais même pas s'il était essentiel de la retrouver pour sauver Durga. Si tout le monde estimait qu'il était plus sûr pour moi d'ignorer certaines choses, à quoi bon essayer de remuer ciel et terre (ces deux-là bougeaient d'ailleurs un peu trop à mon goût ces derniers temps) dans l'espoir de secourir une adolescente qui refusait de me parler ?

Au moment où je passai l'énorme portail, je me trouvai face à une foule d'agentes de police qui s'efforçaient de faire entrer un groupe de femmes bengali dans une pièce. Je devinai leur origine à leurs tenues, et parce que quelques-unes étaient très agitées et protestaient bruyamment contre le traitement qui leur était infligé. Il y avait un problème de communication évident entre ces femmes et les agentes punjabi qui riaient ou s'irritaient de leurs cris stridents. D'après les protestations qui fusaient, on les avait trouvées dans un bazar où elles négociaient leur liberté en offrant le peu qu'elles possédaient. La situation était malheureusement claire.

On avait récemment recensé de nombreux cas de femmes achetées pour quelques milliers de roupies à Murshidabad, puis amenées au Punjab dans le but d'assouvir les besoins des fermiers locaux et des autres hommes. D'après certaines ONG qui travaillaient auprès des prostituées, elles étaient souvent attirées par des maquereaux qui prétendaient les aimer, puis littéralement vendues comme esclaves une fois sur place.

Les mêmes ONG soulignaient que ce commerce de chair était une autre conséquence de l'effroyable déclin du *sex-ratio* : il n'y avait tout simplement plus assez de femmes au Punjab. Et la police et les autorités locales avaient beau être tout à fait conscientes de ce trafic, elles ne faisaient pas grand-chose pour l'arrêter.

Dans un coin de la pièce, Ramnath s'entretenait tranquillement avec l'une des lieutenantes et observait les nouvelles venues. Il était rentré de voyage, malheureusement pour moi. Qu'est-ce qui pouvait bien m'agacer autant chez cet homme, hormis le fait que sa femme reste l'une des personnes que j'aimais le moins au monde ? J'avais beaucoup de mal à me montrer polie envers lui. Je m'efforçai d'afficher une expression agréable et marchai dans sa direction.

« Bonjour. Vous avez vu ces fiancées bengali ? » Une fois de plus, je me retins d'exploser en entendant son ton moqueur, car un coup de colère ne résoudrait rien. J'avais toujours mal à la tête à cause de ma soirée bien arrosée.

« Où les avez-vous trouvées ?

— On les a ramassées dans le quartier de Mansa. Vous imaginez ça ? On croyait que les proxénètes étaient toujours des hommes. Eh bien non, Madame ! Ce foutu commerce de gros est dirigé par une maquerelle bengali ! Elle a été achetée à Murshidabad et vendue à un fermier il y a à peu près vingt ans. Et vous savez quoi ? Elle a trouvé que c'était un business sensationnel. S'est même payé une ferme avec les bénéfices. Elle a acheté toutes ces femmes pour les revendre. Dites donc, elle est belle la solidarité féminine ! »

Tandis qu'il gloussait d'un air arrogant en débitant ses remarques ignobles et, je l'espérais, inexactes, j'observai les jeunes filles ; la plupart étaient fatiguées et sales. Leurs vêtements étaient déchirés et tachés. L'une d'elles, qui n'avait pas plus de seize ans, sanglotait dans un pan de son sari. De quoi était-elle coupable ? On l'avait probablement trompée. Pourquoi donc se trouvait-elle ici ? Il y avait eu récemment une nouvelle inondation au Bangladesh et une partie de la population avait trouvé refuge en Inde. Ces filles avaient-elles été obligées de venir ici ? Les passeports et les cartes d'électeurs n'existaient plus dans le monde obscur où elles vivaient.

« Cette femme là-bas, c'est la chef du réseau. »

Je ne pus m'empêcher de l'observer. Elle avait les cheveux et les yeux foncés et mâchait du *paan* [1], les mains sur les hanches. Sa chevelure bouclée était détachée, dans le style d'Aishwarya Rai, et tombait en cascade dans son dos. Elle était la mieux habillée de toutes avec son sari vert et or transparent, et un

---

1. Feuille de bétel assouplie longuement dans l'eau et garnie de chaux éteinte, d'épices, d'aromates, et parfois de tabac.

anneau en or brillait à son nez. Cet environnement ne semblait pas la bouleverser. Combien de fois était-elle déjà venue ici ?

« Qu'est-ce que vous allez faire d'elles ?

— J'aimerais pouvoir les renvoyer chez elles. Mais il s'agit d'un trafic totalement immoral, Madame. Nous allons devoir prendre leurs dépositions et noter chaque détail. La plupart ne connaissent même pas le nom de leurs parents. Et elles sont toutes droguées, vous savez. C'est indispensable, sinon elles essaient de s'enfuir quand elles découvrent qu'on va les violer. Alors maintenant, il faut attendre que les effets de la drogue disparaissent. »

C'était difficile, mais je devais bien admettre pour une fois que Ramnath avait sans doute raison. Ça expliquerait pourquoi certaines étaient si calmes, quand d'autres paraissaient terriblement agitées. Elles devaient être huit en tout.

La « chef du réseau », celle à la peau foncée, cria soudain dans notre direction : « Hé, Sahib. Qu'est-ce qu'on fait ? Toutes ces filles sont censées se marier. Pourquoi on est là ? J'ai des demandes en mariage pour chacune d'elles. La grande cérémonie aura lieu la semaine prochaine. Pourquoi vous ne viendriez pas ? »

Ramnath éclata de rire et lui cria : « Et si tu commençais par dire la vérité ?

— Je vous le jure, Sahib. Tout est vrai. Chacune de ces filles a un fiancé. J'ai montré leurs photos aux hommes et puis j'ai fait venir celles qui ont été choisies. »

Le punjabi de cette femme avait une forte intonation bengali. Je n'avais jamais entendu ce drôle de mélange auparavant. C'était fascinant.

« Tu veux dire que personne ne t'a donné d'argent ?

— *Chee, chee, chee*, qu'est-ce que vous racontez ? Ce sont toutes mes sœurs. Est-ce que je n'ai pas envie de les voir heureuses, dans leurs nouvelles maisons ? À Murshidabad, Sahib, il n'y a pas de travail, pas d'argent. Y a que des mauvais garçons. Au Punjab, on trouve des hommes très bons. Ils s'occupent bien de nous. Mon mari aussi, c'est un homme très bon. »

Je regardai Ramnath. « Vous ne pouvez pas la garder ici si elle est mariée et si elle a un alibi. Peut-être que c'est une simple marieuse.

— Je crois qu'un petit séjour à la Nari Niketan résoudra tout problème de comportement moral. »

À la simple pensée de ces maisons de redressement et de leurs méthodes, mon aversion pour Ramnath se fit encore plus violente. Je lui tournai brusquement le dos et entrai dans la pièce voisine, où Durga m'attendait. Les protestations des femmes étaient parvenues jusqu'à elle.

« Qui sont ces filles ? » Elle était curieuse. Son intérêt pour d'autres personnes était un signe encourageant. Son visage habituellement sans expression s'était animé. En même temps, je la plaignais terriblement. Elle aurait dû se trouver à l'école au lieu d'être ici. Que savait-elle de la prostitution à son âge ?

« Eh bien, d'après la femme qui semble la plus âgée, elles sont toutes venues du Bengale pour se marier.

— Vous y croyez ?

— Je… Je n'en sais rien, honnêtement. J'ai déjà entendu ce genre d'histoire, mais il faut que j'en apprenne plus sur ces filles.

— Est-ce que vous me prenez pour une idiote ? Vous pensez vraiment que je ne connais pas la vérité ? »

La dureté de son ton me surprit. La colère s'était réinstallée sur son visage. J'étais gênée de me faire passer un savon par une adolescente.

« Pourquoi te mentirais-je ? Écoute, nous savons tous qu'il y a eu d'importants… trafics de femmes, surtout au Punjab. Tu es assez grande pour le savoir. Et ici surtout, en prison, tu verras beaucoup de ces femmes. Mais je crois vraiment que ce sont des victimes. Elles sont exploitées et ceux qui devraient se trouver ici à leur place sont les hommes qui les utilisent, les maltraitent et les violent.

—Dans ce cas, il faudrait mettre la plupart des hommes que vous avez rencontrés récemment derrière les barreaux. Vous en êtes consciente ?

— Je crois que tu ne devrais pas accuser n'importe qui. Mais si tu as des preuves concrètes, je t'écoute. »

Elle rit. « Des preuves ? Mon dieu. Ça arrivait tous les jours. Devant moi. Devant ma mère. Devant Sharda. Dans cette maison de Company Bagh. Mes propres frères. Les soi-disant filles de Manubhai qu'il avait amenées. D'où croyez-vous qu'elles venaient ? Et dans quel but ? Pourquoi vous ne le lui demandez pas ? »

Elle semblait tellement plus âgée tout à coup. Le fiel dans sa voix, la haine sur son visage. Jamais je ne les oublierais. La rage avait durci ses traits enfantins. Son regard était plongé dans les ténèbres de sa maison. Qu'avait-elle vu ?

« Vous voulez le savoir ? Parce que c'étaient des garçons après tout, ils avaient besoin de s'amuser. Alors, voilà, on a fait venir ces filles. L'une d'elles avait seulement douze ans. Oh ! ce n'était pas un problème bien sûr, on les considérait juste comme des animaux. Je ne crois pas que quelqu'un s'inquiétait vraiment de savoir ce qui allait leur arriver. Manubhai avait payé trois mille roupies pour chacune d'elles, il me semble. Ce n'est même pas le prix d'un sac à main Gucci, pas vrai ? Ou d'un bon repas dans un hôtel cinq étoiles. Tout est resté très discret au début, évidemment. On a envoyé ces filles à la ferme. Mais une fois que les drogues sont arrivées, Jitu et Sanjay n'ont plus fait attention à rien.

— Ta mère n'a pas réagi ?

— Ma mère ? Elle ne faisait que prier toute la journée dans sa salle de *pooja*[1]. Oh, on entendait des chants religieux du matin au soir dans cette maison. Tout le monde priait sans arrêt, distribuait du *kara parshad*[2] par kilos pendant que les garçons restaient allongés dans la pièce d'à côté, complètement drogués.

— De la drogue ? Comment pouvait-elle arriver dans ta maison ? Enfin, Amarjit était souvent là-bas et…

1. La *pooja* est un rituel d'offrandes et d'hommage à une divinité.

2. Gâteau de semoule de blé.

— Je ne vous ai rien dit jusque-là parce que je vous croyais stupide. Vous aimez beaucoup Amarjit, n'est-ce pas ? Vous croyez même qu'il tient à moi. Mais non, Amarjit ne m'aime pas. Et Ramnath encore moins. Vous savez, si je voulais de la drogue… Ils me l'offriraient sur un plateau. Ici même, en prison. Vous croyez que Ramnath tenait à votre présence ? Non, il a été obligé de l'accepter. Cette affaire concerne trop de personnes connues. Il veut savoir… »

Durga retint brusquement son souffle. Elle tourna lentement les yeux vers la porte et la peur envahit son regard. Ramnath était entré et nous observait. Durga eut l'air de se recroqueviller sur elle-même. La jeune femme en colère avait repris l'apparence d'une enfant. Je me rappelai le viol et les marques sur son corps. Il était naturel qu'elle ait du mal à affronter les hommes. Mais pendant une fraction de seconde, il s'était passé quelque chose entre Durga et Ramnath. Un échange si puissant que je sentais la tension dans l'air. Il connaissait ses parents et venait souvent chez eux. Était-ce la raison de sa peur ?

Je me demandai avec inquiétude ce qu'il avait pu entendre.

Quand il prit la parole, son ton me sembla à la fois persuasif et presque séducteur. « Alors, comment vas-tu, ma chérie ? Est-ce qu'on s'occupe bien de toi ici ? »

Durga se leva. Elle avait les mains tremblantes, comme une écolière avant sa récitation. On aurait dit que cette scène lui était familière, qu'on lui avait appris ce qu'il fallait répondre. Mais les mots semblaient coincés dans sa gorge. Des gouttes de sueur se formèrent sur son front et elle acquiesça d'un léger signe de tête.

Non, elle ne se préparait pas à réciter un texte mais à recevoir une punition. Sa peur avait l'air de plaire à Ramnath. Avec l'intérêt d'un botaniste, il observait le spécimen qui se tortillait désespérément au bout de son aiguille. L'expérience, semblait-il, se déroulait comme prévu.

Je me levai immédiatement, car il était évident que Durga ne parlerait pas devant lui. De toute façon, je ne voulais pas qu'elle le fasse. J'avais enfin aperçu une étincelle et n'allais pas la laisser s'éteindre aussi facilement. Je lançai mon plus charmant sourire à Ramnath et m'approchai un peu trop de lui afin qu'il ne puisse plus voir Durga.

« Dites donc, ces femmes bengali ont vraiment fait sensation ! m'exclamai-je pour essayer de faire diversion.

— Ça se passe bien ici ? Comment va Durga ? » Il parlait d'elle comme si elle était absente. Ses cheveux bien peignés sentaient la brillantine. En m'approchant encore, je perçus l'odeur de sa lotion après-rasage. Brut, sans aucun doute. Tout en lui exprimait la vivacité, l'énergie, la soif d'action.

« Eh bien… Il reste encore beaucoup de chemin à parcourir. Mais peut-être que je devrais la laisser partir maintenant. Elle a l'air fatiguée. Oh, attends, je t'ai apporté de la lecture. » Je lui tendis le livre que Harpreet m'avait donné.

Durga l'ouvrit et son regard s'illumina. Elle leva les yeux vers moi et malgré sa réserve, j'y lus pour la première fois une certaine reconnaissance. Elle partit sans un mot, et sans un regard pour Ramnath.

Pendant une minute, celui-ci me regarda avec hésitation. Je me tenais beaucoup trop près de lui. Si j'avançais un peu la tête, je pourrais la poser sur son épaule. Peut-être qu'il attendait que je fasse le premier pas. Il tendit une main, puis la posa sur mon bras nu. Ses doigts étaient froids et moites. Je m'efforçai de lui lancer un sourire mystérieux avant qu'il puisse dire quelque chose, et libérai doucement mon bras. Je quittai la pièce en ayant l'impression de sortir d'une fosse aux serpents. L'adrénaline se répandit dans tout mon corps et ma migraine revint instantanément.

De nouveau à l'air libre, je me dirigeai vers une cabine téléphonique au milieu du marché bondé. Un vendeur de fruits me criait dans une oreille et un vendeur de *paan* dans l'autre. Le soleil et la banalité de la situation me tranquillisèrent. Comment deux mondes aussi différents pouvaient-ils se côtoyer sans affecter l'autre de manière irrévocable ?

Je m'assurai d'un regard que je n'avais pas été suivie et que personne ne me portait un intérêt injustifié, puis je composai le numéro de Binny et fermai la porte de la cabine. Les appels internationaux vers Southall étant chose courante dans cette région du monde, ma demande n'éveilla aucune curiosité chez le propriétaire de la boutique, qui poursuivit ses calculs compliqués sur la feuille posée devant lui. On aurait dit un horoscope. En effet, une publicité devant moi disait qu'à ses heures perdues, il était aussi astrologue. C'était peut-être la personne qui me trouverait enfin un mari !

La voix de Binny et son accent cockney si particulier me rassurèrent immédiatement.

« Bonjour, Binny. Comment allez-vous ?

— Vous m'appelez juste à temps. Je pars pour l'hôpital plus tard dans la soirée. C'est le jour J.

— Je suis ravie de pouvoir vous parler. Maintenant, racontez-moi tout. Votre e-mail m'a beaucoup inquiétée.

— Bon. Je vais devoir vous expliquer les choses très vite, car ma mère va bientôt revenir me chercher et je ne peux pas parler devant elle. Quand elle arrivera, il faudra que je raccroche. Toute cette histoire a vraiment flanqué la trouille à mes parents. S'ils pensent que je suis toujours impliquée, ce sera encore pire.

— D'accord.

— Rahul est... le fils de Sharda. Elle est partie il y a des années. Je ne l'ai jamais rencontrée. Mais je sais que son départ était lié à ce bébé. Vous voyez, elle n'était pas mariée. Je crois qu'ils l'ont envoyée à l'asile. Je n'en suis pas sûre. On ne pouvait jamais parler ouvertement dans cette maison. Durga et moi devions nous voir en secret parce que son père se méfiait beaucoup de tout ce qu'elle pourrait me raconter. Mais bon sang, ne dites à personne que vous savez qu'il est le fils de Sharda. La famille disait simplement qu'il avait été adopté.

— Comment a-t-il pu partir avec vous ?

— C'était… Oh ! je ne me souviens plus de tous les détails, mais je suis allée passer un examen et, enfin, j'étais très affectée par le comportement de mes beaux-parents. Je ne veux pas en dire plus parce qu'ils sont morts tous les deux, et il vaut mieux oublier ces choses. Mais j'avais peur. Durga m'a suggéré de dire à tout le monde que j'allais voir des proches à Delhi… avec Rahul. Par chance, il avait un passeport et pour faire court, je suis partie en Angleterre avec lui. Nous avions prévu des vacances en famille ; dès lors la plupart des démarches étaient faites. Des amis à Delhi m'ont aidée aussi. Malgré tout, je tiens à ce que personne ne mentionne sa présence ici. Je l'ai tenu éloigné des journalistes, car j'espère pouvoir l'adopter légalement très bientôt.

— C'est un peu étrange d'avoir choisi ce moment pour partir… Est-ce que vous soupçonniez quelque chose, un danger pour la famille ? Quelqu'un avait-il fait des allusions ?

— Non, non, non. Vous devez me croire, leur mort a été un véritable choc pour moi. Écoutez, je dois raccrocher maintenant. Mais d'après ce que m'a dit Durga, vous devriez parler à Harpreet, ou même à sa femme. Ils en savent plus qu'ils ne le disent. Je vous ai envoyé une lettre il y a quelques jours, surveillez votre courrier. Au revoir. »

Le bruit sec sur la ligne me ramena brutalement à la réalité. Pourquoi l'examen l'avait-il bouleversée ? La famille était-elle furieuse que le bébé soit une fille ? Mais les parents eux-mêmes en avaient eu deux. Selon moi, il y avait une raison plus plausible au départ précipité de Binny : les deux mineures du Bihar, les amantes clandestines. Avait-elle été, comme Durga, confrontée aux aventures des deux frères ? Et à l'usage de drogues ?

Je savais bien sûr que la marijuana et l'opium représentaient toujours un problème majeur au Punjab. À une époque, on pouvait même accuser le terrorisme de favoriser les trafics. Beaucoup de jeunes au chômage se laissaient tenter par l'argent facile et la drogue, et finissaient par adhérer au mythe du Khalistan [1].

Tout le monde avait entendu parler des grandes plantations de pavot en Afghanistan, qui fournissaient des quantités infinies d'héroïne. Aujourd'hui, celles-ci atteignaient finalement le Punjab après avoir fait un détour par le Pakistan, puis poursuivaient leur route vers quelques plaques tournantes. Là, on les utilisait pour se détendre ou atténuer ses angoisses.

Le terrorisme avait fini par décliner ces dernières années, mais en ce qui concernait la drogue, les circuits ouverts un jour ne s'étaient jamais vraiment refermés. Et à présent, le Punjab avait ses propres champs de pavot, ainsi que ses plantations de ganja. Venais-je de découvrir un autre fait cruel de la vie au Punjab, un nouvel élément qui avait violemment perturbé le quotidien dans la maison de Company Bagh ?

---

1. Pays revendiqué par les séparatistes sikhs réunissant le Punjab indien, le Punjab pakistanais et d'autres régions limitrophes.

Une chose me paraissait claire : Sharda était un chaînon important de l'histoire. Je réfléchis à la possibilité de montrer à Harpreet la photo que j'avais trouvée. Peut-être qu'il saurait me dire qui était cette fille.

*

Chère Simran,

Je ne sais pas si je pourrai bientôt vs parler, mais en attendant, j'envoie cette lettre à Harpreet afin que vs ayez l'occasion de le rencontrer. Vs pourriez avoir besoin de son aide pour comprendre ce qui se passe. Je ne l'ai jamais vu, mais je sais qu'il a beaucoup soutenu Sharda et mon petit ange. J'aimerais aussi vs rappeler de rester très, très prudente. Il est facile de suivre nos échanges d'e-mails, surtout depuis la maison d'hôtes. N'oubliez pas que Sharda a disparu et que ce genre de choses arrive souvent. C'est ce que me répétait Durga, alors ne prenez pas cet avertissement à la légère. Comme vs ne tarderez pas à le découvrir, les apparences sont parfois trompeuses. À mon arrivée à Jullundur, je peux vs dire que le choc a été total. Je savais que mes beaux-parents étaient riches et très attachés aux traditions. On m'avait dit que je devrais abandonner mon mode de vie britannique et m'habituer aux manières traditionnelles. Je l'ai fait. J'ai commencé à porter des saris, de longs salwar kameez et à me couvrir la tête. J'ai rencontré mon mari pour la première fois le jour de mon mariage. J'ai tout fait pour leur plaire car ma mère tenait beaucoup à ce mariage. Ces gens appartenaient à notre caste, notre clan. Mais leur maison était pleine de secrets. Le plus étrange, c'était le sort réservé à Rahul et Durga. Personne n'adressait jamais la parole à Durga. Son père était incroyablement cruel avec elle. On faisait tout pour qu'elle se sente totalement idiote.

Même lorsque ses notes étaient bonnes, sa mère jetait un simple coup d'œil à ses bulletins et les rangeait. Jamais de félicitations. Je crois qu'ils étaient furieux contre elle. Parce qu'elle s'était montrée loyale envers Sharda et ne les avait pas prévenus qu'elle avait une aventure.

Et Rahul ! Quel tapage autour de leur fils ! Et pourtant je peux vs dire qu'ils l'élevaient comme une fille. À mon arrivée chez eux, je l'ai pris pour une petite sœur parce qu'il portait une robe et avait les cheveux longs. Comme il était trop jeune pour aller à l'école, ils pouvaient continuer à l'habiller comme ça. Apparemment, c'était pour éloigner le mauvais œil. Il devait donc porter des robes et des rubans. Quelqu'un avait jeté un sort à la famille. J'avais entendu parler de telles choses à Southall, mais c'était la première fois que j'y étais confrontée. Tous les jours, les domestiques découvraient quelque chose de suspect, surtout Amla. Un jour, elle a apporté une boule de cheveux à ma belle-mère. C'était les siens, alors elle s'est enfermée dans sa salle de pooja pendant trois jours. Ça a été encore pire le jour où les chiens ont rapporté une poupée démembrée. Tout le monde est devenu hystérique. C'était très bizarre.

Ainsi on ne l'appelait jamais Rahul, mais Guddi. Guddi ! C'est en lui donnant le bain un jour que j'ai enfin compris la vérité !

Et puis j'ai discuté avec Durga et découvert que c'était le fils de Sharda. Aujourd'hui, je suis sur le point de l'adopter légalement. Pauvre petit ! J'ignore où vit sa mère et pourquoi on l'a éloignée de tout. J'ai toujours pensé qu'elle se trouvait quelque part dans la maison. Plusieurs fois, j'ai eu l'impression que quelqu'un criait au milieu de la nuit. Je croyais entendre une femme hurler, mais cette maison était immense. Et à cause des aboiements des chiens et du bruit de la circulation, il était difficile de dire d'où venait le bruit. Et s'il y en avait vraiment un.

Trop de choses me dérangeaient dans la maison de Company Bagh. Je suis veuve aujourd'hui et je dois élever un enfant seule, mais je suis contente d'être partie. J'aurais certainement été tuée comme les autres si j'étais restée. Je dois ma vie à Durga… Et celle de mon bébé. Si elle ne m'avait pas dit de partir, je serais morte comme le reste de la famille. Mon Dieu, comme je lui suis reconnaissante !

Comment la faire sortir maintenant ? Est-ce que je pourrais vous fournir des informations juridiques ? Je suis sûre que le système judiciaire britannique se montrerait plus compréhensif. Durga n'est qu'une adolescente sans défense, alors la police indienne se la coule douce. Ils l'ont arrêtée parce qu'ils n'avaient aucun autre suspect. C'est tellement plus pratique pour eux de l'accuser, elle leur sert de bouc émissaire. Peut-être que nous pouvons trouver une faille. Si seulement nous pouvions la faire sortir de prison et l'amener ici. Durga n'a pas pu faire ça ; on la traitait tellement mal, la pauvre.

Prenez soin de vous, Binny

Chapitre 7

17.09.2007

J'ai eu vraiment peur pour la première fois quand Sharda m'a dit qu'elle n'avait plus ses règles. Jusque-là, j'avais su quoi faire ; après cette révélation, je me sentais complètement perdue. Même si je n'avais que neuf ans, je connaissais déjà les conséquences de sa grossesse. En plus, elle était tout le temps malade. Je ne savais pas vraiment comment tout ça était arrivé, mais j'étais contente pour elle. Elle planifiait son mariage avec lui et disait qu'elle s'enfuirait très bientôt. Nous avions décidé qu'elle poursuivrait sa scolarité et irait étudier le commerce en Amérique. Elle était tellement douée pour suivre le cours des actions que nous l'imaginions déjà millionnaire.

Il était très important d'être indépendante financièrement. Nous savions déjà que la vie serait difficile parce qu'il était très pauvre. Alors elle devrait travailler aussi. Ces moments, bien que très courts, furent très agréables. Elle était tellement heureuse à l'idée de devenir mère. À son retour chaque nuit, nous nous pelotonnions sous les couvertures et je me serrais contre ses seins chauds.

Ils n'étaient plus seulement à moi, mais leur douceur m'apportait au moins un peu de réconfort.

Pas une seule fois nous n'avons imaginé qu'elle pourrait se débarrasser du bébé. Oh non. Elle devait commencer sa nouvelle vie avec quelque chose qui lui appartenait. Le bébé lui donnait un but. Mais Jitu mit fin à tous ses rêves. Un jour, il vint la voir et insista pour qu'elle parte avec lui. Elle n'était pas sortie de la maison depuis près d'une semaine. Je ne la revis plus jamais. Ensuite, ils cessèrent de me parler parce que j'avais trahi la famille.

Ma mère vint dans ma chambre un soir et me gifla jusqu'à ce que j'aie les joues en feu. J'étais censée continuer à aller à l'école et j'y allai même avec mes bleus. La mère supérieure me posa des questions et je lui dis que j'étais tombée dans les escaliers. J'avais peur que quelqu'un téléphone chez nous pour vérifier ma version des faits. Mais à la maison, plus personne ne s'intéressait à moi.

Amla m'apprit que Sharda était dans un asile à Amritsar. Et ce fut tout. Un jour, Rahul arriva à la maison avec Jitu. C'était un enfant tellement mignon. Ma mère insistait pour qu'on l'appelle Guddi. Elle lui faisait porter des vêtements de fille et lui achetait tout le temps des poupées.

C'est drôle, non ? Quand elle avait eu des filles, elle n'en avait pas voulu, et maintenant qu'elle avait un garçon bien à elle, elle était trop effrayée pour l'admettre devant tout le monde et préférait imaginer que c'était une fille. En fait, il n'y avait rien de drôle à tout ça. Personne ne riait car chacun savait en son for intérieur que si Sharda avait été là, Rahul aurait eu une enfance très différente.

C'est vers cette époque que mes frères ont commencé à se droguer et que Manubhai a amené ses « filles ». Je passais alors tout mon temps avec Rahul/Guddi. Je savais qu'il avait un lien avec Sharda, mais j'ignorais, et ignore toujours, s'il était vraiment son fils ou juste un enfant qu'Ammi, ma mère, avait adopté pour le couvrir d'amour. Elle n'avait jamais eu envie de s'occuper de moi, et mes frères étaient maintenant totalement indépendants.

L'amour d'Ammi était trop important pour qu'elle m'en fasse profiter. À présent, elle disait que mes frères aînés l'avaient laissée tomber. Rahul était son seul espoir. Mais le monde ne devait pas savoir qui il était vraiment. Elle devait le cacher dans un endroit sûr. Au cas où quelqu'un lui ferait du mal à lui aussi.

Je me demandais souvent si ce « quelqu'un » était mon père, son mari, Santji.

Je m'installai sur mon siège en soupirant tandis que le train quittait la gare sale de Jullundur, avec ses escaliers délabrés, ses quais décrépis et ses mendiants estropiés. Je n'étais pas venue ici depuis si longtemps que j'avais oublié cet endroit cauchemardesque. Sans parler des pickpockets qui vous fauchaient votre argent à la minute où vous montiez dans le train ! Les voyageurs gênés et inquiets traversaient cette gare comme un champ de mines. En outre, le personnel avait un don pour faire ses annonces en swahili, qu'il diffusait généralement après le départ de votre train. Lorsque vous compreniez que c'était le vôtre, il était déjà loin.

Et puis, bien sûr, vous ne pouviez jamais être sûr d'atteindre votre destination, car il était assez courant que les wagons soient chargés d'explosifs. N'ayant encore jamais rencontré de vrais poseurs de bombes (autrement dit des personnes qui montent dans le train avec des explosifs *dans* leurs sacs), la police ferroviaire faisait le tour des compartiments et collait de petites étiquettes noires numérotées sur vos bagages. Ces agents étaient simplement persuadés que si vous étiez capable d'identifier vos valises et d'obtenir un numéro sur un autocollant noir, vous ne pouviez pas être un terroriste. Cette incroyable foi en la numérologie et l'autorité du propriétaire défiait toute logique.

Mais, fait rassurant, il y avait bien d'autres façons de mourir dans un train indien. À cause des toilettes sales et de la nourriture trop grasse, par exemple. Enfin, le train était en marche et mon cœur battait toujours. Les récents événements ne m'avaient pas laissée totalement indemne, mais j'étais bien vivante.

J'avais croisé le gérant de la maison d'hôtes dans la matinée et l'avais prévenu que j'allais passer deux jours à Amritsar. Je voyais qu'il se faisait un peu de souci pour moi. On avait dû lui parler des bouteilles vides et des tas de mégots dans ma chambre et il commençait à s'inquiéter. Eh bien, ce n'était pas mon père ; je ne lui devais aucune explication. Mais je savais que tous ces ragots parviendraient tôt ou tard aux oreilles d'Amarjit et de Ramnath, les deux hommes qui se trouvaient au cœur de l'enquête et qui étaient, en un sens, mes alliés. Je me moquais vraiment de leur opinion, mais je me demandais pourquoi ils ne m'avaient pas invitée chez eux comme l'exigeaient les lois de l'hospitalité punjabi.

Craignaient-ils mon comportement résolument adolescent, mon incapacité à m'adapter ? Avaient-ils peur que je contamine leurs femmes et leurs enfants ? Ce serait surprenant, car d'après ce que je savais, l'un des mariages connaissait déjà des difficultés et l'autre était uniquement fondé sur l'ambition. On m'avait autrefois accusée d'encourager Amarjit à s'éloigner de sa femme, mais c'était de l'histoire ancienne. Chacun avait fini par se faire une raison à sa façon. D'ailleurs, je n'aurais jamais été invitée à Jullundur si le problème était toujours d'actualité. Ces deux-là devaient donc avoir une autre raison de m'abandonner à mon sort.

Je me répétais pour me consoler que leur indifférence ne me gênait pas vraiment, mais j'étais bel et bien vexée. Mon ego en avait pris un coup. Après tout, si on me comparait à l'habitant moyen de Jullundur, j'étais l'étrangère passionnante, la voyageuse au long cours, l'invitée qui mettrait du piment dans leurs mornes soirées. La citadine bohème toujours à contre-courant, la rebelle dont ils pourraient dire sans se tromper : « On a toujours su qu'elle n'arriverait à rien. »

Enfin, leur peur d'être contaminés l'emportait visiblement sur l'intérêt de mon parcours. On m'avait toujours considérée comme une fille un peu folle, donc pas très recommandable. Une femme pas assez fascinante pour qu'on l'invite à prendre place à la table en verre décorée d'animaux en cristal Swarovski. Ma triste réputation risquait sans doute de tout faire voler en éclats. Il était évidemment plus sûr pour Ramnath et Amrinder de me garder à distance de leur salon.

Mais Amarjit ? Ça me surprenait franchement de sa part, car j'étais venue pour lui rendre service. Une fois de plus, devrais-je ajouter, car la liste des services rendus était déjà longue et certains étaient difficilement oubliables. Je me souvenais d'une époque où il écrivait des poèmes en mon honneur. Quel revers de fortune pour la muse que j'avais été !

Cependant, je devais admettre que cet abandon (bénin) était pour moi un véritable soulagement. Je n'avais aucune envie de passer mon temps à ressasser des ragots d'écolière ou mes vieilles rancœurs. Un abîme nous séparait, mes vieux camarades et moi. J'en étais consciente. Le monde dans lequel j'évoluais m'excluait de leurs vies pour de bon. Si nous dînions ensemble, ils auraient envie de discuter du dernier film de Hollywood ou des soldes chez Harrods pendant leur récent voyage à l'étranger, tandis que je ne pourrais leur parler que de prévenus ou du système judiciaire trop lent. Nous nous disputerions probablement s'ils me traitaient avec condescendance, moi, la vieille fille frustrée qui noyait son chagrin dans l'alcool et s'inquiétait pour des enfants incarcérés à vie. Je n'étais même plus très jolie. J'observai mon reflet dans la vitre. Deux grands yeux foncés au milieu d'un visage fin aux traits anguleux me regardaient d'un air morose. Je levai ma tasse de café vers cette triste image : « Santé ! », et la vidai d'un trait.

De toute façon, je n'avais pas le temps de voir du monde. Il restait trop de détails inexpliqués dans cette affaire.

Je sortis de nouveau les dossiers de ma serviette, chaussai mes lunettes et relus soigneusement les informations sur Sharda. Elles étaient très limitées et il n'y avait même pas de photo pour m'aider. Je pris celle de la fille allongée sur le lit, que j'avais cachée dans mon sac. J'avais décidé de suivre les conseils de Binny et de me montrer extrêmement prudente. Mes dossiers ne me quittaient plus. Après tout, le commissaire divisionnaire de la police de l'Haryana avait lui-même été accusé d'agression sexuelle sur une très jeune femme, quelques années plus tôt. Et puis un autre responsable de police avait été récemment inculpé du meurtre d'une journaliste de Delhi, qu'on disait être sa maîtresse. À cause de ces événements et de mes récentes expériences à Jullundur, je n'avais plus aucune confiance en mon ami Amarjit. Tout pouvait arriver, et il ne fallait se fier à personne.

S'agissait-il d'une photo de Sharda prise à l'asile ? Mais ce que je distinguais était peut-être un lit d'hôpital. Et si Rahul était son fils, elle avait aussi pu être prise à la maternité. L'environnement austère de la fille m'intriguait. Je croyais maintenant reconnaître les maillons d'une chaîne sur le côté du lit, ce qui me préoccupait énormément.

Je savais d'expérience que même au XXIe siècle, les hôpitaux psychiatriques indiens servaient encore très souvent de décharges pour « personnes gênantes », comme les appelait Harpreet. C'était sans doute la raison pour laquelle il avait insisté sur ce terme. De nombreuses femmes étaient enfermées simplement parce que leurs familles n'en voulaient plus, et des incidents mineurs se transformaient alors en événements catastrophiques. Une grande proportion de femmes dans ces hôpitaux avaient dépassé la cinquantaine. Leurs maris et leurs familles les trouvaient souvent difficiles à vivre – trop agressives ou ergoteuses. Parfois, il s'agissait de problèmes d'héritage, ou bien le mari voulait se remarier. C'était une option certainement moins coûteuse que le divorce.

Lors d'une conférence à laquelle j'avais assisté, on avait lu un récent rapport de la Commission nationale des droits de l'homme confirmant ces traitements inhumains. Mais même lorsqu'il existait un problème réel et que la famille compatissante gardait la femme à la maison, la situation était à peine plus tolérable. Dans de nombreux cas, ces malheureuses femmes passaient leur temps attachées à un lit ou enchaînées dans une pièce, car la famille était trop pauvre ou trop mal informée pour rechercher le traitement adéquat. On leur jetait de la nourriture et elles vivaient au milieu de la saleté et de leurs propres excréments. En matière de santé mentale, les chiffres avancés par la plupart des enquêtes étaient très loin de la réalité, car les familles faisaient de leur mieux pour cacher la maladie et ces femmes mouraient rapidement, victimes de l'ignorance et d'une quantité de mauvais traitements. On retrouvait souvent les plus chanceuses errant dans les rues en haillons, affamées, protégées par leur folie et inconscientes de leur propre misère.

Une enquête audacieuse avait révélé que l'Inde comptait moins de trois psychiatres par million d'habitants. Un nombre totalement dérisoire compte tenu des problèmes de pauvreté et des tensions sociales qui commençaient à émerger. Quand quarante pour cent de la population n'avaient pas accès à une instruction, à des soins ni même à une alimentation convenables, il n'était pas surprenant que d'énormes problèmes mentaux surgissent. Mais peu d'institutions étaient capables de leur venir en aide. Les pays les plus développés comptaient au moins cent psychiatres par million d'habitants, mais qui ça intéressait ? Les quelques spécialistes qui exerçaient en Inde n'étaient sans doute même pas assez qualifiés. Que de chemin nous avions à parcourir !

J'ignorais ce que j'allais trouver à l'hôpital psychiatrique d'Amritsar. Dans le train, je lus l'interview de l'un de ses anciens directeurs. Il admettait que « les malades mentaux y étaient maltraités, battus, enchaînés et torturés. On leur imposait un travail difficile et des tâches ingrates, telles que le nettoyage du sol, des salles de bains, des toilettes et du linge sale. On les obligeait également à laver les patients incontinents et à exécuter d'autres corvées… » En échange, ils recevaient des électrochocs sans anesthésie. L'un des membres du personnel avait été renvoyé après avoir battu sauvagement une patiente. C'était arrivé seulement cinq ans plus tôt, à l'époque où Sharda avait dû y être admise.

D'après mes suppositions et les témoignages que j'avais pu recueillir, la famille avait fini par la trouver « gênante », elle aussi, et puis son histoire avait pris une tournure assez banale. Sa famille avait dû découvrir qu'elle avait une aventure et le seul moyen de lui donner une leçon avait été de la faire « disparaître ». Elle avait enfreint les règles. Dans une petite ville attachée aux traditions comme Jullundur, les relations sexuelles hors mariage étaient taboues. Seuls les doyens de la famille pouvaient choisir avec qui elle se marierait et coucherait le reste de sa vie.

Le train s'arrêta en gare d'Amritsar et une nuée de coolies [1] en habit rouge envahit le wagon. Je tentai de repousser la foule et ma déprime oppressante, puis traversai péniblement la masse d'Indiens expatriés et de fidèles en route pour le Temple d'or [2]. Je trouvai un taxi à la sortie et demandai au chauffeur de me conduire à la *pagalkhana*, comme on l'appelait encore dans cette région. La maison de fous.

Construit dans les années 1950, cet hôpital psychiatrique était ouvert aux malades de tous les États voisins. Il ne comptait que trois cents lits environ pour

1. Hommes employés aux travaux pénibles : porteurs, manœuvres, etc.

2. Lieu de culte très important pour les sikhs, situé à Amritsar.

les femmes. Et les patients venaient de l'Haryana, du Punjab et de l'Himachal Pradesh, trois États dont la population totale s'élevait au moins à vingt-cinq millions d'habitants. Alors, comme pour tout dans ce pays, il fallait se battre quand on voulait obtenir une place dans la maison de fous. On pouvait seulement y être admis sur recommandation. Il fallait connaître un VIP.

Grâce à sa morne structure rouge et grise, l'hôpital fut assez facile à trouver. Après m'être présentée, je me dirigeai vers le bureau du directeur. Je n'avais pas pris rendez-vous, alors on me demanda d'attendre que celui-ci soit disponible. J'entendais des personnes qui faisaient de l'exercice quelque part. Ce bruit de fond se mêlait à la voix monocorde d'un présentateur de télévision qui annonçait les nouvelles. Quelques femmes en sari blanc allaient et venaient dans la salle d'attente. J'étais assise à côté de deux couples à l'air anxieux. L'un d'eux était accompagné d'un jeune homme catatonique qui se leva brusquement, se mit à arpenter la pièce, puis se rassit sans faire attention à nous. Au bout d'un moment, je cessai de compter le nombre de ses allers-retours. Je n'entendais pas de cris et n'apercevais aucun patient au comportement incontrôlable, mais les cas les plus graves se trouvaient certainement quelque part au fond du bâtiment, enfermés dans des salles et des cellules d'où nous ne pouvions les entendre.

Quand on m'appela, un quart d'heure plus tard, je découvris que le directeur Prakash Goel et moi nous étions déjà rencontrés à la conférence de Delhi sur l'incarcération des femmes, au cours de laquelle le rapport de la Commission nationale des droits de l'homme avait été présenté. Il nous fut ainsi plus facile d'entamer la conversation, mais je compris très vite qu'on venait de le nommer à ce poste et qu'il apprenait encore les ficelles du métier. Je lui expliquai mon rôle dans l'enquête sur les meurtres de l'affaire Atwal et mes recherches au sujet de la sœur de Durga.

« Sharda Atwal. Laissez-moi vérifier. »

Il demanda qu'on lui transmette son dossier et me raconta les changements qu'il essayait d'apporter à l'hôpital. Il venait d'une famille de médecins installée en Angleterre et était assez idéaliste pour croire qu'il pouvait vraiment faire évoluer les choses. Un changement agréable pour une femme désenchantée et cynique comme moi.

« Si seulement les familles s'investissaient plus… Il faudrait vraiment que certaines de ces femmes rentrent chez elles ; il n'y a rien que l'amour et l'affection ne puissent guérir. Alors j'essaie de voir s'il est possible d'aménager un foyer de réinsertion pour elles en dehors de cet hôpital, un endroit plus apaisant. Qui sait, peut-être que quelques-unes guériront vraiment ? »

Selon lui, l'intégration pouvait se révéler un bon moyen de les aider. C'était un discours qui m'était familier. Si on leur permettait de rentrer chez elles, de suivre un traitement et des examens réguliers, elles auraient enfin une vie normale. Après les rapports terrifiants que j'avais lus, je trouvais extrêmement rassurant de rencontrer une personne capable de comprendre les patients. La folie n'avait rien de romanesque, surtout dans ces institutions connues pour enfermer aussi bien des gens vraiment malades que des criminels, de sorte que ceux-ci échappent à une sanction. Prakash me raconta la mort récente d'une jeune fille à l'intérieur de l'asile, qui avait sans doute été violée. C'était arrivé juste au moment où il avait repris le poste de directeur. Mais on n'avait retrouvé aucun document précisant d'où elle était arrivée ou l'endroit où vivait sa famille. Alors le sort qu'elle avait connu dans ce refuge n'était sans doute pas très différent de celui qu'elle aurait subi en vivant dans la rue. Fait encore plus inquiétant selon Prakash, on confondait très souvent les individus souffrant d'un retard mental avec les malades mentaux. Il lui faudrait encore du temps pour réparer les erreurs commises. Je percevais son épuisement malgré son attitude résolument positive.

Lorsque le dossier arriva, je fus agréablement surprise une nouvelle fois. J'avais l'habitude d'un système où les documents passaient leur temps à disparaître mystérieusement. Une seule petite phrase : « Le dossier est perdu, *Saar* » et la charge de travail du personnel se trouvait soudain beaucoup plus légère.

Prakash ouvrit le dossier de Sharda et le feuilleta. L'épaisseur du dossier était impressionnante. Encore une fois, c'était très inhabituel dans cette partie du monde.

« Est-ce qu'il y a des antécédents de maladies mentales dans la famille ?

— Pas que je sache.

— Eh bien, je vois ici le témoignage d'une personne qu'elle a attaquée à la maison. Elle a failli la tuer, apparemment. Les médecins ont conclu qu'elle était schizophrène et souffrait d'une grave dépression. Elle a d'abord été admise ici en 2002 et on lui a fait suivre un traitement pour stabiliser son état. Une longue liste de médicaments est jointe au dossier. Ensuite, quelqu'un est venu la chercher. Peut-être qu'elle avait été violée ? C'est ce qu'a affirmé l'un des membres de la famille, parce qu'elle était enceinte. On l'a ramenée ici après la naissance de l'enfant, et puis… Les médecins ont poursuivi le traitement, et c'est tout.

— C'est tout ? Qu'est-elle devenue ? Quel genre de médicaments prenait-elle ?

— Oh, des choses pour la calmer. Les doses étaient vraiment fortes : elle avait sans doute un comportement violent.

— Des électrochocs également ?

— J'en ai bien peur. Nous n'y avons plus recours.

— J'ai lu que par le passé, on les administrait sans anesthésie et que la plupart des membres du personnel n'étaient pas formés.

— Que voulez-vous que je vous dise ? Il se passait toutes sortes de choses ici à cette époque.

— Où est-elle allée ?

— La famille est apparemment venue la chercher un an plus tard environ.

— Est-ce qu'il y a une photo d'elle ? »

Il m'en montra une dans le dossier. La jeune femme était terriblement maigre. Elle avait une cicatrice en travers du front et les cheveux coupés court. Sa bouche tombait d'un côté et ses yeux me fixaient d'un air absent. C'était un regard que j'avais vu beaucoup trop souvent. J'eus l'impression qu'elle ressemblait vaguement à Durga, mais c'était difficile à dire.

Prakash avait l'air un peu inquiet à présent.

« Ainsi sa sœur se trouve en garde à vue parce qu'on croit qu'elle a tué toute la famille ? Combien de personnes sont mortes ?

— Treize.

— Je sais que vous essayez de l'aider, mais nous savons maintenant que sa sœur souffrait de troubles mentaux. Est-il possible qu'elle soit elle aussi légèrement déséquilibrée ? »

Je m'écartai brusquement du bureau.

« C'est une adolescente tout à fait normale. Et laissez-moi vous dire que la plupart des choses écrites sur Sharda sont absolument fausses. Il s'agissait d'un conflit familial. Elle est tombée amoureuse, alors ils l'ont fait enfermer. Ce n'est pas un acte inhabituel, comme vous le savez certainement.

— Ne vous mettez pas dans tous vos états, Simran. Je ne veux pas vous contrarier, mais il est possible que ce dossier dise la vérité. Et que sa sœur ait été capable de tuer. Vous risquez de trouver mon raisonnement un peu simpliste, mais parfois, quand elles ont un moment de parfaite lucidité, les personnes atteintes de démence peuvent nous manipuler. Elles utilisent nos points faibles, provoquent en nous un sentiment de culpabilité et se tirent de toutes les situations sans être inquiétées. De la normalité à la folie, il n'y a qu'un pas, vous savez. Essayez de rester objective. Je sais qu'elle a seulement quatorze ans, mais j'ai vu des gens développer une force mentale et physique surhumaine quand ils se sentaient provoqués. Ils n'auraient alors eu aucun mal à tuer. »

Ses paroles retentissaient encore à mes oreilles lorsque je quittai la pièce. L'esprit confus, je me dis en passant devant son bureau que la secrétaire-réceptionniste avait l'air un peu trop au courant de la situation. Pourquoi me souriait-elle aussi étrangement ? Quelles informations détenait-elle ? Elle entra dans le bureau de Prakash avant que je puisse dire quelque chose. Mon visage était baigné de sueur. Venais-je de me couvrir de ridicule ? Était-il si facile de me manipuler ?

À cet instant, une file de patientes me dépassa. Elles marchaient toutes en silence, le dos voûté comme si elles portaient un poids invisible. Les corps maigres et les visages émaciés me rappelèrent la fille sur la photo que m'avait montrée Prakash. Je savais qu'on leur donnait le minimum de nourriture et que certaines internées volaient les couvertures des autres en hiver. Je savais qu'à leur arrivée, elles avaient souvent des poux dans les cheveux et des vers, oui, des vers dans les sourcils, et que le personnel refusait de les nettoyer. Je savais qu'on les dépouillait de leur identité et des derniers lambeaux de dignité qui leur restaient.

Mais que pouvais-je dire maintenant ? Venais-je de commettre la plus grosse erreur de ma vie ? Je me sentais totalement idiote.

Je retrouvai la lumière du soleil ; il faisait une chaleur torride. Même les oiseaux assoiffés restaient à l'ombre et se taisaient. J'avais au moins appris que Sharda avait vécu dans cet asile. Et j'en savais maintenant un peu plus sur le contexte de son internement. Je pris mon courage à deux mains et retournai voir la secrétaire pour lui demander une copie de la photo de Sharda. Il fallait que je me calme ; ma priorité était d'aider Durga. Si elle échouait dans cette *pagalkhana* comme sa sœur, tous mes efforts n'auraient servi à rien. Était-ce ce que tout le monde attendait de moi ? Que je préconise son internement dans cet hôpital ?

Dans le train qui me ramenait à Jullundur, j'eus une révélation. Binny était-elle aussi innocente qu'elle essayait de le paraître ? Si Durga se retrouvait derrière les barreaux – en prison ou même dans un asile –, elle avait tout à y gagner. Comment avais-je pu passer à côté de cela ? Binny avait une très bonne raison de faire interner sa belle-sœur, car l'héritage en jeu était considérable. Je trouvais suspect et troublant qu'elle ait quitté le pays juste avant les meurtres et qu'elle soit sortie indemne de toute cette histoire. Par la suite, elle m'avait donné des conseils et poussée vers l'asile. Tout ça avec une réelle habileté.

Mon portable se mit à sonner. C'était Harpreet, il avait reçu une lettre de Binny qui m'était destinée.

Quand on parle du loup… Je lui répondis qu'on pourrait se voir le lendemain. J'écoutai le bruit du train qui longeait le quai en bringuebalant et essayai de me détendre.

*

À simransingh@hotmail.com

Chère Simran, j'ai le plaisir de vs annoncer que ma petite fille est née hier soir. Pouvez-vous le dire à Durga ? Elle sera aux anges. Prenez soin de vous, Binny

PS : C'est en fait la mère de Binny qui vous envoie ce message. Mon nom est Santosh. J'espère que vous ne voyez pas d'inconvénient à ce que je vous écrive, mais Binny souhaitait vous tenir au courant.

*

À binnyatwal@gmail.com

Chère Santosh,

Merci beaucoup pour votre message. Félicitations ! Dites bien à Binny que je transmettrai la nouvelle à Durga. J'espère que le bébé et la maman vont bien.

Simran

Chapitre 8

18.09.2007

Bien sûr qu'elle me manquait. Ils avaient retiré toutes ses affaires de ma chambre, ses vêtements, ses livres. C'était comme si elle n'avait jamais existé. Si quelqu'un demandait de ses nouvelles, ils répondaient qu'elle était souffrante, partie se faire soigner. Honnêtement, j'y ai même cru pendant un moment. Je savais qu'elle était enceinte bien entendu, mais je ne pouvais pas poser de questions car je croyais comme une idiote que c'était un secret entre elle et moi et que personne d'autre ne le découvrirait jamais.

Un jour, il me sembla la voir devant l'annexe, un petit bâtiment à deux étages derrière la maison. On l'apercevait depuis ma chambre, à travers les arbres. J'étais en train de me préparer avant de partir à l'école ce matin-là. Ou alors c'était une personne qui lui ressemblait. Ses cheveux étaient courts et son corps très maigre, alors je n'étais pas sûre de la reconnaître. Mon père l'emmena à l'intérieur du bâtiment. Et puis Manubhai appela le chauffeur et je partis pour l'école.

Vous vous demandez sans doute pourquoi je ne suis jamais allée vérifier si elle se trouvait dans l'annexe. Il y avait eu un meurtre là-bas quelques années plus tôt et après ça, aucun de nous n'aimait y aller. Les domestiques nous avaient raconté, à Sharda et à moi, que les murs étaient tachés de sang. Ils disaient qu'un terroriste y avait été tué lors d'une confrontation. Et puis j'avais probablement peur de contrarier quelqu'un. Après son départ, je me retrouvai dans une situation très délicate ; l'atmosphère dans la maison était étouffante. Je ne voulais pas aggraver mon cas en faisant une bêtise. À ce moment-là, j'étais encore persuadée que si chacun se comportait comme si rien n'était arrivé, Sharda serait en sécurité. Tout comme le bébé.

Et puis un jour, alors que mon père était assis à table à l'heure du dîner, il annonça : « C'est un garçon. »

Ma mère le regarda et esquissa un sourire pour la première fois depuis des jours. J'étais à la porte et ils ne m'avaient pas vue. Je prenais tous mes repas dans ma chambre. J'étais toujours punie.

« Plus que six mois. »

Puis elle m'aperçut et se leva pour fermer la porte. Je retournai dans ma chambre.

Alors quand arriva Rahul, le nouveau-né, cette toute petite chose orpheline, je crus que Sharda reviendrait du jour au lendemain. Mais les domestiques chuchotaient et cancanaient. Je les entendis murmurer qu'elle était « possédée ». Ils avaient essayé de la faire exorciser. Un vieux sage était venu de Hoshiarpur. Elle voyait des choses et hurlait sans raison, surtout lorsque mon père entrait dans la pièce où elle se trouvait. Elle avait essayé de s'enfuir.

Ils l'avaient dû l'enfermer de nouveau. Ils n'avaient pas le choix – kudi kharaab ho gayee[1].

Je n'avais jamais entendu dire qu'une fille pouvait se gâter, tel un fruit. Peut-être que c'était dû à la chaleur. Je ne la croyais pas mauvaise ; elle était simplement tombée amoureuse, et à mes yeux, il n'y avait pas de mal à ça. Pourquoi mes parents et mon frère ne pouvaient-ils l'accepter comme elle était ? Malgré leur colère, je trouvais toujours cette histoire merveilleuse. Toutes les nuits, je m'attendais à la voir entrer par la fenêtre et se pelotonner contre moi, avec son rire familier. Chaque soir, j'ouvrais grand les battants et priais tous les gourous et les dieux. Je récitais régulièrement le Japji Sahib[2]*. Je faisais tout ce qu'on me disait de faire.*

Mais elle ne revint jamais.

Je n'avais presque pas dormi de la nuit. Les informations qu'on m'avait fournies à l'asile continuaient à me hanter. Il faudrait que j'aille en face annoncer la naissance de sa nièce à Durga dès le lendemain matin. Cette nouvelle lui remonterait le moral. Je me sentais de plus en plus responsable d'elle. Je craignais toujours que ma visite à l'asile l'ait mise dans une situation encore plus délicate. Si personne n'avait encore fait le lien entre la folie de Sharda et la vio-

1. Signifie « La fille s'est gâtée » en punjabi. Cette phrase sous-entend qu'elle a eu une aventure.
2. Vers sacrés récités quotidiennement par les adeptes du sikhisme.

lence supposée de Durga, je ne voulais surtout pas être celle qui le suggérerait.

Comme pour confirmer mes pires soupçons, Amarjit m'appela tôt ce matin-là sur le téléphone de ma chambre. J'avais éteint mon portable. J'essayais d'économiser de l'argent dès que c'était possible, mais ça ne changeait sans doute pas grand-chose, puisque la conversation pouvait durer plusieurs heures quand ma mère m'appelait. Elle ne comprenait absolument pas pourquoi je refusais de dépenser la fortune que m'avait léguée mon père. Le poids de ma culpabilité n'avait aucun sens pour elle, car l'argent était fait pour être dépensé. Même lorsque mon père s'était « éteint », épuisé par de longues heures de travail et de stress, elle avait tenu à garder le même niveau de vie. À quoi pouvait bien servir l'argent si on n'avait pas le droit d'en profiter ?

« Alors, tu étais à Amritsar ? Pourquoi tu ne me l'as pas dit ? » Amarjit semblait légèrement contrarié.

« Comment le sais-tu ?

— Ma chérie, je suis policier, tu as oublié ? J'ai des informateurs : les gens me préviennent lorsqu'ils apprennent des choses intéressantes.

— Et quoi d'autre ?

— Tu ne savais pas que sa sœur avait été internée là-bas ?

— Personne n'en avait l'air sûr. J'ai voulu vérifier par moi-même.

— Tu pensais qu'elle pouvait encore s'y trouver ? Est-ce que tu l'as cherchée ?

— Non, le directeur m'a dit qu'il ignorait totalement où elle était et que la famille l'avait emmenée. Tu dois bien savoir où elle est allée.

— Pourquoi ne poses-tu pas la question à notre héroïne ? Elle te donnera sans doute une réponse plus précise.

— Amarjit, est-ce que tu insinues qu'elle a tué sa sœur ou l'a placée dans cet asile ? Tu parles d'une enfant, d'une adolescente de quatorze ans. Vu ses réactions, je crois que Sharda était la seule personne à qui Durga tenait vraiment.

— Eh bien, j'ignore moi aussi où elle est. À toi de le découvrir. Seulement… Les médias et mes chefs aimeraient savoir quand nous allons pouvoir leur fournir des précisions sur l'affaire. J'ai dit à tout le monde qu'elle était encore sous surveillance médicale. Qu'est-ce que tu en penses ? »

Ça venait peut-être encore de mon imagination, mais il me semblait percevoir une pointe d'impatience dans sa voix.

« J'ai toujours cru Durga. Elle est innocente ; c'est une victime. Je pense que sa sœur en était une aussi. Mais laisse-moi lui parler. Elle ne veut toujours pas me raconter ce qui s'est passé. Donne-moi encore quelques semaines.

— D'accord. Je vais essayer de te laisser plus de temps. Cependant, n'oublie pas que nous allons bientôt devoir arriver à une conclusion. Tu sais pourquoi je t'ai appelée, au lieu de recourir à un psychiatre professionnel. Je veux réellement sauver cette fille.

Si j'avais fait venir un psychiatre, la presse aurait fait le lien avec Sharda, et Durga aurait pu dire au revoir à sa liberté. »

Je comprenais pourquoi Amarjit se montrait si peu conventionnel. C'était très risqué, mais je ne lui faisais toujours pas confiance. Il connaissait l'histoire de Sharda depuis le début et ne voulait pas que ça se sache. Il venait de m'expliquer les raisons de son silence et je pouvais les comprendre, mais je trouvais étrange que personne n'ait jamais suivi la piste de Sharda jusqu'à l'asile. Tout le monde s'en fichait. Et personne ne savait ce qui lui était arrivé après. Comment pouvait-on disparaître comme ça, sans laisser aucune trace ?

Je reposai lentement le combiné. Puis je me souvins que Harpreet venait me voir dans la matinée et cette pensée me redonna un peu de courage. Notre première rencontre m'avait perturbée, mais la remise en mains propres de la lettre avait un petit air de galanterie désuète, une denrée rare dans cette région du monde. Je me sentais particulièrement vulnérable après les paroles brusques d'Amarjit. Si je lui présentais mon côté le plus doux, peut-être Harpreet me révélerait-il un peu plus d'informations que la dernière fois.

Je choisis mon sari le moins usé, d'un jaune vif, et appliquai mon *bindi* avec un soin extrême. Je décidai même de porter mes boucles d'oreilles en argent. Espérais-je uniquement lui soutirer des renseignements en jouant les femmes fatales ? Ou bien le souvenir de son effet dévastateur me troublait-il profondément ? D'habitude, je ne prêtais pas vraiment attention aux hommes et ne m'inquiétais pas de savoir s'ils m'appréciaient. Mais en regardant dans le miroir, je fus satisfaite de cette version légèrement améliorée de moi-même et ramenai soigneusement quelques boucles sur mon front. Ça me donnait l'air moins sévère. Je devrais peut-être porter des couleurs vives plus souvent : elles allaient bien avec ma peau foncée.

Je rangeai les photos de Sharda dans mon sac à bandoulière. Au moment où je sortais de ma chambre, Harpreet entra dans le salon de la maison d'hôtes. Jusque-là, j'avais réussi à repousser son image dans les tréfonds de mon esprit en espérant qu'elle ne m'embêterait plus. Mais merde ! En l'espace d'une semaine, cet homme semblait être devenu encore plus séduisant. La vie était tout simplement injuste. Cette impression ne tenait pas qu'à son physique ; il avait aussi l'air d'une personne tellement attentionnée. C'était un homme idéaliste, marié à une femme mutilée, travaillant pour un salaire de misère alors qu'il aurait pu gagner beaucoup plus. Et puis il avait paru inquiet pour Durga et ému aux larmes par Sharda. Afin de garder mes distances avec lui, je dus me répéter qu'il était peut-être moins altruiste qu'il n'en avait l'air – mais ce fut une tâche difficile.

Je savais trop bien ce qui se passait quand j'étais attirée par le mauvais genre d'homme. Après tout, le Dernier Jules, un être franc et légèrement ennuyeux dont la fixation pour sa Mummyji était le défaut majeur, n'était pas entièrement responsable de notre rupture. J'avais mis notre relation à rude épreuve et il avait fini par ne plus me supporter.

J'aimais peut-être vivre dangereusement. En tout cas, je n'avais aucun espoir de me débarrasser d'une telle dépendance au risque. J'essayai de me représenter la colère et l'agacement de ma mère à l'égard de cette attitude pour le moins critiquable.

« S'il est impliqué dans ces meurtres d'une façon ou d'une autre, cette histoire va tout simplement te briser le cœur, dirait-elle en agitant le doigt devant moi d'un air sévère. En plus, c'est un homme marié. »

« Peut-être que j'aime les défis », répondrais-je.

Pour le moment, j'essayais surtout de maîtriser ma nervosité.

Il me tendit la lettre de Binny. Je le remerciai d'être venu. Nous nous assîmes et je commençai à la lire presque immédiatement.

À mon grand désarroi, ces yeux verts semblaient me percer à jour. Ce n'était pas un homme que mon médecin me recommanderait. Comme ma mère, j'avais maintenant l'habitude de ressentir des palpitations. Avait-il deviné combien je souhaitais qu'il soit simplement là ? Combien je rêvais d'avoir une vraie conversation avec lui ?

Tout en lisant la lettre, je nous imaginai en train de parler, de partager un repas, et même de nous tenir par la main. C'était un désir complètement fou. Peut-être que la tension de ces derniers jours devenait trop forte pour moi.

Après avoir commandé du café, chacun de nous but tranquillement et je finis de lire la lettre.

« D'après elle, je devrais vous poser plus de questions sur ses beaux-parents et Durga. »

Il haussa les épaules. « Je vais faire de mon mieux pour vous répondre. » Il faisait bien attention de ne pas laisser sa voix trahir ses émotions. Nous aurions pu tout aussi bien parler du temps qu'il faisait. Je tentais moi-même de n'exprimer aucun désir à travers mon regard, mon visage et ma voix.

Je lui racontai mon voyage à Amritsar, mais il resta impassible et détourna les yeux lorsque j'entrai dans les détails. Concentre-toi suffisamment pour que ce rendez-vous reste formel, me dis-je sur le ton qu'aurait employé ma mère.

Je finis par me jeter à l'eau. « Savez-vous que Sharda a eu un fils ?

— Bien sûr.

— L'avez-vous rencontré ?

— Jamais.

— Le ferez-vous ?

— Je ne sais pas très bien où il se trouve maintenant.

— Harpreet, dis-je le plus gentiment possible. Je sais que vous avez une femme et une fille et que je ne devrais pas vous poser cette question, mais…

— Je sais ce que vous voulez me demander. Mais le fait est que j'ai passé un pacte avec le diable. »

Il me prenait de court. Ce n'était pas la réponse à laquelle je m'attendais. Je parlais de son affection pour les deux sœurs, et il me répondait tout autre chose. J'allumai une cigarette et lui en proposai une. Il la refusa et j'en conclus, toujours aussi nerveuse, qu'il désapprouvait peut-être ce geste. Eh bien, c'était trop tard.

« Avec qui ? demandai-je bêtement.

— Le père de Sharda », répondit-il.

Attendez une minute, eus-je envie de lui dire. Le sol semblait se dérober sous mes pieds.

« Vous avez fait un pacte à propos de Sharda ?

— C'est exact. J'ai promis de ne jamais rencontrer Rahul s'ils me permettaient de la voir. Ils ont accepté. J'ignorais pourquoi jusqu'à ce que je me trouve face à elle. »

Je saisis enfin le sens de ses paroles et la sensation de perdre pied m'envahit à nouveau. J'étais atterrée par mon manque de perspicacité. Je cherchai quelque chose à dire, mais ne pus rien articuler pendant quelques instants. Je me sentais au bord de la nausée.

Il resta silencieux lui aussi et regarda au loin, par la fenêtre. Le masque était en train de tomber ; la colère enflammait ses yeux. Il avait tourné la tête pour m'empêcher de constater l'ampleur de sa rage, mais n'avait pas été assez rapide. *Il l'a aimée, et l'aime peut-être encore.*

« Pourquoi ?

— Elle était déjà complètement absente, les électrochocs et les passages à tabac l'avaient détruite. Elle était très malade. Ils m'ont envoyé l'adresse à laquelle je pourrais la trouver. C'était un village à

Hoshiarpur. Ils l'avaient laissée chez un vieux sage, un exorciste, sous prétexte qu'elle était possédée. Je ne l'aurais jamais reconnue. Elle était très belle avant. Il ne lui restait que la peau sur les os, elle n'avait plus de cheveux et son corps était couvert de furoncles à cause de sa mauvaise alimentation, des brûlures et des coups. Elle avait arrêté de manger et elle passait son temps à prendre de jeunes enfants dans ses bras pour les presser contre sa poitrine. Elle disait qu'ils étaient à elle.

« Les villageois pensaient qu'elle voulait voler leurs enfants. Ou alors elle appelait Durga en hurlant et se frappait la tête jusqu'à ce qu'elle saigne. Nous ne pouvions pas rester là-bas ; alors je suis revenu en ville juste une journée pour trouver un endroit où l'installer et... C'est la dernière fois que je l'ai vue. »

Je sortis la photo de la fille sur le lit.

Il la regarda et me la prit des mains avec précaution. Il resta silencieux un long moment.

« Où avez-vous trouvé ça ?

— Dans la maison. Vous avez une idée de l'endroit elle a pu être prise ? »

Il avait l'air perplexe ; il semblait n'avoir jamais vu cette photo.

« Je n'en sais rien, peut-être à l'asile ?

— Alors où est-elle maintenant ? » demandai-je en priant pour qu'il ne le sache pas. Et en tentant de garder une voix calme.

« Sa famille a dit qu'elle m'avait donné toutes les informations dont elle disposait.

— Quelqu'un sait où elle est et continue à veiller sur elle. Sinon Amarjit ne chercherait pas encore à savoir où elle se trouve, si ?

— Mais il le sait déjà. En fait, c'est Ramnath qui a organisé son séjour à l'asile. Il l'a fait interner afin que personne n'apprenne sa grossesse. Son père lui a probablement demandé de trouver une solution. En réalité, il ne devrait plus s'inquiéter de savoir si elle est vivante ou morte, parce qu'elle ne représentera plus aucun danger pour lui dans son état... Elle ne se rétablira jamais assez pour fournir des preuves contre lui ou ses amis de l'asile, si c'est ça qui le tracasse. Les maltraitances étaient systématiques. On admet volontairement des criminels à l'hôpital psychiatrique pour les sauver de la pendaison, et on rend des gens fous dans l'unique but de faire plaisir à ses camarades... C'est ce qu'a vécu Sharda.

— Est-ce que vous avez des preuves ? Le directeur de l'asile est un ami, peut-être qu'on peut faire quelque chose ?

— Si vous faites trop d'histoires... Ils risquent de dire que Durga est folle à son tour. Le directeur est nouveau et il doit survivre, lui aussi. Quand on vit dans un lac, on évite de se mettre les crocodiles à dos.

— Que sait Durga de cette histoire ?

— Presque tout... Vous pouvez comprendre sa colère. Elle adorait sa sœur.

— Comment ont-ils réussi à agir de la sorte ? Pourquoi personne ne s'est opposé ou n'a rien dit pour la sauver ? »

Harpreet haussa les épaules.

« C'était une famille riche et respectable. Elle dirigeait des écoles et des orphelinats, Ammiji priait tous les jours pendant six ou sept heures d'affilée... Santji, comme on appelait son père, faisait sans arrêt des dons à des œuvres caritatives. Il y avait de l'argent pour tout le monde. Pour Amarjit, pour Ramnath. Le seul problème, c'est qu'ils ne voulaient pas de filles dans leur famille ; et quand ils en avaient, ils devaient suivre un code de conduite très strict. C'est d'ailleurs grâce à ça que Sharda a survécu. L'échographie qu'elle a passée à l'asile a révélé qu'elle allait avoir un fils. Ça lui a sauvé la vie. »

Je sortis la photo prise à l'hôpital psychiatrique.

« Est-ce que c'est elle aussi ?

— C'est à ça qu'elle ressemblait la dernière fois que je l'ai vue. »

Il y avait tant de passion dans sa voix que je posai involontairement ma main sur la sienne. C'était un homme surprenant. Il saisit ma main et me serra doucement les doigts. Une vague de chaleur m'envahit. Je savais qu'il éprouvait un mélange de colère et d'impuissance. Cependant, sa façon de me regarder disait autre chose.

Il régnait soudain un grand calme, comme s'il n'y avait plus que lui et moi. À cet instant précis, tout était possible.

Je voulais que ce moment dure, et pourtant, c'était sans doute une mauvaise idée de lui tenir la main après ce que j'avais entendu ; j'étais choquée par l'intensité de mes sentiments.

Au moment où je retirai ma main de la sienne, tout son chagrin sembla s'exprimer dans ses yeux verts. J'avais l'impression de vivre sur des montagnes russes. Je n'avais toujours pas le courage de lui demander si Rahul était son fils. J'étais embarrassée. De mon point de vue, ça n'avait aucune importance. Je m'efforçai de paraître calme, mais ma voix trembla légèrement quand je pris la parole. Je me sentais toujours au bord de la nausée.

« Vous êtes très courageux. Vous les avez affrontés. Ils auraient pu vous tuer ou peut-être vous faire interner.

— Ne faites pas de moi un héros. Si j'avais été plus courageux, Sharda serait encore parmi nous. »

À peine était-il parti que je me précipitai vers la salle de bains pour vomir dans le lavabo. Toute cette excitation, toute cette tension accumulée – pour découvrir simplement qu'Amrinder et Ramnath avaient sans doute raison. J'étais encore plus agacée par ma propre vulnérabilité. Pourquoi tombais-je *toujours* amoureuse des mauvaises personnes ?

Je me remémorai ses paroles en marchant vers la prison. Je savais qu'il était plus prudent de rester éloignée de lui. Cet homme risquait de compliquer ma vie pour toujours. D'habitude, du moins quand je travaillais, je parvenais à garder un certain détachement. Mais cette fois, tout était différent, et la force de mon engagement me déconcertait.

En fait, c'était peut-être le stress et ma solitude dans cette petite ville qui me troublaient autant. Je me souvenais que dans ma jeunesse, il suffisait de passer une soirée en tête-à-tête avec une personne du sexe opposé pour être persuadée qu'on était amoureuse. De telles rencontres étaient si rares dans ces régions reculées, conservatrices et traditionnelles, que nos hormones se déchaînaient à la moindre occasion. C'est pour cette raison qu'on pouvait marier deux parfaits étrangers et s'attendre à ce qu'ils tombent amoureux l'un de l'autre du jour au lendemain. C'était une simple réaction chimique – mais qui se produisait en permanence dans les petites villes. J'en savais quelque chose.

Je le chassai de mon esprit sans grande conviction et concentrai fermement mes pensées sur Sharda et sa jeunesse perdue.

Désormais, je ne pourrais pas m'empêcher de scruter le visage de toutes les clochardes que je croiserais dans la rue. Ces femmes qu'on évitait de regarder, celles qui erraient en vêtements déchirés, les cheveux sales et emmêlés, certaines dans leur folie que personne ne pourrait plus leur faire de mal.

Durga m'attendait calmement dans l'antichambre.

« J'ai une nouvelle merveilleuse à t'annoncer. Mandakini est née cette nuit ! »

Les yeux de Durga se remplirent de larmes, mais son visage rayonnait.

« Je ne sais pas si vous comprenez à quel point c'est important pour moi, pour nous.

— Si, bien sûr… Je voulais aussi te dire que je suis allée à l'asile. Je connais toute l'histoire de Sharda. Je crois que c'est ce que tu voulais. C'est terrible…

Tout ça parce qu'elle allait avoir un bébé. La pauvre, pauvre petite. »

Elle me tendit soudain les bras et je la serrai contre moi. C'était la première fois qu'elle me touchait. Mais curieusement, elle ignora mes paroles au sujet de Sharda. Comme si elle ne les avait pas entendues.

« Je suis tellement contente pour Mandakini. Dites à Binny qu'ils ont perdu, et que nous avons gagné.

— Qui a perdu ? »

Encore des paroles énigmatiques. Je n'aurais pas dû lui poser cette question. Cet air boudeur que je connaissais bien tomba comme un rideau sur son visage, puis elle s'écarta de moi.

« Transmettez simplement mon message à Binny. C'est tout. Si vous ne comprenez pas ce que je veux vous dire, ce n'est pas la peine de me poser des questions. »

Elle avait beau faire de son mieux pour paraître dure, des larmes de joie coulaient sur son visage. Dans son monde où l'espoir était si peu permis, la naissance de Mandy était peut-être une petite étincelle de bonheur. Mais la victoire qu'elle avait évoquée me déroutait. Est-ce que ce « ils », cet ennemi inconnu, avait voulu se débarrasser de Mandy par un avortement ? Après tout, selon Harpreet, l'enfant de Sharda avait été sauvé parce que c'était un garçon.

*

À binnyatwal@gmail.com

Bonjour, quand vous réussirez à vous éloigner un peu de votre adorable bébé, dites-m'en un peu plus sur vos beaux-parents. Je sais qu'ils étaient très respectés, etc., mais que pensiez-vous d'eux et pourquoi vos parents voulaient-ils vous marier avec un membre de cette famille ? Durga m'a également demandé de vous dire que vous avez gagné et « qu'ils » ont perdu. Qui se cache derrière ce « ils » ?

Prenez soin de vous, Simi

*

À simransingh@hotmail.com

Bonjour, c'est encore Santosh. Binny dort pour le moment. Quand elle se réveillera, je lui demanderai de vous envoyer un e-mail, mais je crois vraiment que nous devrions laisser le passé de côté. Ma fille a suffisamment souffert. Si j'avais su que toute cette histoire arriverait, croyez-vous que j'aurais pris de tels risques ? Je pensais qu'ils allaient la traiter comme une princesse. Et, en effet, le bébé l'a tenue éveillée toute la nuit !!!

Chapitre 9

20.09.2007

Il me fallut beaucoup de temps pour m'habituer à son absence. En un sens bien sûr, je n'y parvins jamais. Mais comme les Garçons furent ensuite au centre d'un nouveau problème, l'attention de tous se trouva un peu détournée. Tout avait commencé avec la drogue. La situation s'aggravait de jour en jour, alors ma mère décida d'écrire à sa vieille amie de Southall pour lui demander si elle connaissait une fille « sage » et convenable, capable de tirer mon frère de ce brouillard toxique. Même s'il n'était pas son vrai fils, ma mère s'inquiétait toujours pour lui. Elle se disait que s'il quittait le pays et parvenait à s'éloigner de ses soi-disant amis, il guérirait peut-être. Elle avait aussi imaginé que Rahul pourrait partir là-bas avec sa femme et lui. Et si, petit à petit, la famille parvenait à quitter la maison hantée, à échapper au pouvoir absolu de ma grand-mère Beeji, et à Santji ?

Ensuite commencèrent les échanges de photos par e-mail. Comme mes parents ne savaient pas se servir d'internet, ils firent appel à moi pour les télécharger. Tout en discutant des atouts et des points faibles de chacune, ils s'accordèrent sur le fait que les filles sélectionnées n'auraient pas besoin de rencontrer Jitu. Je crois qu'ils étaient aussi un peu nerveux à l'idée que quelqu'un découvre l'histoire de Sharda ; celle-ci risquait de nuire à la réputation de la famille.

Tout le monde manifesta une préférence pour Binny. Sauf Jitu, le futur marié, qui était trop occupé à se droguer pour vraiment s'en soucier. En plus, il était souvent parti à la ferme. L'idée était de lui offrir une toute nouvelle vie à l'étranger grâce au passeport de Binny. Il oublierait ce qui s'était passé avec Sharda. (Bizarrement, tout le monde le plaignait à cause de ce qu'elle lui avait fait subir : c'est vrai, il l'aimait tellement. Son comportement avait blessé tout le monde.) Bien sûr, il avait quand même fait partie de l'instance décisionnaire, mais ne s'était opposé à rien.

Peut-être qu'il s'en voulait vraiment, car il venait parfois pleurer dans ma chambre, surtout quand il était ivre ou drogué. Il demandait à Sharda (qui n'était toujours pas revenue) de lui pardonner et répétait qu'il était désolé. Je lui caressais la tête et lui disais que tout irait bien ; mais évidemment, nous savions tous les deux que plus rien ne serait jamais comme avant.

Enfin la date du mariage fut fixée. Jitu devrait seulement y faire une apparition. C'était pareil pour son travail. Il était inutile d'exercer un métier puisque mon père possédait assez de terres pour assurer une vie confortable à notre famille pendant les cinq prochaines générations. Jitu ne deviendrait pas chauffeur de taxi à l'étranger, mais pourrait sans doute monter une petite affaire. En tout cas, c'est à ça que rêvait ma mère en ficelant ses projets de mariage.

Binny arriva d'Angleterre la veille du mariage. Elle était belle mais pas trop, exactement comme sur ses photos. On m'avertit de ne pas trop lui parler et de me tenir à l'écart de la fête. D'habitude, les parents du futur marié accompagnent leur fils chez la fille, mais pour son mariage, Jitu ne bougea pas de chez lui. Ma mère craignait tant que ses projets partent encore en fumée à cause de toute cette magie noire qu'elle réduisit même radicalement ses exigences en matière de dot. Hormis une voiture pour Jitu en Angleterre et un petit appartement pour les jeunes mariés afin qu'ils vivent séparés des parents, ma famille ne demanda rien. Toutes les demandes furent satisfaites : les parents de Binny étaient ravis que leur fille intègre une famille aussi réputée. Après tout, le père de Binny n'était que chef de groupe chez Nestlé, tandis que le mien possédait l'équivalent de plusieurs usines de chocolat à Jullundur. La position du père de Binny était clairement plus bas dans la hiérarchie. Sa famille devait s'incliner devant la nôtre.

Ce fut le mariage de la décennie ; la fête se poursuivit pendant des semaines. Je dus porter moi aussi toute une gamme de nouveaux vêtements. J'ai l'impression que c'était il y a un siècle, mais onze mois à peine se sont écoulés depuis le mariage. Je ne cessais de me dire que la personne qui se serait le plus amusée avait été éliminée de la famille pour toujours. C'était le mariage de son frère préféré. On avait rangé toutes les photos de Sharda avant l'événement, afin que personne ne pose de question gênante.

Et grâce aux prières et aux fêtes incessantes, il n'y en eut aucune. La plupart des gens étaient trop occupés pour s'interroger au sujet de filles disparues.

C'est un appel de ma mère, tard dans la soirée sur mon portable, qui me ramena à la réalité de ma vie parallèle. Où tout ce que j'avais à faire était de me Trouver Un Mari. D'habitude, je rejetais ses accusations sans les écouter. Mais cette fois, j'entendais distinctement tous les mots qu'elle prononçait et j'avais l'impression que chacun m'agressait et me diminuait en tant que personne.

Pourquoi un mari était-il si nécessaire, que pouvait-il donc m'apporter que je ne serais capable de trouver moi-même dans ce monde ? Je reléguai à l'arrière-plan la paire d'yeux verts qui me contemplait d'un air narquois. D'ailleurs, leur propriétaire était un homme marié. Une douleur violente se manifesta dans le creux de mon estomac et je me montrai encore plus brusque avec ma mère qu'en temps normal.

« Écoute, Maman. Tous les hommes que j'ai rencontrés jusque-là se sont révélés égocentriques et ennuyeux. Pourquoi tiens-tu à ce que je mène une existence aussi déprimante ?

— La vie n'est pas qu'une partie de rigolade. » Ah, ce coup sous la ceinture typiquement indien. « Il faut que tu prennes les choses plus au sérieux ; mais pour toi, sérieux équivaut à ennuyeux. Pense un peu à ta mère qui va mourir sans avoir vu le visage de ses petits-enfants. »

Je me demandais souvent si elle avait la moindre idée de ce que mon travail exigeait. Elle pensait sans doute que je faisais la fête toute la journée avec les détenues. Bien sûr, c'était ma faute, ça aussi. Une fois, je l'avais emmenée à une soirée de chants ghazal à la prison de Tihar et elle était convaincue depuis que les prisonniers menaient une vie peinarde. Ils n'avaient jamais besoin de payer pour assister à des concerts, eux, contrairement à nous tous.

Je ne pus m'empêcher de rétorquer : « Ennuyeux s'applique aux hommes que je rencontre habituellement. Enfin bref, dis-moi, puisque tu es tellement obsédée par la mort, pourquoi ne pas m'avoir supprimée à la naissance ? L'infanticide des filles est le meilleur moyen de mettre fin à ce genre de conflit, non ?

— Quelle question idiote ! J'étais très contente d'avoir une fille. J'aurais été heureuse dans tous les cas, franchement. Ton père était tellement pris par son travail que ta naissance était un vrai miracle. Mais laisse-moi te dire que j'ai suscité la compassion de toute la famille. Ta grand-mère paternelle m'a même suggéré de ne pas te nourrir. Beaucoup de femmes le font car quand un enfant meurt de malnutrition, on ne peut pas les accuser de meurtre. Il suffit de dire : "*Ma fille a refusé de se nourrir, qu'est-ce que je pouvais faire ?*" »

Je me souvenais de l'histoire d'une femme au Tamil Nadu qui avait avoué avoir tenté de tuer sa fille en refusant de l'allaiter. Plus tard, fatiguée d'entendre les pleurs du bébé, elle avait recueilli le jus toxique d'une fleur de laurier-rose et l'avait mélangé à de l'huile de ricin, puis elle avait forcé l'enfant à avaler ce poison. Ses pleurs avaient finalement cessé. La femme avait été plus tourmentée par le bruit que par son geste meurtrier.

J'aurais pu exposer à ma mère d'autres méthodes tout aussi simples. Par exemple, le fait d'enfoncer des feuilles de riz dans la gorge d'un bébé rompait sa trachée. On pouvait aussi l'étouffer. Les femmes qui avaient assisté à la naissance ou à la mort de l'enfant étaient invariablement du côté de la mère : elles connaissaient les moqueries et les problèmes qui suivaient la naissance d'une fille. Mais de nos jours, les techniques étaient plus sophistiquées. Au XXIe siècle, les visites prénatales offraient une formule tout compris incluant le meurtre des petites filles dans le ventre de leurs mères. De la même manière, le crime passait totalement inaperçu.

Lasse de son ton moralisateur, je promis à la mienne que je proclamerais bientôt ma disponibilité dans les journaux. Elle ne saisit pas du tout la plaisanterie et dit qu'elle m'enverrait un exemple de texte pour l'annonce, car elle avait récemment rencontré une femme qui venait de trouver un mari sur internet. Ma mère, qui avait toujours fermement résisté à la tentation d'utiliser un téléphone portable, était maintenant prête à tester tout outil technologique pouvant lui permettre de « voir enfin le visage d'ange de son premier petit-enfant ». C'était du pur fantasme, mais personne ne pouvait l'empêcher de rêver, pas vrai ? Pensait-elle vraiment que j'allais lui fabriquer un petit-fils à quarante-cinq ans ?

Je parcourus de nouveau la lettre de Binny. Et dire que je l'avais soupçonnée de vouloir faire de Durga un bouc émissaire ! Il était évident que les deux filles éprouvaient beaucoup d'affection l'une pour l'autre. Mon incapacité à comprendre cette affaire était devenue un tel obstacle que j'étais prête à douter des intentions de chacun. Les larmes et la joie de Durga quand elle avait appris la naissance de Mandakini m'avaient beaucoup touchée. Après tout, Durga n'avait que très peu d'amis et plus de famille. Il restait au moins une personne qui lui témoignait de l'amour et de l'affection.

Je téléphonai à la réception, commandai de la glace pour mon whisky et m'installai devant l'ordinateur afin de consulter mes e-mails. Le gérant m'appela pour me dire qu'un journaliste souhaitait me rencontrer et qu'il attendait dehors. Je levai les yeux vers l'horloge ; il était presque vingt et une heures. C'était culotté, surtout de la part d'un homme. Au début, j'avais décidé de garder mes distances avec les médias, mais après tous les événements troublants qui venaient de se passer, je me dis qu'un point de vue local sur l'affaire pourrait m'être utile. En plus, je me sentais d'humeur téméraire, sans doute à cause du whisky. Et j'étais déterminée à oublier une paire d'yeux verts à l'effet assez dévastateur.

Je l'invitai à entrer et à prendre un verre avec moi. J'étais fatiguée de jouer un rôle. Si ces salauds voulaient crier au scandale parce qu'une femme ingurgitait de l'alcool, eh bien qu'ils le fassent ! Je me fichais même qu'il publie une photo de moi, un verre de whisky à la main, en une du *Daily Awaaz*.

Le journaliste, Gurmit Singh, un grand garçon à l'air sérieux, au turban bleu et à la barbe foncée et hirsute, s'avança dans la chambre. À ma grande surprise, il accepta avec joie de boire une bière en ma compagnie. Il ne sembla même pas choqué de voir une femme d'âge mûr écluser son whisky toute seule dans sa chambre. Il avait quitté Bombay pour s'installer ici seulement un an plus tôt, car son journal voulait augmenter sa couverture locale et le chiffre de son tirage. Nous échangeâmes quelques très bons souvenirs de promenades sous la pluie le long de Marine Drive, de matchs de cricket au Wankhede Stadium et de tasses de thé dégustées au Wellington Club. Comme deux vieux loups de mer proprement échoués dans les rues poussiéreuses de Jullundur, si je peux me permettre cette métaphore, nous sympathisâmes très rapidement. C'était après tout ma première soirée de détente depuis mon arrivée. La première que je passais sans avoir peur de voir surgir un assassin dans mon dos et sans essayer de lire le nom du criminel dans les feuilles de thé.

« L'affaire » fut également au centre de la conversation. À ma grande surprise, il voulut savoir si j'allais établir un lien entre le comportement de Durga et celui de Sharda. Il semblait en savoir beaucoup sur celle-ci et avoua même qu'il avait enquêté de façon indépendante sur le rôle de chaque personne dans son histoire, y compris sur celui de Harpreet. Cette précision me fit l'effet d'une douche froide, mais je refusai de laisser la brume de l'alcool se dissiper.

« Ça fait cinq ans que Sharda a disparu : pourquoi établirais-je un lien entre les deux affaires ? »

Il sortit une lettre de sa poche.

« Je l'ai reçue il y a environ cinq mois. Elle est écrite en gurmukhi : je devrais peut-être vous la lire ? Pour résumer, l'auteur demande : *Où est Sharda ?* Elle m'est parvenue avant les meurtres. L'expéditeur est anonyme, mais il ou elle m'a envoyé cette photo et l'a sans doute fait dans un but bien précis. »

Il me tendit un cliché que je connaissais déjà, celui de Sharda allongée sur le lit. Je le lui rendis. Les caractères de la lettre en gurmukhi me rappelaient ceux des cahiers de la jeune fille. J'y découvris les mêmes fioritures. J'hésitai pourtant à lui parler de ces cahiers, qui de toute façon se trouvaient chez Harpreet.

« Pourquoi n'avez-vous pas publié cette lettre ? préférai-je lui demander.

— Le directeur de mon journal refuse d'imprimer quoi que ce soit sur cette affaire. C'est une petite ville, Simranji, et tout le monde éprouve encore un grand respect pour Santji. Je détiens beaucoup d'informations sur lui, par exemple, et ce n'était pas un saint, loin de là. Mais personne ne veut le savoir. En plus, Amarjitji lui-même n'est pas sûr que cette fille soit vraiment Sharda, alors qu'est-ce que je pourrais bien dire ? Je pensais juste que je devrais vous en parler. »

En parfait habitant de Jullundur, il ajoutait un « ji » à la fin de tous les noms. Apparemment, Gurmit-de-Bombay savait déjà comment se faire des amis et influencer les gens.

Quelqu'un avait pris cette photo, fait de nombreux tirages et envoyé ceux-ci à différentes personnes. Seulement cinq mois plus tôt. Est-ce que ça signifiait que Sharda était toujours vivante ? Une photo avait même été déposée dans la chambre de Durga. Maintenant, ce geste n'avait plus vraiment de sens, car même s'il s'agissait d'une tentative de chantage, tous les membres de la famille étaient morts et le dernier se trouvait en garde à vue.

À moins que Sharda ait été enlevée par une personne extérieure et que les Atwal soient totalement innocents ? Un assassin avait ainsi pu planifier soigneusement le meurtre de la famille tout entière et s'était appliqué à ne laisser aucune empreinte derrière lui. Dans ce cas, l'histoire de Harpreet comportait des failles larges comme des ravins. Il avait évoqué les relations tendues entre Durga et sa famille, la colère de la fille, le manque d'amour qu'elle ressentait.

Pourtant, ces informations pouvaient nous mettre sur une piste importante. Cette photo avait-elle indigné quelqu'un au point de lui donner envie de tuer toute la famille ? Ou ces copies avaient-elles pour mission d'avertir leurs destinataires que la famille allait subir le même sort que Sharda ? Enfin, à supposer que Sharda était morte. Et elle ne l'était peut-être pas.

« Vous avez essayé de la retrouver ?

— Oui, et sa trace menait sans aucun doute à la maison de Company Bagh. On l'a ramenée là-bas après l'asile. Elle y est peut-être même restée enfermée un moment, mais son corps ne se trouvait pas parmi les cadavres ; et maintenant, il est impossible d'entrer dans la maison à cause de l'enquête de police.

— J'y suis allée il y a quelques jours, mais elle semblait déserte. Il ne restait qu'un domestique, Manubhai.

— Je soupçonne fortement Durga de savoir où elle se trouve. Pourquoi ne l'interrogez-vous pas ? »

C'était exactement ce qu'Amarjit m'avait dit.

« Je lui ai déjà posé la question et elle n'a rien répondu. Vous devriez avoir moins de mal que moi à la retrouver. Et si vous y parvenez, j'aimerais que vous me teniez au courant. »

Nous convînmes ainsi d'unir nos efforts pour tenter de résoudre ce mystère.

Une certaine chaleur s'installait peu à peu entre nous, mais je ressentis une légère inquiétude lorsqu'il me demanda si je pouvais lui obtenir un entretien avec Durga. Je me demandai soudain quelles étaient ses motivations réelles, et pourquoi il avait paru si pressé de partager ses informations avec moi. Et dans quel but il me témoignait un si charmant intérêt. Il espérait sans doute un entretien avec Durga en échange de ses révélations. Je lui répondis gentiment qu'il était beaucoup trop tôt pour importuner une jeune fille aussi traumatisée. D'ailleurs, si j'acceptais, ce serait sans doute considéré comme un abus de confiance. Voire une infraction.

Il voulut ensuite savoir s'il pouvait m'interviewer. Son article occuperait une page entière du supplément du dimanche. Dites donc. C'était nettement mieux que l'annonce de quatre lignes promise à ma mère.

Je lui assurai que j'y réfléchirais, mais lui rappelai que s'il voulait collaborer avec moi dans cette enquête, tout devrait rester strictement confidentiel. Il devrait attendre mon feu vert avant de publier quoi que ce soit.

Une fois ce chapitre clos, je dois admettre que je passai une bonne soirée. En toute honnêteté, sa présence finit même par balayer les souvenirs de la matinée. Il était un peu jeune pour moi (quinze ans d'écart entre nous minimum), mais merde, au moins il n'était pas ennuyeux. Demi Moore ne s'arrêtait pas à ce genre de détail, elle… Malheureusement, je m'étais huilé les cheveux et j'avais même retiré mon *bindi*, ainsi que mes boucles d'oreilles en argent. Et puis je portais un survêtement informe. Sinon, vu ma fébrilité et mon humeur téméraire, qui sait comment la soirée aurait pu se terminer ?

*

À simransingh@hotmail.com

Bonjour, je profite d'un moment de calme pour vous écrire, car je crois que c'est très important pour faire avancer l'affaire. Nous devons tout faire pour sauver Durga. Je sais que c'est très risqué de vous envoyer ces informations par e-mail, mais le temps passe vite et je dois me dépêcher de vous apprendre certaines choses. Je ne sais pas si ça vous sera utile, mais bon…

Chaque fois que je regarde Mandy, je me rends compte que j'ai été à deux doigts de la perdre, et je ne crois pas pouvoir garder ces souvenirs pour moi plus longtemps. À la minute où je suis arrivée à Jullundur, j'ai compris à quel point ces gens étaient obsédés par leurs fils. Au début, ça ne me dérangeait pas trop bien sûr, parce que j'avais le droit de faire à peu près tout ce que je voulais. Mais leur attitude me tapait sur les nerfs. Je trouvais insupportable leur façon de traiter Durga. Et puis un jour, je suis allée à la ferme. Il y avait deux filles là-bas, qu'on avait fait venir du Bihar. Elles ont pleuré quand j'ai essayé de leur parler. Vs savez, personne ne leur avait adressé la parole avant. L'une d'elles avait même des enfants, alors qu'elle semblait avoir à peine treize ans !

C'est comme ça que les choses fonctionnaient là-bas. S'il venait des visiteurs, toutes les femmes s'asseyaient d'un côté et les hommes de l'autre. Ils n'aimaient pas qu'une femme essaie de parler aux hommes. Ça me pesait énormément, mais je savais qu'on quitterait bientôt le pays et que je pourrais recommencer à vivre comme je le voulais. Alors à quoi bon me disputer avec eux ? Mon père venait d'avoir une crise cardiaque et je ne voulais pas que son état s'aggrave.

Cependant, j'ignorais totalement pourquoi Santji rêvait autant d'avoir un petit-fils. Après tout, il y avait déjà Rahul. Je ne comprenais pas tout à fait leur lien, mais je savais qu'il avait été plus ou moins adopté par mes beaux-parents, même si cette situation ne satisfaisait pas vraiment mon beau-père. Alors dès le début, on m'a mis la pression pour que je ponde, ponde, ponde… comme une putain de poule.

Mais ça n'a pas été chose facile. Jitu avait beau se montrer plein d'ardeur, ce n'était pas non plus David Beckham, si vs voyez ce que je veux dire! Il lui fallait un temps fou. C'était un grand gaillard mais j'ai vu des érections plus impressionnantes, croyez-moi. Parfois, il allait se coucher sans même me parler. Je savais que quelque chose clochait. Je l'ai surpris un jour avec la plus jeune des Bihari. Il m'a suppliée de lui pardonner, et puis… Bref, je suis tombée enceinte. La jeune Bihari était vraiment contrariée, elle me lançait des regards furieux à chaque fois qu'elle venait à la maison et j'ai commencé à trouver dans ma chambre d'étranges poupées vaudou. Démembrées et enceintes. Elles étaient censées me représenter, bien entendu, mais je n'en ai parlé à personne, même pas quand les poupées sont apparues tailladées et tachées de sang. Je savais aussi que ces choses bouleversaient ma belle-mère, qui était très superstitieuse. Je ne savais pas qui était derrière tout ça. Mais je reste persuadée que Manubhai en était le principal instigateur. Il pensait peut-être que ses filles trouveraient un emploi dans cette maison, si Jitu, ou Sanjay, décidait de reconnaître sa liaison avec l'une ou l'autre. Comme vous le savez, les hommes peuvent avoir deux femmes en Inde, tout le monde s'en fout.

En réalité, tous les autres semblaient s'accommoder de cette situation. Et puis un jour, au bout de trois mois environ, on m'a demandé d'aller passer un examen avec Santji. J'ai accepté en me disant qu'il était grand temps que je voie un docteur. Je pensais accoucher en Angleterre, mais ils voulaient que le bébé naisse en Inde.

En fait, ils étaient propriétaires d'une maternité tout près et c'est là que nous sommes allés. Je me suis sentie un peu mal à l'aise quand ils ont commencé à m'examiner, parce que mon beau-père était resté près de moi. Il a dit qu'il voulait savoir si j'allais bien. J'ai rougi d'embarras, mais il avait l'air tellement vénérable avec sa barbe blanche et ses manières douces que je l'ai laissé faire. Cependant, il a ensuite insisté pour que je passe une échographie. Je savais qu'en Inde, il était illégal de demander le sexe de son enfant, alors j'ai cru qu'il voulait savoir si le bébé était en bonne santé et j'ai accepté. Cependant, j'ai été très surprise lorsqu'il m'a dit que nous devions attendre le compte rendu avant de rentrer.

Le médecin nous a appelés pour nous dire que le bébé était une petite fille en bonne santé. J'étais tellement heureuse que j'ai presque sauté de joie. Et puis j'ai vu le visage de mon beau-père. Pendant tout le trajet de retour, il a eu l'air très mécontent. À la maison, la nouvelle a reçu le même accueil. Ma belle-mère s'est enfermée dans sa salle de pooja. C'est à ce moment-là que Durga et moi avons eu notre première, et peut-être dernière, vraie conversation.

Il était clair pour moi que non seulement ma vie, mais aussi celle de mon bébé étaient réellement menacées. Durga et moi avons commencé à planifier mon retour à Southall. Tout s'est fait très progressivement, par petits bouts, et dans le secret le plus total. Honnêtement, j'avais peur de tout le monde. Pour commencer, je leur ai simplement dit que j'allais passer quelques jours chez des parents à Delhi, car je ne me sentais pas très bien. Durga m'a suppliée d'emmener Rahul, ainsi que son passeport. Par chance, toute la famille avait prévu de nous rendre visite plus tard dans l'année, alors son passeport était prêt. Elle a pu me le remettre après l'avoir volé dans le placard de la chambre de ma belle-mère.

On faisait de plus en plus pression sur moi pour que j'avorte, car selon mon beau-père, la famille ne devait pas s'agrandir inutilement. Ma belle-mère a essayé de me convaincre qu'il serait tellement plus agréable pour mes parents de voir leur fille donner naissance à un garçon. À son tour, Jitu a commencé à répéter tout ce que disaient ses parents. Ils craignaient tous la division de la propriété. La question de ma dot restreinte a également été évoquée. Le but était de me culpabiliser. J'ai fait tout mon possible pour tenir bon.

J'étais déterminée à quitter le pays enceinte. À plusieurs reprises, ils ont essayé de ruser pour m'obliger à aller à la clinique, mais je me suis débrouillée pour feindre des migraines et des nausées. Heureusement, personne ne s'est douté de rien. Une semaine après mon départ, j'étais saine et sauve à Southall et ils étaient tous morts. Que dire ? C'est une coïncidence terrible, mais c'est la vérité. Je peux seulement répéter ce que j'ai dit cette fois-là devant la caméra. Les choses sont mieux ainsi.

Il faut que j'y aille. Le bébé pleure. Transmettez mes amitiés à Durga.

Binny

*

À binnyatwal@gmail.com

Merci pour votre e-mail. Ça fait du bien de savoir enfin ce qui s'est vraiment passé. Et maintenant, je comprends pourquoi Durga semble en vouloir autant à ses parents. Et pourquoi vous lui êtes si reconnaissante. Je vais faire tout ce que je peux pour la sauver.

Amitiés, Simi

Chapitre 10

21.09.2007

Quand j'ai appris la naissance du bébé, j'ai cru que j'allais mourir de bonheur. Au moins, un enfant avait pu être sauvé… Pourtant, ce n'était pas encore assez. Cette naissance faisait resurgir trop de souvenirs. Les chuchotements des domestiques, les choses que je n'arrivais pas à comprendre. La découverte progressive de la partie la plus violente de mon histoire familiale, la façon dont mon arrière-grand-mère avait dû quitter la maison principale après avoir donné naissance à six filles d'affilée. Le massacre des petites filles est une grande tradition que ma famille perpétue dans son propre intérêt, et dans celui des autres, grâce à ses cliniques, où des examens sont effectués et des fœtus éliminés. Ensuite, ceux-ci sont discrètement enterrés dans les champs autour de la maison. De temps en temps, quand la terre est labourée, de minuscules squelettes réapparaissent, mais les domestiques de la maison sont d'une telle loyauté qu'ils n'en parlent jamais à personne. Sans un mot, ils réduisent les os en poussière ou les jettent dans les eaux de la Beâs. Et le secret est bien gardé par des familles trop reconnaissantes et soulagées pour le divulguer.

Un jour après l'école, Sharda m'emmena derrière la maison. Je remarquai la terre sous ses ongles. Tu as travaillé dans les champs ? lui demandai-je. Oui, répondit-elle. Parfois, ils nous permettaient de participer au semis et au labourage des terres où poussaient des fraises destinées à l'exportation. Certains jours, ils me laissaient même conduire le tracteur et je faisais le tour du champ en traçant des sillons en zigzag, jusqu'à ce que Santji sorte de la maison pour les réprimander. Il était encore plus en colère quand il voyait mon turban et mon pantalon blanc. Il me giflait pour me punir d'avoir « menti » et m'ordonnait d'enfiler quelque chose de plus convenable pour une fille.

Avec précaution, Sharda sortit une enveloppe et en tira le squelette blanc d'une main minuscule. Elle me dit de la prendre. Durga, je veux que tu saches ce qu'ils font dans cette maison, dit-elle. Cette main était profondément enfouie dans la terre du potager. Il y avait aussi un petit crâne et d'autres membres, mais le tracteur les a tous écrasés. C'est la seule chose que j'ai réussi à déterrer. J'aurais fini là moi aussi, si Jitu ne m'avait pas trouvée. Et toi de même, parce que comme moi, tu refusais de mourir. Pourquoi sommes-nous aussi têtues, Durga ? Pourquoi avons-nous refusé l'enterrement convenable qui nous était offert, plutôt que de vivre cet enfer jour après jour ? Elle me serra contre elle, tandis que je tenais la petite main, et chacune de nous se mit à pleurer. Les petits doigts fragiles et écartés paraissaient me faire signe à leur façon. Les os blancs, longs et fins ressemblaient à de minuscules morceaux de craie. On aurait dit qu'ils nous parlaient.

La mort et les fantômes m'effrayaient et je fus d'abord horrifiée. Puis j'examinai lentement la petite main dont la chair avait été mangée. Est-ce qu'elle avait un prénom ? demandai-je à Sharda. Non, répondit-elle, il y avait trop de bébés et la plupart mouraient sans. J'aimerais tant pouvoir imaginer qu'on lui a donné un nom et une chance de grandir ! Pauvre petite. Imaginer, c'est tout ce qu'on peut faire, Durga. Est-ce qu'ils vont faire la même chose à ton bébé ? demandai-je. Seulement si c'est une fille, répondit-elle en me serrant encore plus fort.

La petite main dans le creux de la mienne comme une fleur délicate, je contemplai le champ à l'air inoffensif qu'on se préparait à cultiver. Tandis que le cruel râteau dessinait des sillons entre les roues du tracteur, j'imaginai ses griffes déchirant la peau de petits bébés qui n'avaient jamais eu la chance de pousser un cri ni de prendre leur première inspiration. C'est comme un champ de bataille, hein Didi ? demandai-je à Sharda. Quand des soldats meurent au combat, il doit rester des milliers de squelettes dans la terre. Elle me caressa les cheveux. Oui, mais quand ça arrive, les gens leur remettent des médailles et rendent honneur à leurs familles.

Ces petits bébés… Tout le monde les a oubliés. Pourquoi en faire toute histoire ?

Elles auraient pu être nos sœurs.

Dans l'ensemble, cette soirée avec mon nouvel ami journaliste m'avait considérablement remonté le moral. Quelqu'un était enfin de mon côté. De plus, il avait l'air d'admirer mon travail, et pensait même écrire avec moi un article sur la réforme des prisons. Lorsque je sortis de ma chambre le lendemain matin, le gérant de la maison d'hôtes marmonna d'un ton désapprobateur : « Il y a des fleurs pour vous, *Saar*. »

Gurmit m'avait envoyé un bouquet accompagné d'un mot, disant que notre soirée ensemble était l'une des plus agréables qu'il avait passées à Jullundur. Je partageais ce sentiment mais je décidai de ne pas garder inutilement ce bouquet élaboré, mêlé de roses et de fougères.

J'appelai un *rickshaw* dans l'intention de rendre visite à Amrinder et d'offrir ces fleurs à sa mère. À quoi bon décorer ma chambre d'hôtes de roses rouges, si j'étais la seule à pouvoir les admirer ? Et puis je ne voulais pas me laisser trop attendrir par cette soirée passée en tête-à-tête avec un trentenaire. Je connaissais assez de femmes, y compris moi, qui s'étaient couvertes de ridicule en s'engageant dans des histoires impossibles et je ne voulais pas me retrouver à nouveau sur cette liste.

Je réfléchis sérieusement à ce que je devais dire à Amrinder. Après tout, elle n'avait pas eu l'air très pressé de me revoir – mais j'avais encore besoin de découvrir ce qu'on racontait sur l'affaire et sur moi. Les gens trouvaient sans doute que je mettais trop de temps à faire une découverte capitale, mais ils devaient comprendre que c'était nécessaire. Gagner la confiance d'une adolescente de quatorze ans aussi méfiante, qui semblait avoir encore moins d'amis que moi à Jullundur, ne pouvait pas se faire du jour en lendemain.

Et pourtant, plus je m'enfonçais dans ce mystère, plus la solution me semblait proche. J'ignorais seulement quelle direction prendre. La liste des suspects s'allongeait de jour en jour. Si la colère était le motif des meurtres, alors l'assassin pouvait être Harpreet, Binny, voire Manubhai ou sa fille. Qui sait, peut-être même que d'autres noms allaient s'ajouter ?

Malgré tout, je ne m'étais pas sentie aussi calme depuis longtemps. Grâce à Binny, je savais maintenant que la famille voulait à tout prix perpétuer sa lignée masculine. La colère de Durga avait donc une cause plus profonde.

Peut-être qu'Amrinder pourrait oublier nos querelles passées et décider de m'aider ?

Les vacances scolaires n'avaient pas encore commencé. Ce matin, Amrinder était donc seule à la maison avec sa mère, qui se reposait près d'elle sur une chaise longue. À cause de la chimiothérapie, Ma Sukhi avait perdu tous ses cheveux blancs et soyeux, et sa tête chauve luisait sous le soleil matinal. Elle avait toujours froid malgré la chaleur, alors on avait posé une légère courtepointe sur ses épaules et sur ses jambes. Jadis, c'était une femme grande et bruyante, habituée à régner sur les réunions scolaires entre parents et professeurs. C'était tragique de la voir ainsi, réduite à ce petit paquet ratatiné. Mais son esprit semblait aussi vif qu'avant. Et sa voix de donneuse de leçons était toujours aussi forte.

« Hé, ma petite Simran, viens ici que je te serre dans mes bras. »

J'embrassai tendrement sa joue. Un mélange d'odeurs d'urine et de talc au parfum de fleur l'enveloppait. Les derniers affronts de la vieillesse et de l'incontinence. Qui pouvait imaginer la hache de guerre féroce qui s'apprêtait à tomber ?

« Tu donnes toujours autant de soucis à ta pauvre mère, hein ? J'ai entendu dire que tu voulais jouer les assistantes sociales au lieu de te marier ? Regarde Amrinder : elle a toujours mieux réussi que toi à l'école, tu t'en souviens ? Et aujourd'hui, regarde-la, deux adorables filles, un mari adorable, une adorable maison et toi… Tes cheveux blanchissent et tu crois encore pouvoir t'amuser comme si tu avais seize ans ? »

Je n'avais même pas eu le temps d'en placer une. De toute façon, elle avait raison, non ?

Amrinder me regarda d'un air impuissant.

« Ne vous en faites pas, ma tante. Je vais passer une annonce dans les journaux. Je trouverai peut-être un homme de cette façon.

— Tu n'as toujours pas de petit ami ?

— Maman, laisse-la tranquille. Elle est venue pour te voir, pas pour que tu lui fasses la leçon. Regarde les belles fleurs qu'elle t'a apportées.

— C'est très gentil, mais je plains sa mère. D'abord, elle perd son mari, et puis elle donne naissance à cette fille…

— Ce ne serait pas plutôt l'inverse ?

— Ne sois pas insolente. » Un sourire apparut enfin sur son visage rond comme la lune. Quelle chance d'être née avec ce caractère bagarreur. C'est ce qui la gardait en vie.

« Je suis venue vous demander de l'aide… L'affaire Atwal, vous savez ?

— *Arrey*, ces pauvres gens. Quelles horribles filles. Mon dieu, mon dieu, mon dieu. Tuer ses propres parents. Elle était amoureuse de cet homme, tu sais. Ce professeur particulier. Il a eu une aventure avec la sœur et puis il a essayé de faire pareil avec elle. Il la fascinait. »

Je regardai le visage de ma tante. Au Punjab, on appelait ainsi toutes les femmes plus âgées. Pour les hommes, c'était « mon oncle ». Avant, il existait des termes plus complexes pour décrire nos relations, mais les colons étaient arrivés et tout le monde s'était mis à parler anglais pour être à la mode. On avait bazardé une grande partie de notre terminologie descriptive, y compris des mots tels que *phoopi* ou *taayi*, pour adopter un « ma tante » plus global. Et cette langue anglaise beaucoup plus fade avait peu à peu remplacé notre punjabi si coloré. Elle et moi n'avions aucun lien de parenté bien sûr, et à cet instant précis, c'était un vrai soulagement. Sa maladie l'avait peut-être fragilisée, mais elle était encore capable de prononcer les paroles les plus cruelles.

Le problème, c'est que ces remarques sonnaient terriblement juste. De nouvelles pièces du puzzle venaient de s'emboîter. J'avais moi-même été envoûtée par le charme du professeur, ses manières douces, son visage calme et intelligent, ses yeux verts et tristes. Apparemment, je n'étais pas la première à en pincer pour lui. La honte fit rougir mon corps tout entier. Quelle idiote. Il suffisait qu'un bel homme me regarde pour que je lui mange dans la main.

« Alors pourquoi a-t-elle tué toute sa famille ? »

Amrinder secoua la tête. « Je crois que tu es partie vraiment trop longtemps. Ils ne lui auraient jamais permis d'épouser cet homme, tu sais.

— Mais dis-moi, si sa sœur avait déjà eu une aventure avec lui, comment a-t-on pu autoriser ce professeur à donner des cours à la plus jeune ? Étaient-ils assez stupides pour laisser la chose se reproduire ?

— Elle le voyait à l'extérieur. Elle savait où il habitait.

— Oh, arrête. Je suis allée chez lui. C'est un homme marié. Il a même une fille d'environ dix ans. Durga n'a que quatre ans de plus qu'elle ! »

Amrinder me lança un regard compatissant. Le même qu'à l'époque où nous étions ensemble à l'école. Nous étions de vieilles adversaires, après tout. En ce temps-là, nous nous affrontions au quotidien pour obtenir la médaille de la meilleure élève. Chacune prête à répondre au professeur avant que la question ne soit terminée. Prête à passer des jours sur des travaux scolaires afin d'être reconnue comme la meilleure… Et d'être dans les petits papiers du professeur. Théâtre, élocution, il fallait tout tenter pour se démarquer.

Nous étions capables de tout à l'époque, et je voyais à ses yeux que nous étions maintenant de retour sur le ring, l'une prête à attaquer l'autre. Cette fois, l'enjeu était plus important pour elle que pour moi : il s'agissait de la carrière de son mari. Si je savais quelque chose, elle devait à tout prix me faire cracher le morceau. Tout en sirotant mon eau citronnée, je sentis l'adrénaline monter en moi. Cette fois, je serais mieux préparée. Mieux que le jour où elle avait essayé de me voler la médaille d'or au dernier moment. Cette fois, je ne la laisserais pas faire. Je me redressai sur mon siège et la regardai droit dans les yeux.

« Je n'arrive pas à te comprendre, Simran. Amarjit t'a demandé de parler à Durga, pas de rôder dans Jullundur à la recherche d'indices et de professeurs particuliers ! Tu es travailleuse sociale, alors arrête de te prendre pour une fichue détective ! Pas étonnant qu'il te faille autant de temps pour la faire parler. » Ma Sukhi braqua sur moi ses yeux perçants.

Amrinder me regarda d'un air pensif. « Enquêter, c'est le travail de la police, pas le tien. Ils veulent seulement connaître la version de cette fille à propos de ce qui s'est passé. Et pour cela, il faut simplement que tu les préviennes quand elle sera plus stable sur le plan émotionnel et prête à faire sa déposition, c'est tout. Il n'y a rien de compliqué à ça. »

Je regardai la mère et la fille. Je ne voyais vraiment pas comment leur expliquer ce que je ressentais. Ma peine pour Durga, mon désir de la sauver et de venir en aide à tous les enfants comme elle.

L'espace d'un instant, je me retrouvai à l'école dans le bureau de la principale, les joues rouges d'avoir couru tout le long du couloir. L'air triomphant, Amrinder se tenait d'un côté de la pièce et sa mère, rondelette et hautaine, était installée dans un fauteuil en face de la mère supérieure. La principale tenait un cahier entre ses mains. Comment avais-je pu oublier le moment qui avait transformé ma vie pour toujours ? Mon cœur battait à toute allure, je sentais que j'étais déjà en train de perdre la bataille.

« Je lui parle très régulièrement bien sûr, mais je crois aussi que rencontrer toutes les personnes concernées peut m'aider à tirer cette affaire au clair, à comprendre ce que cette jeune fille a à dire. Et à lui poser les bonnes questions. »

Un sourire suffisant apparut sur le visage amaigri de Ma Sukhi. Chacune de ses rides semblait rire de mon inexpérience et de ma stupidité. « *Arrey*, Simran, idiote, idiote de Simran. Tu n'arrêteras jamais de te mêler des affaires des autres, hein ? Toujours à fourrer ton nez partout ; toute la police travaille sur l'affaire, mais tu cherches encore à faire mieux. Ton intelligence te perdra. Et toute cette expérience d'assistante sociale, elle ne t'a pas été très utile dans le temps, hein ? Tu te souviens du jour où… » Elle regarda Amrinder et toutes deux éclatèrent de rire.

La conversation dérapait déjà. J'étais venue chercher des alliées et je me retrouvais face à une vieille rivalité. Une terreur abjecte m'envahit. La mère supérieure agitait le cahier sous mon nez et j'étais incapable de prononcer un mot. Incapable de dénoncer mes amies. Et puis elle ouvrait le cahier sur la table… Le coup monté était parfait.

Je me levai brusquement. Mais je m'efforçai de garder une voix calme et un visage empreint de compassion.

« C'est formidable de vous voir aussi en forme, ma tante. Quel plaisir d'évoquer le bon vieux temps… Mais je dois vous laisser, car j'ai prévu d'aller voir Durga. Vous avez bien fait de me rappeler mes vrais devoirs ! »

Je me forçai à les embrasser toutes les deux. Je ne devais surtout pas les laisser penser que cette ambiance malsaine m'effrayait. Reste superficielle, m'ordonnai-je sévèrement, tandis que chacune de nous riait, souriait et promettait à l'autre de la rappeler. Je trouvais surprenant que la mort elle-même – ou une terrible maladie comme le cancer – aide si peu à adoucir certaines personnes. Cette soif de destruction ne les quitte jamais, pensai-je avec gravité ; elles cherchent à anéantir les autres avant que la mort les emporte.

J'avais à nouveau besoin de boire un verre, mais c'était encore le début de la matinée et je savais que je devais me montrer très prudente. Trop de réputations étaient en jeu dans cette affaire : récemment, le chef du gouvernement du Punjab lui-même avait voulu connaître les derniers comptes rendus de l'enquête. Encore une rencontre comme celle d'aujourd'hui et je pouvais faire une croix sur mes chances d'aider Durga.

Sur le chemin de la prison, la voiture d'Amarjit me dépassa dans un hurlement de sirène et tous gyrophares allumés. Il n'y avait pourtant personne sur la route, mis à part mon *rickshaw*, une charrette tirée par un bœuf et un bus punjabi surchargé, qui grinçait en se balançant lentement comme un éléphant accablé par la chaleur.

La voiture freina brusquement devant nous, suivie d'une Jeep pleine d'armes à feu et d'uniformes noirs de commando. L'un de ses sbires en descendit et nous fit signe de nous arrêter. Je suggérai au conducteur de *rickshaw*, très surpris, de se ranger sur le côté de la route.

Amarjit baissa sa vitre opaque et eut l'air amusé de me voir recroquevillée avec mon sac sous la toile du *rickshaw*, alors que j'essayais désespérément d'échapper à la lumière aveuglante du soleil de l'après-midi. Il ouvrit la portière de son élégante limousine noire et me demanda de monter. Étant donné la froideur de nos derniers échanges, j'étais soulagée de le voir sourire.

« Tu dois bien pouvoir te payer une voiture climatisée ?

— J'aime souffrir, répondis-je, conservant ainsi ma réputation de boute-en-train.

— Je crois me souvenir que ton père t'a laissé un gros héritage. Des maisons, des voitures… Tu as liquidé toute sa fortune si vite que ça ? » Il me taquinait car il se doutait que je lui en voulais d'avoir maintenu une distance entre nous depuis mon arrivée. Je fis semblant de ne pas comprendre.

« Une excuse pratique pour ne pas me payer, hein ?

— Ne sois pas injuste. Tu m'as dit toi-même que tu n'exigerais pas de *hafta*[1] : ce sont tes paroles exactes. »

Je ne pus retenir un rire gêné. C'était une plaisanterie familière, un petit jeu de séduction entre nous, qui datait de l'époque où il était amoureux de moi à la fac et où je l'avais casé avec ma meilleure amie. Il prétendait ne me l'avoir jamais pardonné, même s'il avait fini par se marier avec elle. Après deux enfants et une séparation à titre d'essai, ils étaient de nouveau à peu près ensemble, mais vivaient dans deux villes différentes. Je n'avais jamais réussi à choisir mon camp – et curieusement, je m'entendais toujours très bien avec chacun. Les seules difficultés avaient surgi quand Amarjit s'était servi de moi comme excuse pour quitter sa femme à plusieurs reprises. En tout cas, c'est ce qu'il m'avait toujours dit. Même si ce n'était pas vrai, je trouvais flatteur que quelqu'un puisse m'aimer de manière aussi absolue depuis plus de vingt ans, sans rien demander en échange.

Sa femme, quant à elle, savait que je ne lui ferais jamais de mal, alors elle prenait notre amitié pour ce qu'elle était : un lien dont la force ne pourrait jamais atteindre son plein potentiel.

« Ma Sukhi, la mère d'Amrinder, vient de me faire passer un sale quart d'heure. Elle est toujours aussi amère et sa fille lui ressemble trait pour trait.

---

1. « Taxe » prélevée par des gangsters ou des policiers corrompus en échange de leur protection.

— Son mari est sur le point d'obtenir une promotion. Les enjeux sont nombreux dans cette affaire. Il vaut mieux que tu le saches.

— J'en suis consciente. Amarjit… Est-ce qu'il y a encore une chose dans cette histoire que je devrais savoir ? »

L'espace d'un instant, son visage exprima une certaine lassitude. Il répéta ce que m'avait dit Amrinder une demi-heure plus tôt.

« Si tu n'avais pas quitté cette ville il y a vingt ans, tu n'aurais pas besoin de me poser cette question.

— Est-ce qu'on pourrait dîner ensemble et donner à tes concitoyens une nouvelle occasion de colporter des ragots ?

— J'aimerais bien, mais une réunion est prévue demain avec le Premier ministre afin de faire le point sur la sécurité, à cause des récents attentats. En fait, j'étais en route pour Delhi quand je t'ai vue dans ce stupide *rickshaw*. Je me suis dit que j'allais en profiter pour avoir une rapide conversation avec toi. Tu me manques toujours, tu sais.

— Oh, eh bien… » Sans le vouloir, je m'enfonçai dans mon siège en soupirant et le regardai d'un air désespéré. Amarjit était ce qu'on appelle un « *cut surd* », c'est-à-dire qu'il était capable de se raser la barbe tout en restant sikh. Il avait les traits irréguliers, un nez légèrement crochu et des lèvres fines, au contour imprécis. Ses yeux s'assombrirent légèrement quand il me contempla à son tour. Nous avions trop de souvenirs communs pour ne pas réussir à nous comprendre.

Nous avions atteint la maison d'arrêt. Alors que les gardes ouvraient le portail en le saluant, nous échangeâmes à nouveau un long regard et il haussa les sourcils. Il n'était pas vraiment possible de parler, car nous étions tous deux conscients que le chauffeur nous écoutait avidement. D'ailleurs, je ne savais plus très bien ce que je faisais. J'avais seulement besoin d'être sûre que quelqu'un me soutenait encore et croyait en moi. Pourtant, si Amarjit avait lui-même aidé à couvrir la disparition de Sharda, ne devrais-je pas me montrer plus prudente ?

« Ce qui devrait te consoler, c'est que grâce aux attentats – et il y en a eu un de plus à Jaipur aujourd'hui –, cette affaire n'occupe plus le devant de la scène pour le moment. Alors tu vas avoir plus de temps pour la résoudre. Comme va la jeune fille ? Est-ce qu'elle t'a dit quelque chose ? »

Se rappelant que le chauffeur nous écoutait, il ajouta rapidement : « Tu n'as pas besoin de nous dire ce qu'elle te raconte, préviens-moi simplement dès qu'on pourra prendre sa déposition.

— Elle me parle un peu. Mais le traitement que nous lui infligeons est injuste, tu sais. Elle souffre toujours de dépression. »

Je m'adressais au vieil Amarjit. Celui que je fréquentais à l'université, celui qui avalait mes *masala dosas*[1] avant que j'aie eu le temps d'ouvrir la bouche.

1. Galette roulée garnie de pommes de terre, d'oignons et de curry.

« J'en suis conscient, ne t'en fais pas. Je vais te débarrasser d'Amrinder et de Ramnath. Au moins pendant dix jours. Mais tu sais, ce sont des gens très ambitieux et cette affaire fait beaucoup de bruit. N'oublie pas que je suis le seul à vouloir éviter la prison à Durga. Ce serait tellement simple si… Enfin bref, on discutera à mon retour. »

J'ignorai cette dernière promesse. Il m'avait garanti dix jours de plus, c'était ça le plus important.

En sortant de la voiture, j'eus le sentiment d'avoir accompli quelque chose. J'étais soulagée d'avoir obtenu plus de temps pour me rapprocher de Durga et de savoir qu'on ne me bousculerait pas, même si la réalité en elle-même n'avait pas changé. Je redressai les épaules et entrai dans la pièce.

Je lui avais apporté une boîte de chocolats pour fêter la naissance de Mandy. J'essayais de faire en sorte que les choses restent aussi normales que possible, malgré l'étrangeté de la situation. Heureusement, comme on m'avait vue arriver dans la voiture d'Amarjit, personne ne s'était opposé à ce que j'entre avec la boîte de chocolats.

Durga se trouvait déjà dans la pièce et comme n'importe quel enfant, elle se réjouit à la vue des friandises. Pourquoi n'y avais-je pas pensé plus tôt ? Il fallait que je lui achète plus de choses, que je cesse de la traiter comme une détenue qu'on devait priver de tout. Étrange comme la prison détruisait tout comportement normal en matière d'acquisition et de consommation ! Une fois à l'intérieur, on supposait que le détenu devait faire immédiatement le deuil de sa liberté de choix pour mieux subir les toilettes sales, les cellules sombres et la nourriture trop liquide et pleine d'asticots. Bien sûr, Durga était préservée de cette déchéance totale pour le moment, mais j'étais soudain très consciente de pouvoir influer sur la durée de son immunité. Sur le temps précieux qui la maintiendrait éloignée du sort que Ramnath s'obstinait à vouloir lui infliger. Son existence même dépendait de ma façon de conclure l'affaire. De ma façon de la présenter à Amarjit.

« Tu aimes un parfum en particulier ? »

Durga semblait hésiter à exprimer une quelconque préférence.

« J'aime les chocolats à l'orange », lui dis-je.

Elle m'en offrit un timidement.

Je le cassai en deux avec précaution et en proposai une moitié à l'agente qui était assise dehors près de la porte et somnolait sous le soleil de l'après-midi. Elle l'accepta en souriant.

« Est-ce que tu as lu le livre de Harpreet que je t'ai remis ? »

Elle acquiesça d'un signe de tête.

« De quoi parle-t-il ?

— C'est un recueil de poèmes d'Amrita Pritam.

— Tu aimes ses textes ?

— Oui, et ceux de Shiv Kumar Batalvi.

— Tu n'es pas un peu jeune pour ce genre de poésie ?

« Maye ni maye

Main ik shikra yaar banaya
Churi kuttan ta o khanda nahin
Weh asa dil da maas khawaya. »

Tout en récitant ces vers, je repensai à l'époque où je me nourrissais des poèmes de Batalvi. À ma grande surprise, Durga les traduisit sans difficulté en anglais :

« Ô Mère, j'ai fait de mon amant un oiseau de proie,
Lorsque je lui donne des miettes de pain,
[il ne les mange pas,
Alors je le nourris de la chair de mon cœur. »

Shiv Kumar Batalvi – un séduisant poète punjabi qui était mort jeune, rongé par l'alcoolisme – écrivait des poèmes sombres et romantiques, pas tout à fait destinés à une adolescente de quatorze ans aussi impressionnable.

Elle haussa les épaules et dit timidement : « Ma sœur a commencé à m'en faire lire quand je l'étais encore plus. Je suppose que j'ai toujours eu des goûts plus adultes… C'est ce qui arrive quand on a une sœur plus âgée de cinq ans. On essaie toujours de la rattraper. J'étais nettement plus mûre que les autres filles de ma classe.

— Est-ce que tu étudiais avec Harpreet en même temps que ta sœur ? » Il fallait que je fasse très attention de ne pas l'effrayer, mais les commentaires cinglants de Ma Sukhi résonnaient encore dans ma tête.

« Oui, à l'époque où j'avais environ… neuf ou dix ans. Après le départ de Sharda, mes cours se sont arrêtés.

— Il a l'air de beaucoup t'aimer.

— C'est un homme gentil. » Sa voix ne laissait rien transparaître. Soit je me trouvais face à une excellente actrice, soit son indifférence était vraiment sincère. Seul le petit tic au coin de sa bouche devint légèrement plus perceptible.

« Est-ce que tu as rencontré sa femme ?

— Jamais.

— Je l'ai vue… quand je suis allée chez lui. On dirait qu'elle a été brûlée.

— C'est son second mariage. Elle avait même une fille. Ils ont essayé de la brûler à cause de sa dot. Monsieur Harpreet l'a épousée parce que plus personne ne voulait d'elle. Même ses parents ont refusé de la récupérer.

— Comment sais-tu tout ça ? Je croyais qu'ils s'étaient mariés récemment ? »

Je perçus une légère hésitation.

« Je l'ai lu dans le journal.

— Lequel ?

— Je ne sais plus. Le *Daily Awaaz*, je crois. »

J'étais en train de la perdre.

« Est-ce qu'il venait tous les jours chez toi quand ta sœur était encore là ?

— Pourquoi vous intéressez-vous autant à monsieur Harpreet ? » Comme toutes les écolières, elle ajoutait monsieur devant le prénom de son professeur.

« Je trouve que c'est une personne intéressante, et je me disais que tu aimerais peut-être parler un peu de quelqu'un qui tenait à ta sœur.

— Comment savez-vous ça ?

— Tu dois me faire confiance. Tout le monde est au courant. Ta famille était en colère, elle a emmené Sharda loin de la maison. Je sais où elle a vécu ensuite ; je t'ai dit que j'étais allée à l'asile. J'ai même une photo d'elle… »

Je sortis de mon sac le portrait de Sharda émaciée et observai soigneusement le visage de Durga.

Elle regarda la photo et retint brusquement sa respiration.

« Didi. »

Des larmes coulèrent aussitôt sur ses joues comme la fois d'avant, mais elle pleura sans bruit. Cette enfant avait appris à cacher ses larmes, à pleurer en secret. Qu'avait-elle dû endurer ? Je voyais qu'elle avait terriblement souffert – qu'elle connaissait le destin de sa sœur depuis le début. J'étais furieuse de voir une enfant aussi désarmée, et de penser qu'on l'avait probablement prise au piège. Qui le lui avait tendu ? Qui était le cerveau de l'opération ?

J'étais de plus en plus convaincue de son innocence. C'était sans nul doute une enfant blessée et en colère, mais je percevais aussi une certaine douceur chez elle et une profonde lassitude dans chacun de ses gestes. On aurait dit que sa vie était finie, qu'elle attendait simplement son heure. Quelqu'un s'était servi d'elle et continuait sans doute à le faire.

« Est-ce que tu l'as déjà vue comme ça ?

— Une seule fois.

— Où ça ?

— À la maison… Mon père était avec elle.
— Et cette photo ? »

Je sortis celle de la fille nue sur le lit. L'espace d'un instant, elle eut l'air choquée. Et puis presque soulagée.

« Où avez-vous trouvé ça ?
— Au milieu de tes livres. Est-ce que c'est aussi ta sœur ? »

Elle hocha la tête. Elle sembla vouloir ajouter quelque chose, mais se ravisa.

« Et est-ce que tu sais où elle a été prise ?
— Non.
— Tu pourrais le deviner ?
— Il faut que j'y réfléchisse. Est-ce que je peux y aller maintenant ? Je suis très fatiguée. »

J'avais déjà stocké la photo scannée dans mon ordinateur portable, alors je lui laissai l'original.

« Tu devrais la garder en lieu sûr. Elle a aussi été envoyée à des journalistes ; je pense que quelqu'un faisait chanter tes parents. Peut-être qu'il voulait détruire leur réputation ? Ou que ta sœur a été kidnappée ? »

Elle glissa la photo à l'intérieur du couvercle de la boîte de chocolats et le ferma solidement.

Elle se leva puis quitta la pièce à pas lents. Durga avait sans doute vu et vécu beaucoup, beaucoup trop de choses, tout au long de ses quatorze années d'existence.

*

À binnyatwal@gmail.com

Bonjour, je voulais juste vous dire que ma visite à Durga s'était bien passée et que je suis enfin capable de comprendre une partie du mystère. Je vous tiendrai informée. Envoyez-moi des photos de Mandy et je les transmettrai à Durga. Ça lui remontra le moral. Simi.

*

À simransingh@hotmail.com

Excellentes nvelles. Je joins une photo de Mandy et de Rahul ensemble. Mes deux adorables enfants. Montrez-les à mon petit ange. Amitiés

Chapitre 11

22.09.2007

Si j'ai fini par me trouver et puis par me perdre, c'est à Sharda que je le dois, de différentes façons. Elle se comportait comme une mère car après la découverte de la main squelettique, qui était la mienne autant que la sienne, je ne cessais de rêver des enfants que ma vraie mère avait enterrés. Jamais le magnifique visage pâle, calme et serein d'Ammiji ne laissait entrevoir la fureur qui l'avait conduite à tuer mes sœurs de ses propres mains.

Elle consacrait tout son temps à ses chants et ses prières et semblait mener une vie tellement spirituelle ! Je l'avais surprise une seule fois en train de déposer des fleurs sur la terre derrière la maison, là où nous avions trouvé la petite main fantôme. Après ça, on l'avait envoyée faire un pèlerinage pour se repentir.

Chez nous, il était inutile de discuter des paroles de Gourou Nanak ou de toutes ces bêtises sur l'égalité qu'on racontait sans cesse à la télé. Le sikhisme est l'une des rares religions à accorder le même statut aux hommes et aux femmes. Mais dans notre maison, on terrorisait celles-ci pour qu'elles acceptent leur position inférieure. Même une femme instruite comme ma mère, qui était capable de parler du mouvement des suffragettes et du vote des femmes avec un accent anglais très distingué, avait été contrainte par la violence à se soumettre. Personne n'avait oublié l'époque où elle était absente à chaque repas, où elle restait allongée en silence sur son lit, les yeux tournés vers la fenêtre, en attendant que les cicatrices disparaissent. Les choses se passaient de cette façon dans la maison hantée, et ça ne changerait jamais. Certes, elle aurait pu s'échapper et tous nous emmener loin d'ici. Mais peut-être que les risques étaient trop grands pour elle.

Elle avait besoin de ce statut d'épouse ; elle n'avait jamais travaillé et était terrifiée à l'idée d'exposer la vérité à tout le monde. Elle n'avait pas le courage d'entreprendre un voyage aussi périlleux. Elle ne voulait pas que le monde sache qui était vraiment mon père, derrière le masque qu'il portait tous les jours. L'ignominie les aurait détruits.

Pour être honnête, je l'aimais toujours. Mais grâce à Sharda, j'appris à tempérer cet amour. Je le débarrassai de toutes ses couches d'hypocrisie et quand je l'eus pelé jusqu'au noyau, ce sentiment me parut insignifiant. Je donnai un nom à mes sœurs mortes et inconnues. Je fêtai leurs anniversaires, et la main au-dessus d'une flamme de bougie, je fis avec Sharda le serment éternel de permettre à nos filles de vivre et d'aimer.

La plus grande alliée de mon père dans cette histoire était Beeji, bien sûr, sa propre mère. Celle qui ne cachait pas son aversion profonde pour cette belle-fille incapable de donner naissance à l'Héritier. Elle était sans doute extrêmement fière d'avoir conçu trois fils avec tant de robustesse et de rapidité. Des quelques enfants qui furent emportés entretemps par les vagues de la Beâs avant d'être en âge de parler ou de marcher, il fut très rarement question.

L'une d'elles avait été sauvée des eaux tourbillonnantes et ramenée plus tard chez elle. Elle avait ainsi découvert l'identité de ses vrais parents. Comme Sharda et moi, elle n'aurait pas dû survivre. Ma grand-mère refusa de la rencontrer et mon père la raccompagna jusqu'à la porte. On ne la revit jamais. Elle faisait partie des nombreux sujets tabous chez nous, bien entendu, car Santji dictait tout dans cette maison. Je ne comprenais pas pourquoi ils voulaient nous détruire pour des histoires d'argent ou de dot, ou nous condamner à des mariages sans amour, alors qu'il aurait suffi de nous former aux métiers d'ingénieur, de médecin ou de courtière pour nous transformer en machines à sous autonomes. Il était inutile de poser la question à Santji, car il avait fixé des règles en accord avec la tradition familiale. Une femme ne travaillait pas en dehors de sa maison. Avec chaque loi qu'il imposait, il tourmentait un peu plus ma mère et achetait son silence.

Trois filles… Je finis par découvrir ce chiffre en tombant sur le compte rendu d'une échographie caché dans le bureau de mon père. La malédiction de mon arrière-grand-mère. La crainte de la seconde femme supprimait toute envie de se battre. Mais ma mère était encore plus malchanceuse : deux de ses filles avaient survécu afin qu'elle puisse être quotidiennement humiliée par sa belle-mère, qui l'accablait sans cesse de lamentations et d'insultes. Elle avait perdu deux bébés par le biais d'avortements précoces ; mais qu'était devenu le troisième ? Je sortis la petite main de la boîte à crayons dans laquelle je la conservais, et la caressai. D'une certaine façon, son obstination à rester intacte dans la terre semblait liée à ma propre survie.

Quelle avait été mon histoire ? Je m'imaginais toute petite, pas encore capable de téter, forcée à avaler de l'opium. Peut-être que je m'étais endormie et qu'ils m'avaient crue morte. Quand ils avaient commencé à m'enterrer, mon cri soudain avait fait déguerpir Amla, car elle m'avait prise pour un fantôme. Je sens *encore le contact de la terre qu'on ramène sur moi. Parfois dans mes cauchemars, la boue s'abat sur mon visage, on enfonce des poignées de terre dans ma bouche et dans mes yeux. Je suffoque et je me débats dans mes draps. Quand Sharda était là, elle me caressait le visage et me calmait. Elle balayait la terre imaginaire de mon visage et soufflait dans ma bouche affolée. J'aspirais profondément son oxygène, ma bouche collée à la sienne, mes lèvres pressées contre les siennes et mon corps accroché à elle et ma langue sur sa langue. C'est ainsi que j'appris à vivre. Nous savions, elle et moi, que nous n'aurions toujours droit qu'aux petites miettes. Celles qu'on voudrait bien nous laisser et qu'on pourrait nous reprendre sans prévenir.*

Je retournai à la maison de Company Bagh avec la ferme intention de découvrir ce qui avait pu arriver à Sharda. J'avais l'impression que la réponse se trouvait dans la chambre où j'avais trouvé ses livres. Ou peut-être dans la mystérieuse annexe derrière la maison, que je n'avais même pas atteinte la dernière fois. Et le puits devant la maison, servait-il toujours ?

Les puits laissés à l'abandon me semblaient toujours un peu inquiétants. Quand j'étais enfant, celui de notre vieille maison de Jullundur servait à arroser le petit potager et je passais des heures à regarder tourner la roue munie de seaux, tandis que le bœuf qui y était attelé décrivait des cercles autour. Malgré les feuilles qui tombaient dedans et la mousse qui tapissait ses bords, son eau avait un goût sucré particulier que je ne retrouvai jamais dans celle du robinet.

Pleine de nostalgie, je m'approchai du puits silencieux de Company Bagh afin de scruter ses profondeurs. Rien. Le puits était à sec. En raison d'une mousson trop faible, le niveau des nappes phréatiques avait baissé au Punjab, mais le fait qu'il soit totalement vide était très surprenant. Il ne restait pas même une petite flaque d'eau. Seules y régnaient une obscurité humide et une odeur légèrement fétide, comme si un animal était tombé dedans. Les gardes m'observaient avec indulgence depuis l'entrée.

Je savais ce qu'ils pensaient. Cette femme est sur le point de sauter et de nous rendre un grand service. Mais je n'allais pas leur faire ce plaisir.

Je me dirigeai vers eux et remarquai que quelques voitures supplémentaires, dont une Jeep de la police, étaient garées près de l'entrée. Ils crurent probablement que je faisais partie du groupe qui se trouvait déjà à l'intérieur et il me suffit de prononcer les noms magiques d'Amarjit et de Ramnath pour qu'ils me laissent entrer sans trop de questions.

Lorsque je franchis la porte, il me sembla que l'environnement avait changé. L'odeur de renfermé de l'autre jour avait disparu. Je vis immédiatement qu'on avait retiré toutes les housses des meubles. Quelqu'un avait frotté les taches sur le mur et les avait apparemment recouvertes de peinture. Amarjit ne m'avait-il pas assuré que personne ne toucherait aux preuves ? Un peu plus loin, la porte de la chambre de Sharda était ouverte et j'entendais des voix.

Je m'approchai et eus une nouvelle surprise. Gurmit Singh, l'ami des fleurs, parlait avec une personne qui me tournait le dos. Une autre belle amitié venait de s'envoler. Il n'avait pas attendu longtemps avant de décrocher son interview exclusive pour le supplément du dimanche et visiblement, il n'avait plus besoin de moi. Ils étaient tous deux si absorbés par leur conversation qu'ils ne s'aperçurent pas de ma présence. Ramnath prenait la pose sur le seuil de la porte et montrait le lit du doigt.

« C'est la chambre où on l'a trouvée, attachée au lit. Elle disait qu'elle avait été violée, mais ses liens étaient très lâches. Reste à savoir pourquoi elle ne s'est pas échappée. »

Pendant qu'il parlait, le photographe le mitraillait. Je m'écartai rapidement. Mais alors qu'il écrivait à toute vitesse dans son calepin, Gurmit posa une nouvelle question.

« Et vous êtes sûr de sa culpabilité ?

— Absolument. Nous avons tellement de preuves que le tribunal n'aura aucune difficulté à prendre une décision. Cette affaire a été difficile à résoudre, mais nous y sommes parvenus tant bien que mal. »

Ses paroles allaient totalement à l'encontre des principes de la justice, selon lesquels toute personne était présumée innocente tant qu'on n'avait pas prouvé sa culpabilité. Mais dès que se présentait l'occasion de défrayer la chronique et de s'offrir une publicité rapide, la déontologie comptait pour du beurre. Le ton satisfait de Ramnath me donna l'envie soudaine d'interrompre leur petite fête. Cependant, je n'étais pas venue pour ça. Je voulais que cette bâtisse inerte révèle ses secrets. Quelque part, dissimulée dans cet espace, se trouvait la vraie version de ce qui s'était passé cette nuit-là. Mon statut ne me permettait en aucun cas de m'opposer à l'élimination de preuves, et si je parlais en présence de Gurmit ou si j'apparaissais seulement dans l'histoire, l'affaire risquait de devenir litigieuse. Ramnath attendait ce moment de gloire depuis longtemps et il ne me laisserait pas le gâcher.

Pendant une fraction de seconde cependant, j'eus l'envie irrésistible de ruiner sa journée. La tentation devint encore plus forte lorsque je pensai à Amrinder et Ma Sukhi. J'imaginais leurs visages et leur déception en apprenant que Ramnath avait raté une si belle occasion de briller. Mais je finis par leur tourner le dos et m'éloignai des deux hommes d'un pas résolu. Tout au bout du couloir, j'arrivai dans une longue galerie bordée de multiples colonnes. Elle donnait sur un vaste champ qu'on avait préparé aux semailles. Les terres étaient en jachère à présent, car les propriétaires n'avaient évidemment laissé aucune instruction concernant le type de graines à semer. Manubhai n'avait pas l'air de traîner dans les parages ; mais j'étais curieuse de savoir où se trouvaient les chiens, silencieux cette fois, ainsi que les filles de Manubhai, bien entendu.

Dans la plupart des grandes maisons, les quartiers des domestiques étaient situés quelque part à l'arrière du bâtiment. J'ouvris et refermai toutes les portes une à une, en essayant de mémoriser la disposition des pièces. Dans l'une d'elles, on avait laissé ouvert un *Guru Granth Sahib*[1]. On disait que celui qui ouvrait le livre tôt le matin, le cœur pieux et fervent, recevrait un « *hukumnama* », c'est-à-dire les instructions de la journée. Je me demandai ce que les membres de la famille avaient lu le jour où ils avaient été tués.

Du poison avait été mélangé à leur nourriture, en quantité importante. Bien plus en fait que ce qu'avait acheté Durga. J'entrai dans la cuisine et me représentai la fameuse soirée. Les domestiques étant comme par hasard en congé, le repas était donc prêt. Le poison avait dû être glissé dans la nourriture pendant qu'on la réchauffait, ou même plus tôt ce jour-là. Du moins, c'était l'hypothèse de la police. Évidemment, la question était de savoir si Durga avait un complice. Mais avait-elle seulement participé aux meurtres ? Tout en

1. Livre saint des sikhs.

examinant la vaste cuisine et la table du repas, j'eus l'intime conviction que Durga n'aurait pas pu agir seule. Pourtant, la police ne cherchait même pas de deuxième, voire de troisième suspect.

Quand la famille était passée à table, comment avait-elle pu échapper au dîner ? D'après mes souvenirs, elle ne se sentait pas bien et était allée se coucher dans sa chambre juste avant. Je revins sur mes pas en direction de la salle à manger et imaginai Durga dans sa chambre. Que faisait-elle ? N'entendait-elle pas les cris de sa famille, peut-être même ses appels à l'aide ? Elle disait avoir été droguée, empoisonnée puis violée. Les dossiers de la police ne mentionnaient pas la présence de drogue dans son organisme, mais on y avait trouvé des traces de poison et les signes d'une relation sexuelle brutale, ou d'un viol. Bien sûr, il pleuvait beaucoup ce soir-là, alors le bruit du tonnerre et de la pluie avait pu couvrir ses cris et ceux de sa famille mourante.

Dans la salle à manger, un véritable chaos avait dû s'installer. Le sol était couvert de vomi et de sang, ce qui avait sans doute causé la mort de l'un des chiens, s'il avait léché le sol. Mais alors pourquoi le feu ? Qui l'avait allumé ? Pourquoi les coups de couteau ? N'étaient-ils tous pas déjà morts ? En théorie, si une personne en poignarde une autre à plusieurs reprises de façon aussi insensée, son geste peut être dû à une maladie mentale ou à un profond désir de vengeance. Une frêle adolescente de quatorze ans, même très perturbée, pouvait-elle accomplir un acte aussi cruel ?

Ou une autre personne était-elle présente, faisant de Durga la victime d'un coup monté ?

Ça expliquerait pourquoi les taches de sang sur le mur avaient été effacées. Quelqu'un avait pu vouloir supprimer les preuves du désordre, surtout si, à part Durga, d'autres individus étaient impliqués. Qui étaient-ils ? J'essayai d'imaginer cette soirée tout en faisant le tour du salon.

Où était Manubhai ? Et ses filles ? Je repensai à ce que Durga, à bout de nerfs, m'avait raconté sur lui. On avait installé l'une des jeunes femmes dans une chambre proche de celle de Jitu. *Afin de l'obliger à rester. Afin de le retenir. Même après son mariage.* Je crus que quelqu'un me soufflait ces mots. Mais ce n'était que le fruit de mon imagination, bien entendu.

Derrière, le même silence morne régnait sur les quartiers des domestiques. Il s'agissait de pièces plus petites, construites à l'écart de la maison et attenantes au champ aride. Les fenêtres et les portes étaient fermées, mais tout était propre comme si leurs occupants se trouvaient encore là un moment plus tôt. J'ouvris l'une des portes qui avait été mal verrouillée et me retrouvai dans une pièce sombre. Une poupée de chiffon était abandonnée sur le sol. On avait planté une aiguille dans son corps. En la retournant, je découvris une tache marron sur le tissu. La poupée n'avait pas de visage.

« Tiens donc, en voilà une surprise », dit une voix faussement étonnée derrière moi, tandis que Ramnath me donnait une petite tape sur l'épaule. Je sursautai et me retournai brusquement, stupéfaite et mal à l'aise de m'être fait surprendre.

Il regarda la poupée entre mes mains.

« Où vous avez trouvé ça ?

— Par terre.

— Je peux la voir ? » Il la retourna et se mit à rire. « Mon dieu, ces gens et leur magie noire. Ils n'abandonnent donc jamais. »

Derrière lui, Gurmit entra dans la pièce et eut la décence de prendre l'air un peu penaud.

« Rien à voir avec notre histoire, mon vieux, dit Ramnath. Cependant, ce sont toutes ces pratiques vaudou dirigées contre elle qui ne cessaient de tourmenter la pauvre madame Atwal. Rien que des âneries bien sûr, mais on a effectivement trouvé ce genre de chose dans la maison. Enfin, je vous dis ça seulement à titre d'information… Je ne veux pas d'un assassin venu de l'autre monde – les fantômes sont difficiles à attraper ! » Il gloussa et tendit la poupée à l'un des policiers qui l'accompagnaient.

« J'espère que ce n'est pas vous qui l'avez mise là ? » me demanda-t-il d'un ton jovial.

Je refusai de répondre à cette provocation et répliquai :

« Je cherchais Manubhai. Je voulais que quelqu'un me fasse visiter la maison une bonne fois pour toutes. Jusque-là, je n'ai fait qu'errer toute seule.

— Je crois qu'il est retourné dans le Bihar. »

Cette réponse me parut étrange car j'avais remarqué des bagages dans les chambres un peu plus tôt. Des légumes étaient posés près de la cuisinière comme si on se préparait à les faire cuire, et quelques vêtements séchaient sur le fil à linge. Manubhai, ou la personne qui vivait ici, était parti en grande hâte. Mais je haussai les épaules avec résignation. C'était la fin de la visite pour moi.

«Je vois. Eh bien, je vais juste jeter un œil aux environs et repartir.»

Je tournai le dos à Ramnath et adressai un léger signe de main à Gurmit, avant de repartir vers la maison en traînant les pieds.

«Ça m'a fait plaisir de vous revoir.

— Vous vous connaissez?» Ramnath devint immédiatement méfiant.

«Oh! on s'est rencontrés par hasard il y a quelques jours. Je ne le connais pas très bien», dis-je rapidement afin de laisser planer un doute.

Puis je me tournai pour reprendre ma route. Gurmit s'apprêta à intervenir, mais y renonça après avoir jeté un coup d'œil à Ramnath. Sage décision.

Sur la route cahoteuse du retour, je me souvins de ce qu'avait dit Binny. Les deux filles bihari vivaient à la ferme la plupart du temps. Mais où pouvait bien se trouver l'exploitation des Atwal? J'espérais qu'elle ne se situait pas trop loin. Pour le savoir, il me faudrait retrouver son adresse dans les dossiers de la police. Inutile de la demander à Ramnath: il essaierait sans nul doute de m'empêcher d'y aller.

De retour à la maison d'hôtes, je découvris qu'internet ne fonctionnait pas. Binny avait dû m'envoyer quelques photos des enfants pour les montrer à Durga, mais ça devrait attendre. Je cherchai rapidement l'adresse de la ferme dans mes notes.

Je découvris qu'elle était située sur la route d'Amritsar, à deux heures d'ici. J'aurais besoin d'une journée entière pour faire l'aller et le retour, et je risquais de ne pas pouvoir rendre visite à Durga si je partais immédiatement. Je décidai donc d'aller la voir le lendemain et de partir ensuite à la ferme, même si c'était un dimanche.

Je passai une nouvelle soirée alcoolisée, ce qui me permit d'oublier un peu ma rancune contre Gurmit. Je posai le combiné à côté du téléphone car je ne voulais pas lui parler et quelque chose me disait qu'il allait essayer de m'appeler.

Le lendemain matin, je me préparai à aller voir Durga et choisis quelques livres susceptibles de lui plaire parmi les miens. Je pris au hasard quelques nouvelles et essais qui ne risquaient pas de la perturber. J'emportai également la dernière traduction de l'autobiographie d'Amrita Pritam…

À la maison d'arrêt, je découvris que Ramnath avait une longueur d'avance sur moi. Ce que j'avais tant redouté venait de se produire. Seule une idiote comme moi pouvait imaginer que l'humanité tenait toujours parole.

Ramnath Singh avait donné de nouvelles instructions, me dit-on, car il était responsable de l'enquête en l'absence d'Amarjit.

Il avait été décidé que Durga vivrait ailleurs pendant quelque temps.

L'agente qui me transmit cette information se montra extrêmement polie mais m'avoua qu'elle ignorait où Durga avait été emmenée. Je me souvins des dix jours supplémentaires promis par Amarjit.

Avait-il contribué à cette manœuvre ? Pourquoi donc faire semblant d'être mon ami ? Et pourquoi ce changement soudain ? La situation était à la fois frustrante et troublante : même si les progrès étaient très lents, Durga commençait enfin à s'ouvrir et à me faire confiance. C'était sacrément injuste de l'éloigner à un moment aussi crucial.

Je sentis la colère et la panique m'envahir ; j'étais de plus en plus convaincue qu'il fallait agir vite. Pourquoi avais-je bêtement fait confiance à Amarjit ? J'essayai de le joindre depuis la prison, mais personne ne répondit. À la troisième tentative, quelqu'un décrocha et m'informa qu'il se trouvait toujours à sa réunion sur la sécurité à Delhi.

*

À simransingh@hotmail.com

Très chère Simi, je n'ai plus de nouvelles de vs depuis hier. J'espère vraiment que vs allez bien. Vs ne m'avez pas dit ce que vs pensiez de mes deux bébés. Rahul n'est-il pas adorable ? Bien sûr, Mandy est ma petite miss Monde. Je voulais vous dire que j'ai reçu un appel étrange de Harpreet, ou monsieur Harpreet comme l'appelait Durga. Comme vs le savez, je ne l'ai jamais rencontré mais il vient de m'appeler et m'a expliqué qu'il essayait d'obtenir un visa pour l'Angleterre, car il veut venir nous voir, et surtout rencontrer Rahul. Je ne vois pas pourquoi il s'intéresse à lui. Ça m'inquiète car j'ai déjà rempli les papiers de l'adoption et j'aimerais vraiment éviter toute complication. Cet enfant a assez souffert et Durga ne me le pardonnera jamais si quelque chose lui arrive. Je n'avais dit à personne qu'il était avec moi. Même lorsque les journalistes sont venus, je ne leur en ai pas parlé une seule fois. Je suis désolée d'avoir l'air aussi énervée, mais je suis vraiment inquiète. Je me répète que je n'aurais jamais dû le contacter pour qu'il vs transmette ma lettre, etc., car je le soupçonne de l'avoir lue. Je ne fais confiance à personne dans cette affaire, et je ne vs rappellerai jamais assez de rester prudente.

Ah oui ! Il prétend pouvoir obtenir son visa rapidement car Ramnath, qui s'occupe de l'affaire, est un ami proche. C'est la seule chose qui me donne un peu d'espoir, car s'il aime sincèrement Durga, il fera peut-être en sorte que Ramnath la traite de manière correcte.

Enfin, je regrette amèrement d'avoir parlé de Rahul dans mes e-mails et dans ma lettre. Vs étiez la première à apprendre qu'il était avec moi. Peut-être que la police était déjà au courant, mais jusque-là personne n'avait réagi. Bon, avec un peu de chance je m'inquiète pour rien. Diwali approche. Nous allons tous faire la fête à Southall et je vais acheter plein de jolis pétards à Rahul. N'oubliez pas d'offrir un bel ensemble à Durga (elle adore les tons vert citron) et d'allumer une petite bougie avec elle.

Écrivez-moi vite, j'ai besoin de vos e-mails. Affectueusement, Binny, Mands et Rahul.

Chapitre 12

23.09.2007

J'ai passé une journée étrange. Après que vous m'avez donné la photo de Sharda, je n'ai pas cessé de la regarder et de pleurer, car elle me rappelait le profond sentiment d'impuissance que j'éprouvais quand cette photo a été prise. Je la revois allongée sur ce lit, un poignet attaché au bord par des menottes, pas même autorisée à porter des vêtements ni à manger. Une longue chaîne l'empêchait d'errer trop loin. Vous ne pouvez rien voir de tout ça sur la photo, ni sentir les mauvaises odeurs… Ses excréments mélangés au sang de ses règles recouvraient le sol. Elle restait dans cette crasse pendant des jours, jusqu'au moment où quelqu'un venait enfin tout nettoyer. Pourquoi lui ont-ils fait ça ? Sa propre famille, la chair de sa chair ?

Et pourquoi Didi n'est-elle pas morte ? Ils ont pourtant dû la priver de nourriture et la rouer de coups plus d'une fois. Si elle a survécu, ce n'est pas seulement grâce à son esprit indestructible : elle l'a fait aussi pour moi.

Elle a refusé de mourir car elle savait que je me trouvais là-bas, quelque part. Elle devait s'assurer que je continue à grandir et que j'aille loin dans la vie.

Elle me l'avait promis au-dessus de la flamme d'une bougie, le jour où elle m'avait donné la petite main fantôme. Je serai toujours là, avait-elle dit ; ils ne me tueront jamais.

Même après avoir tout oublié, même après les électrochocs, les coups et les pilules qui la faisaient dormir pendant des jours, elle conservait mon souvenir quelque part au fond d'elle-même ; elle ne pouvait pas renoncer.

Et je ne pouvais pas non plus l'abandonner. Ce moment très bref où je l'ai vue a suffi à me convaincre que je devais la sauver d'une façon ou d'une autre… Peu importe ce qui restait d'elle.

Moi qui veillais avec un tel soin sur le souvenir de Didi, j'ai quand même dérapé aujourd'hui. La gardienne a trouvé sa photo dans la boîte. Un peu plus tard, Ramnath Singh est venu me voir avec ses minauderies habituelles, ses vêtements parfaitement repassés et ses cheveux gominés.

Il nous rendait très souvent visite à la maison. Il regardait les chandeliers, examinait les objets en cristal taillé, évaluant le prix de tout ce qui l'entourait. C'est lui qui encourageait Jitu et Sanjay quand ils avaient envie de « fumer ». Je l'ai vu tant de fois confortablement installé dans la chambre de Jitu, un verre de whisky single malt à la main alors que mes parents dormaient ou étaient sortis. Vêtu d'un blazer impeccable et d'un pantalon gris, il parlait d'une voix douce et détendue à Jitu, lui-même allongé sur le lit, abruti par l'opium et la marijuana.

Ma mère pensait qu'il exercerait une bonne influence sur ses fils, et c'est vers lui que mon père se tourna quand il apprit la grossesse de Sharda. En fait, c'est Ramnath qui lui avait triomphalement annoncé la nouvelle.

Je me rappelle être sortie en courant après avoir entendu le cri de ma mère. C'était la première fois que mon père la giflait devant un étranger – si on pouvait encore appeler Ramnath ainsi. À ce moment-là, bien sûr, c'était plutôt un confident. Il connaissait l'un des pires secrets de la famille et c'est lui qui allait décider du sort de Sharda.

Il leur fallut du temps. Ils se réunirent longuement pour parler d'argent, car toutes les solutions exigeaient bien entendu quelques dépenses. Il y aurait des gens à payer, des médecins à soudoyer, et puis il ne fallait pas oublier le problème le plus important : où cacher Didi pendant tout ce temps ? C'est à ce moment-là qu'ils ont choisi de laisser Ramnath se charger de tout. Ce serait à lui de décider du déroulement de l'histoire.

Et quand ma mère protesta – Non, non, non, pas ça, jamais, jamais ça, pas ma fille –, mon père la gifla en public. Alors elle comprit le message.

On ne me donna aucune explication, évidemment. Comme Didi était enfermée quelque part dans la maison, je dus partir en quête d'informations. Qu'est-ce qu'ils allaient lui faire ?

Mais je ne le sus jamais. Je ne sus rien jusqu'à ce qu'ils l'emmènent. Comme Jitu était avec elle, je n'imaginai pas une seconde qu'ils lui feraient du mal.

Je me trompais complètement.

Alors, quand Ramnath est apparu aujourd'hui, j'ai su ce qui allait se passer. J'étais prête. Je ne crois pas que j'ai eu peur un seul instant.

« Il y a eu six appels de Gurmitsinghji, *Saar* », dit le gérant sinistre, que ma vie intense et dissolue bouleversait visiblement. J'étais finalement rentrée à la maison d'hôtes, consternée par la soudaine tournure des événements et très inquiète pour Durga.

Je devrais garder mon portable allumé et arrêter de torturer ce pauvre homme, pensai-je. Toutes ces bizarreries dans mes habitudes résultaient du mode de vie très simple que j'essayais de m'imposer – aidée, bien sûr, par l'absorption chronique d'alcool, seul excès que je me permisse.

J'avais pour ambition farfelue de vivre aussi indépendante que possible et d'avoir recours à la technologie seulement quand c'était nécessaire. En plus, j'avais beau refuser tout salaire, ou « *hafta* » (comme je l'avais dit à Amarjit), dans la mesure où mon travail était entièrement bénévole, j'éprouvais encore une immense culpabilité dès que je dépensais l'argent légué par mon père, une fortune assidûment accumulée tout au long de sa vie. Je ne me permettais que d'utiliser le strict minimum pour survivre.

Mon père était un homme qu'on avait poussé à la limite de ses ambitions. Au bout de vingt-cinq années passées à mettre sur pied des usines de pièces détachées automobiles dans des villes de province, l'absorption constante de fumées d'échappement et de poussière avait fini par lui boucher les artères pour de bon. Il avait rêvé de nous emmener visiter le Louvre à Paris et explorer la Forêt Noire en Allemagne, mais il n'en eut jamais l'occasion. Dans son portefeuille, il conservait les photos de la maison qui avait appartenu à son père à Lahore, une magnifique résidence à deux étages. Elle avait été réduite en cendres pendant les émeutes qui avaient suivi la Partition. Un jour de 1947, des hommes avaient soigneusement tranché la tête de son père avant de la jeter aux pieds de ma grand-mère stupéfaite, puis s'étaient enfuis de la maison aux vingt-quatre balcons par une porte de service.

En fin de compte, sur les huit personnes que comptait sa famille, seul mon père avait survécu, car il avait eu le bon sens de s'évanouir à la vue de tout ce sang et le groupe d'émeutiers l'avait cru mort.

Mon père n'avait jamais oublié son ancien style de vie et ma mère n'avait rien fait pour l'y aider. Elle aurait pu être mariée au fils d'un millionnaire, mais au lieu de cela, elle avait épousé un réfugié sans le sou. Comme des milliers d'autres femmes à l'époque, elle n'avait pas eu beaucoup le choix. Ensuite, avec toute la détermination d'un Punjabi, mon père avait travaillé sans relâche à se construire un empire.

Puis je grandis et il mourut. Et je ressentis une véritable honte à l'idée d'utiliser son argent sans le lui rendre d'une façon ou d'une autre. Sa garde-robe comptait seulement trois pantalons et six chemises. Les tenues que ma mère avait soigneusement amassées au fil des années remplissaient cinq placards. Il y en avait pour toutes les saisons et toutes les modes. Mon père n'avait jamais eu le temps de regarder la télévision, de partir en vacances ou de jouer au golf. Ma mère passait le sien à des déjeuners entre dames, aux courses, ainsi qu'au club de gymkhana et au salon de beauté. Elle achetait des bijoux comme on achète des légumes. C'était une nécessité, non un luxe. Il me suffisait de la regarder vaciller sur ses talons hauts hors de prix pour savoir que je ne pourrais jamais lui ressembler. Et combien elle m'en voulait !

J'étais censée être la fille la plus jolie, la plus brillante, le meilleur parti de la ville mais au lieu de cela, j'avais décidé de devenir cette bénévole fade, sombre et inintéressante. Et puis, tout récemment, j'avais touché le fond en rejetant les millions du Dernier Jules.

Mon comportement était lié en grande partie au souvenir de mon père. Mon dieu, tout ça me semblait tellement, tellement loin maintenant !

Je réessayai de me connecter à internet depuis mon ordinateur. Le gérant disait s'être plaint, mais ça ne fonctionnait toujours pas. Je branchai enfin mon portable pour le recharger et me servis une bière. La journée du lendemain s'annonçait difficile : je n'avais aucune idée de l'endroit où ils avaient pu emmener Durga. Je me demandais si je devais prendre le risque d'appeler Ramnath. Mais s'il me raccrochait au nez ou si une dispute éclatait entre nous, je serais définitivement exclue de l'affaire.

Dès que j'allumai mon portable, il se mit à sonner. Maman.

Elle avait l'air surexcitée. «J'ai passé une annonce dans les journaux et il y a déjà trois propositions.

— Trois seulement?» Je m'installai dans mon siège et avalai une longue gorgée de bière fraîche. La matinée venait seulement de commencer, mais j'avais besoin de me calmer. Et puis je savais que la conversation allait être longue. Comment parviendrais-je à l'écourter sans faire grimper sa tension?

«Mais c'est fantastique, ma chérie!» (Elle ne m'avait pas appelée comme ça depuis six ans.) «L'une d'elles me paraît très intéressante. Il s'agit d'un homme divorcé, père de trois enfants installé aux États-Unis. Tout ce qu'il recherche, c'est une Indienne sikh de caste *jat*[1] sans prétention. Il dit qu'elle doit avoir le teint clair mais je crois qu'en te voyant, il saura que ce n'est pas important.

— Bien sûr, il a l'air parfait et nous sommes faits l'un pour l'autre. Cependant, il devrait préciser sa couleur de peau, lui aussi.

— Allez, ne sois pas aussi arrogante! Qui voudrais-tu que ce soit? Brad Pitt?

— Maman, pourquoi ne pas attendre quelques réponses de plus? Je serai bientôt de retour à la maison; nous pourrons alors passer tout notre temps à répondre à ces charmants messieurs, d'accord?»

Si je jouais le jeu, on en resterait peut-être là.

«J'ai lu des choses sur ton affaire, tu sais: toute la presse de ce dimanche en parle. Apparemment, cette

1. Caste d'agriculteurs.

fille est coupable. À une époque, sa sœur aînée aurait été internée dans un asile de fous, ou quelque chose comme ça. Ils ont expliqué qu'elle était malade, je crois… » Folle, autrement dit. Ma bière commençait à avoir un goût de pisse de cheval.

Je me redressai sur mon siège et posai mon verre. Le seul jour où je ne lisais pas les journaux, il fallait que je rate une nouvelle pareille. Maintenant, je savais où ils avaient emmené Durga. Tandis que maman s'égarait dans les détails, je l'interrompis aussi gentiment que possible, lui promis qu'on se reparlerait plus tard et composai le numéro de Gurmit.

Il répondit au téléphone d'une voix sombre. « Je suis désolé pour hier ; je voulais vous dire que j'ai subi beaucoup de pression de la part de la rédaction. L'équipe voulait absolument publier un reportage spécial.

— Félicitations. J'imagine que le journal a fait un tabac ?

— Écoutez : je sais que vous vouliez attendre, mais la police est tout à fait sûre que… »

Je le coupai. « Merci pour votre intervention. On a emmené Durga et je ne sais même pas où elle est. »

Il eut l'air choqué. « Quoi ? Mais Ramnath a dit qu'il allait la ménager parce qu'elle était très traumatisée.

— Pourquoi avoir inclus ce passage sur Sharda ? Vous avez publié sa photo ?

— Non, mais Ramnath m'a fourni tous les détails de son internement à Amritsar. J'ai bien senti qu'il y avait un problème quelque part quand j'ai reçu cette photo…

— Vous ne savez toujours pas qui vous l'a envoyée ?

— Non.

— Je n'appelle pas ça du journalisme.

— En fait… Je soupçonne bien quelques personnes. Mais il faut que je puisse continuer à vivre dans cette ville. Si ça peut vous consoler, cette histoire est loin d'être terminée, à mon avis. J'ai trouvé très étrange que Ramnath essaie de récolter tous les lauriers. Il avait tout orchestré afin que personne d'autre ne nous accompagne. Il voulait être la vedette de cette affaire. Si vous allumez la télé, vous le verrez encore. Il raconte sur toutes les chaînes que l'affaire est résolue. Et que c'est grâce à lui.

— Pourquoi a-t-il transféré Durga ? Je croyais qu'une décision de justice l'en empêchait.

— Le tribunal avait exigé que la police la place en lieu sûr et lui fournisse une aide psychiatrique plutôt que de l'enfermer dans une cellule avec d'autres criminelles. Mais Ramnath a pu monter une histoire de toutes pièces pour avoir le droit de l'emmener où il voulait.

— Je vais partir à sa recherche dès demain. Et il faudrait que vous laissiez votre portable allumé, au cas où je ferais une découverte. J'aimerais simplement insister sur une chose : ne me trahissez pas une seconde fois. Vous savez à quel point je suis inquiète pour Durga. Vous savez aussi que Sharda a disparu et qu'on ne l'a pas vue depuis cinq ans. C'est tellement facile à faire, ici. Et personne ne s'en soucie vraiment.

— Vous avez posé la question au professeur particulier ?

— Harpreet ? » Pour une raison inconnue, je me disais qu'il n'avait plus rien à voir avec l'affaire.

« Il a appelé Ramnath pendant que je l'interviewais. Il lui a demandé de l'aider à obtenir un visa pour l'Angleterre.

— Quoi ? Je veux dire : pourquoi ? Est-ce qu'il a dit pourquoi ? »

Gurmit n'en savait rien. Je repensai à ces yeux d'un vert intense. À ce visage beau et doux. À ma nervosité face à cette image parfaite de l'être humain intelligent et idéaliste… dont le mariage même incarnait les idéaux. Existait-il une seule personne dans cette petite ville dont les motivations soient honnêtes et transparentes ?

« Vous pouvez me rendre un service, Gurmit ? Si vous êtes toujours au bureau, j'aimerais que vous lanciez une recherche sur internet pour vérifier si des articles ont déjà été publiés au sujet de monsieur Harpreet. J'ai besoin de le savoir. Tenez-moi au courant. »

Il me rappela dix minutes plus tard. Rien sur monsieur Harpreet. Durga m'avait menti en disant qu'elle avait appris tous les détails de son mariage dans les journaux. Cette belle histoire avait tout pour émouvoir une jeune fille ; mon vieux cœur se brisa avec une amertume que je ne me croyais plus capable de ressentir. Pourquoi avait-il recherché sa sympathie, et quel était leur lien réel ?

Même le whisky ne suffit pas à noyer la jalousie malsaine que j'éprouvais. Pourtant, il fallait que je la retrouve. Je le lui devais. Et monsieur Harpreet ? Je n'étais pas sûre d'être assez solide pour lui parler ce soir. Soudain, il se passait trop de choses, et trop vite.

*

À simransingh@hotmail.com

chère simi, où êtes-vs ? Je suis très inquiète. j'ai vu un reportage et une interview de ramnath à la télé. La police pense que durga est folle et qu'elle a peut-être tué tout le monde à cause de ça. ce sont des conneries. Je vs en prie, empêchez-les de faire ça. pourquoi avez-vs disparu. rétablissez la vérité, s'il vs plaît. Je la connais, je sais qu'elle est normale.

s'ils décident qu'elle est folle, je ne vois pas comment on pourra la sauver. combien d'années restera-t-elle enfermée, et recevra-t-elle l'aide dont elle a besoin ? si seulement je pouvais venir. par prudence, j'essaie d'accélérer les démarches pour adopter rahul. Je ne sais pas pourquoi monsieur harpreet s'intéresse autant à lui, et ça me rend très très nerveuse. les chaînes de télé m'ont recontactée, mais je leur ai dit que j'étais souffrante. Je vs en prie, écrivez-moi ou envoyez-moi votre numéro pour que je puisse vs appeler.

comme vs le savez, ma fille et moi sommes encore en vie grâce à Durga. elle nous a sauvées. comprenez bien qu'ils m'auraient forcée à avorter, ils voulaient se débarrasser de mon adorable mandy, même si c'est illégal.

écrivez-moi vite, s'il vs plaît. Je suis très inquiète pour mon petit ange, elle doit se sentir tellement seule, la pauvre.

affectueusement, binny.

Chapitre 13

Je ne sais pas quel jour on est. J'ai tellement envie de dormir. Ça fait longtemps que je ne me suis pas sentie aussi fatiguée. Je crois qu'ils m'ont fait une piqûre et après ça, je ne me rappelle plus vraiment. À mon réveil, j'étais dans cette chambre qui est plus petite que celle d'avant. Dans la précédente, il y avait une télé et un bureau pour écrire. Un placard. Mais ici, il n'y a que mon lit et une chaise. Je suis allongée sur le lit maintenant : ils ont enlevé les bandages autour de mes poignets.

Cette nuit, mes mains étaient attachées au lit, je ne sais pas pourquoi. Dans la matinée, un médecin est venu prendre ma température et ma tension, comme si j'étais malade. Mais je vais bien. Même mes vêtements sont toujours rangés dans ma valise. J'écris ces mots aussi vite que possible et mon écriture est à peine lisible, mais je sais qu'ils vont bientôt me faire une autre piqûre. J'ignore où je suis et combien de temps je vais rester ici. Je vais devoir cacher soigneusement ces feuilles entre mes vêtements. Je n'arrive pas à mettre la main sur les autres. Je me demande si vous allez pouvoir me retrouver. Est-ce qu'ils vous ont dit pourquoi ils m'avaient emmenée ? Pourquoi n'êtes-

vous pas venue me chercher ? Je pensais pouvoir vous faire confiance. Est-ce que j'ai dit ou fait quelque chose qui vous a déplu ?

Pourquoi m'avez-vous donné la photo de Sharda ? Pourquoi Ramnath était-il si furieux en la voyant ? Après, il me l'a prise. Je ne l'avais jamais vu aussi en colère ; il m'a frappée, et puis quelqu'un m'a recouvert la tête d'un tissu noir. J'ai essayé de résister, mais c'était impossible. J'avais tellement mal que j'ai fini par m'évanouir. J'ai envie de pleurer, mais je me sens de nouveau fatiguée. Je ne peux rien faire d'autre que dormir.

J'avais passé une nuit agitée. Je ne cessais de me demander à quoi allait ressembler la journée suivante. Consciente que je m'étais sans doute montrée un peu trop naïve jusque-là, j'avais réservé une voiture en prenant soin de ne pas révéler ma vraie destination. Je dis au gérant de la maison d'hôtes que je voulais me rendre à Patiala. Pas bête, hein ? Histoire de mettre les gens sur une fausse piste. Amarjit était toujours injoignable. J'avais demandé qu'on m'apporte les journaux du matin. Si de nouvelles révélations avaient été publiées, je voulais pouvoir les examiner en détail. Heureusement, il n'y avait rien de nouveau, hormis un nouvel attentat terroriste, à Bangalore cette fois, ou Bengaluru comme on appelait désormais la ville. Ce qui signifiait que je ne pourrais sans doute pas parler à Amarjit pendant quelques jours encore.

J'inspectai soigneusement ma chambre pour m'assurer que je n'y laissais rien de compromettant. Mes notes et mes dossiers ne me quittaient plus. J'étais certaine qu'on avait délibérément coupé ma connexion à internet, car le réseau ne fonctionnait plus depuis trois jours. Je n'avais pas le temps de partir à la recherche d'un café internet ce matin-là. Je demanderais à Gurmit de consulter mes e-mails. Je l'appelai et lui donnai mon mot de passe. Il promit d'y jeter un œil dès qu'il serait au bureau.

Ma chambre allait évidemment être fouillée après mon départ. Quand j'étais rentrée de la prison la veille, certains dossiers étaient posés sur ma valise, alors que je les avais rangés à l'intérieur. J'imaginai le petit sourire suffisant de Ramnath au moment où il remarquait les tas de bouteilles vides le long du mur. Il était sans doute curieux de savoir quelles informations j'avais pu recueillir. Mais il avait dû être déçu de trouver si peu. Je le voyais rire de tout ça avec Amrinder et Ma Sukhi. Quel bonheur de pouvoir se débarrasser de moi une fois de plus. Comme cette fois-là, à l'école.

Oh ! Elle lui avait certainement tout raconté, avec l'aide de Ma Sukhi. Cette pauvre, pauvre idiote de Simran, elle a toujours été excentrique. Très négligente. Tu ne devrais pas t'inquiéter *un seul instant*. Elle a failli recevoir la médaille de la meilleure élève de l'école, tu sais, mais c'est une vraie bêtasse. Quand le dernier examen a été soumis à une évaluation externe, il est apparu qu'une fille et elle avaient rendu la même dissertation mot pour mot ! Aucune différence. Et tu sais, Ma Sukhi était justement l'examinatrice externe.

Alors c'est comme ça qu'on l'a découvert. Ensuite les deux cahiers ont été présentés aux deux filles, mais on n'a jamais vraiment su qui avait copié sur l'autre. Alors cette pauvre Simran a perdu la médaille d'or en faveur de qui tu sais. J'étais dans le bureau de la mère supérieure quand elle a été convoquée : je n'aurais raté ça pour rien au monde. Je l'ai vue bégayer, bafouiller, et finalement elle n'a rien pu dire.

Cette pauvre, pauvre idiote de Simran ne pouvait rien dire parce que la fille qui avait copié sa dissertation était en fait sa meilleure amie. C'était une idée stupide, une bêtise d'écolière qu'on n'aurait pas remarquée si l'enjeu n'avait été aussi important. Mais il était impossible que personne ne s'en aperçoive. Cette bêtasse de Simran n'eut pas le cran de s'en prendre à son amie ni d'expliquer à l'école que celle-ci lui avait accidentellement « emprunté » ce cahier pendant quelques jours. Ce n'était pas dans sa nature. Alors quelle importance pouvait bien avoir cette médaille d'or ? Eh bien, c'était l'aboutissement d'une année de travail acharné. Et puis elle aurait tellement aimé que son père la voie remporter cette récompense. Il mourut quelques mois plus tard.

Après ça, cette idiote de Simran tenta sans cesse de se racheter, d'une certaine façon, aux yeux d'un père plus que jamais absent. Elle se conforma aux choix qu'il aurait sans doute voulu la voir faire – un travail social, un style de vie très simple. Comme je le disais, une erreur stupide avait transformé toute sa vie.

L'élève brillante et prometteuse était devenue une tricheuse. Je rasais les murs de l'école. Amrinder fit en sorte que tout le monde soit au courant, et les doutes subsistèrent. Personne ne croyait vraiment que j'étais coupable car j'étais très bonne élève et le style de la dissertation était le mien. Mais les sources de ragot étant limitées dans les écoles des petites villes, mon cas leur fournit matière à bavarder pendant très, très longtemps.

Que pouvait-il bien rester de cette histoire vingt-cinq ans plus tard ?

Le souvenir ineffaçable de l'humiliation publique, c'est tout.

C'était étrange que la vie m'oppose de nouveau à Amrinder. J'espérais juste être assez ingénieuse pour résister à l'attaque qui allait fatalement être lancée contre moi.

Je montai dans la voiture et informai le chauffeur surpris que nous allions à Amritsar. Dans ma nouvelle incarnation de femme prudente, je décidai de prendre tout mon temps pour lui révéler notre vraie destination. C'était une matinée très agréable. Il avait plu pendant la nuit et l'air était toujours chargé d'une humidité fraîche et d'une odeur de terre mouillée. Mais l'éclat du soleil pâlissait à mesure que je me posais des questions sur la pauvre Durga. Mon instinct me disait que j'étais sur la bonne piste.

Je ferais peut-être mieux de me rendre à l'asile pour commencer, afin de les empêcher de lui faire plus de mal. Mais il fallait d'abord que j'aille jeter un œil à la ferme. À tout hasard.

Mon portable sonna. Pour une fois, je l'avais laissé allumé car j'ignorais ce que me réservait cette journée. C'était Amarjit.

« Où es-tu ?

— Oh, je me promène en voiture. J'ai eu envie de visiter Patiala et de revoir de vieux amis, puisque tes sbires m'ont privée du travail que tu m'avais confié.

— Qu'est-ce que tu veux dire ?

— C'est pour cette raison que je t'ai appelé. Durga a été transférée et je ne sais pas où elle est.

— Écoute, calme-toi. Je devine à ta voix que tu es contrariée. Je t'expliquerai tout à mon retour. J'ai eu un message de Ramnath disant qu'elle devenait violente et qu'ils ne savaient pas comment la maîtriser. Alors il m'a demandé s'il pouvait la placer dans un endroit plus sûr.

— Violente ? Je l'ai vue juste avant qu'elle ne disparaisse ; c'est l'une des enfants les plus dociles que j'ai jamais rencontrées. Je sais que quelqu'un la manipule depuis le début. Et quand je l'ai vue un peu plus tôt samedi, elle se portait très bien. Je lui ai donné la photo de Sharda et elle a pleuré. C'est une enfant traumatisée, bon sang ! Est-ce que vous allez enfin en terminer avec cette affaire et la laisser tranquille ? Où l'avez-vous emmenée ?

— Simran, pour l'instant je dois me concentrer sur mon travail ici, à Delhi. Mais surtout appelle-moi si tu as besoin d'aide. Je m'inquiète pour toi. Tiens-toi éloignée de Ramnath. C'est un homme très ambitieux.

— Et alors ?

— Eh bien, on m'a dit que ta connexion à internet avait sans doute été coupée.

— Est-ce qu'ils t'ont prévenu avant de le faire ? Tu oublies que je loge dans ta maison d'hôtes. Celle de la police du Punjab, tu te souviens ? Je devrais y être en sécurité.

— Je t'ai demandé de venir pour m'aider dans cette affaire, mais ça a déplu à certains. Si je peux faire quelque chose pour toi, dis-le-moi. Fais attention, ne prends aucun risque, d'accord ? »

Soudain, je n'eus plus la moindre peur de ce qui allait arriver. Je savais que je serais capable de me débrouiller toute seule.

« Tu permets que je te rappelle une petite chose ? »

Je parlais très calmement pour quelqu'un qui avait l'impression de se retrouver au milieu d'une véritable guerre de tranchées.

« J'ai failli tomber amoureuse de toi à la fac. Tu étais le mec le plus cool que je connaissais, et en renonçant à toi, je me suis toujours demandé si j'avais… » Je m'interrompis, les larmes aux yeux. « Mais tu sais quoi ? T'avais pas de couilles à l'époque et t'en as toujours pas.

— Je ne comprends pas.

— Si tu voulais vraiment me protéger, tu n'en ferais pas toute une histoire. Tu sais très bien ce qui se passe, Amarjit, et c'est peut-être même toi qui tires toutes les ficelles. Mais laisse-moi te dire que même si j'ai été absente de cette ville pendant vingt ans, je la connais par cœur. »

Je raccrochai et regardai fixement les champs de moutarde. Jaunes. Comme l'homme avec qui je venais de parler. Je séchai mes larmes de déception et ressentis immédiatement un grand soulagement. En disant au revoir à Amarjit, je m'étais libérée de mes engagements ; je n'avais plus de comptes à lui rendre. Désormais, je devrais résoudre chaque problème par mes propres moyens.

Je me sentais prête à affronter tout ce qui pouvait arriver. J'espérais seulement que Durga serait à mes côtés quand je rentrerais à la fin de la journée.

La route qui menait à la ferme Atwal était pour le moins cahoteuse, et je sentais chacun de mes os tressauter. En fait de route, il s'agissait d'un chemin boueux tout en zigzags parsemé de galets. Le mur qui entourait la ferme mesurait presque deux mètres de haut et de gros clous se dressaient au sommet. La famille était manifestement prête à accueillir les hôtes indésirables. J'entendais les chiens aboyer au loin. Le chauffeur de taxi ouvrit le portail grinçant et fit entrer la voiture.

Autour de la vaste ferme, des cannes à sucre poussaient en rangs serrés. Au son de notre klaxon, une jeune fille à la peau foncée apparut à la porte, un enfant sur la hanche. Celui-ci avait le teint plus clair qu'elle. Tous deux me dévisagèrent de leurs yeux sombres et méfiants. La fille ne semblait pas avoir plus de douze ans. Mais je percevais une certaine fatigue dans son attitude, et elle portait un sari au lieu d'une robe. L'enfant dans ses bras devait avoir à peine un an. Tandis qu'elle m'examinait avec prudence, un autre sortit à quatre pattes et se leva en s'agrippant à ses vêtements. Elle était plus âgée que je l'imaginais, si elle avait déjà deux enfants.

Je sortis de la voiture et lui demandai en hindi qui elle était.

« Shanti », répondit-elle avec une intonation typiquement bhojpuri. L'enfant dans ses bras me fixait toujours d'un air sérieux, imperturbable.

« Ce sont tes enfants ?

— Oui.

— Tu habites ici ? »

Elle redressa l'enfant sur sa hanche d'un geste adroit.

« Ici et en ville. Je travaille pour Sahib.

— Santji ?

— Jitu. » Sa voix n'était plus qu'un murmure. Après avoir prononcé son nom, elle renifla et s'essuya les yeux avec le bord de son sari. Elle manifestait certainement plus d'attachement à Jitu que Binny lors de son interview télévisée ou dans ses e-mails. Je regardai attentivement les enfants, qui avaient sans nul doute du sang Atwal.

« Pauvre petite. Quand es-tu venue ici à la ferme ?

— Ils nous y ont amenés il y a trois jours.

— Qui d'autre est avec toi ? »

Avant qu'elle puisse répondre, une autre femme, beaucoup plus âgée, sortit et cria à la jeune fille de rentrer. Elle se planta devant moi d'un air agressif pour m'empêcher d'avancer vers la maison. Je compris à son impeccable sari blanc, soigneusement épinglé au col de son corsage, qu'elle faisait figure d'autorité ici.

Ses cheveux foncés parsemés de gris étaient tirés vers l'arrière et elle portait des lunettes à la monture noire et sévère.

« Qu'est-ce que vous voulez ?

— Je suis venue jeter un œil à la maison, car j'aide la police dans cette affaire.

— Personne ne nous en a informés. Je crains que vous ne soyez obligée de partir. »

Son ton brusque me déconcerta un instant.

« Écoutez, vous n'avez qu'à vous renseigner auprès d'Amarjit. Il m'a demandé de venir ici afin de vous rencontrer. »

Elle eut une légère hésitation en entendant le nom d'Amarjit. J'étais sûre qu'elle ne pourrait pas le joindre immédiatement, car il devait être en réunion. Ainsi, j'aurais peut-être un moment de répit pour parcourir les lieux.

« Je peux vous donner son numéro de portable », ajoutai-je aimablement.

Cela suffit à la convaincre de ma bonne foi. Le numéro de portable d'un haut bureaucrate était un bien si précieux qu'on ne le donnait qu'aux « intimes », comme on dit.

« Très bien, dit-elle à contrecœur. Je ne peux pas appeler Monsieur sur son portable mais j'essaierai de le joindre à son bureau : on verra s'il répond. Comment vous appelez-vous ?

— Simran Singh » répondis-je tout en réfléchissant au meilleur moyen d'entrer dans la maison.

J'entendais un bruit régulier de martèlement au loin pendant que nous parlions, comme si quelqu'un enfonçait un clou dans un mur à coups de marteau.

La femme qui se tenait face à moi semblait ne pas savoir quoi faire, mais comme le bruit s'amplifiait, elle me dit de rester sous la véranda pendant qu'elle rentrait téléphoner. Je hochai la tête et m'assis sur une chaise, conciliante et docile. Dès qu'elle fut à l'intérieur, je me précipitai vers la dernière porte au bout du couloir et essayai de l'ouvrir. C'est alors que je l'entendis, très clairement. Mon cœur s'arrêta de battre.

C'était un bruit terrifiant. Maintenant, des cris de plus en plus forts s'élevaient à l'intérieur de la maison.

J'avais besoin d'un témoin. Je fis signe au chauffeur d'approcher.

« J'entre », lui dis-je. Il eut l'air déstabilisé par les cris. Ils étaient aigus et rappelaient presque ceux d'un animal blessé. « Il faut que vous veniez avec moi. »

L'homme semblait toujours inquiet. Son indécision me donnait envie de le gifler, mais je serrai les dents et lui dis aussi calmement que possible, sans montrer le moindre signe de panique : « Il se peut que quelqu'un soit blessé et je veux savoir ce qui se passe. J'aurai peut-être besoin de votre aide. »

Je dois reconnaître qu'il avait un certain courage, car il finit par me suivre et se faufila sans bruit à l'intérieur. La maison avait de hauts plafonds et était plongée dans l'obscurité ; la seule lumière venait des ventilateurs d'aération au-dessus de nos têtes.

Il me fut étonnamment facile de la trouver. La porte était ouverte, et la femme que j'avais rencontrée plus tôt était penchée sur le corps d'une personne allongée sur un lit.

Je la reconnus aussitôt.

Les cheveux détachés, les yeux aveugles rivés au plafond. Le corps terriblement maigre, la cicatrice sur son visage. La seule différence avec la photo, c'est qu'elle était habillée.

Dieu merci, ce n'est pas Durga, pensai-je immédiatement.

Enchaînée au lit, elle serrait et relâchait les poings tout en hurlant des paroles qu'elle seule pouvait comprendre. Tous les mots, toute la colère qu'elle avait contenus pendant si longtemps jaillissaient de sa bouche en un flot incessant, sans avoir aucun effet sur son environnement. Sa tête roulait d'un côté sur l'autre, ses yeux vides s'ouvraient et se refermaient tandis qu'elle essayait de communiquer son angoisse à un interlocuteur invisible par un enchaînement de cris sans fin. Sa tête heurtait le bois du lit à chaque fois qu'elle essayait de se redresser. Comme elle criait sa rage et son impuissance, de l'écume coulait du coin de sa bouche, et ses lèvres, belles et douces autrefois, se retroussaient comme pour laisser échapper un grognement animal.

Impossible de savoir si c'était la même pièce que sur la photo, mais au moins, l'endroit paraissait propre et la femme, sans doute une infirmière, lui caressait le front comme pour la calmer.

« Sharda. » J'entrai dans la pièce.

La femme qui s'occupait d'elle se retourna brusquement, l'air surpris.

« Veuillez sortir d'ici, dit-elle, sans grande conviction.

— Pourquoi l'avez-vous enchaînée ?

— Nous n'avons pas d'autre moyen de la garder ici. Si nous la laissons détachée, elle court dehors, prend les enfants dans ses bras et va les cacher. Le fils de Shanti est resté enfermé toute une journée dans un placard et il a failli étouffer.

— Est-ce qu'un médecin vient la voir ?

— Non.

— Dans ce cas, qui vous donne des instructions ? »

Elle hésita. « Maintenant nous nous débrouillons, Manubhai et moi. Avant, la famille venait, et Jitu aussi. Mais à présent… »

Par-dessus son épaule, je regardai Shanti qui s'était accroupie par terre pour donner le sein à son bébé. Une autre fille, tout aussi jeune et enceinte, était assise à côté d'elle. Jitu était un homme productif.

« Et ces filles vous aident aussi ?

— Elles essaient, mais elles n'ont reçu aucune formation.

— Et vous ? »

Pour la première fois, une émotion furtive traversa son visage. « J'ai travaillé pendant trente ans à l'hôpital de la police. »

Pas formidable comme certificat de travail, mais elle avait au moins quelques connaissances en médecine.

« Et quand vous ont-ils engagée ?

— Il y a environ un an. Avant ça, elle vivait dans des conditions terribles, comme un animal. Nue, sale, des poux dans les cheveux. Maintenant, je lui donne des bains et je la nettoie au moins deux fois par jour. »

Tout en me parlant, elle continuait à caresser le front de Sharda, et ce contact apaisant dut lui faire de l'effet car elle cessa de crier. La jeune fille gémissait doucement à présent et essayait de s'asseoir. Elle me regardait attentivement, mais comme une aveugle qui tente de voir en vain. Son long cafetan, l'unique vêtement qu'elle portait, était remonté sur ses jambes et laissait apparaître les croûtes et les cicatrices d'anciennes blessures. Sa main enchaînée au lit s'agitait semblable à un papillon blanc. Je n'avais jamais vu une personne aussi pâle ; même ses cheveux étaient blancs. Elle avait beau n'avoir que vingt ans et être une jeune maman, les lanières de peau collées à ses os lui donnaient l'apparence d'une femme frêle de soixante ans. Quel prix à payer pour un coup de foudre !

L'infirmière quitta la chambre pour aller chercher des médicaments et je me tournai vers Shanti.

« Est-ce que Ramnath vient ici ? »

Elle hocha la tête.

« Est-ce qu'il vous paie un salaire ? »

Elle acquiesça de nouveau. Enfin, je lui posai la question qui m'importait le plus.

« Et est-ce que monsieur Harpreet, l'homme aux yeux verts, vient aussi la voir ? »

Nouveau hochement de tête. J'en savais maintenant plus que je le voulais, mais tout ça faisait partie de cet ensemble de phénomènes intenses et merveilleux qu'on appelle la vie, pas vrai ? Il suffisait de croire tout savoir pour que, vlan ! quelque chose vienne détruire toutes vos illusions.

Si cette pauvre petite n'avait pas jeté son dévolu sur le mauvais homme, on ne l'aurait pas autant utilisée et maltraitée. Elle avait tout risqué pour lui seul, et tout ce qu'elle avait gagné, c'était cette longue chaîne qui la retiendrait au lit jusqu'à la fin de ses jours. En tout cas, si une chose semblait claire dans l'esprit de tout le monde, c'est qu'elle devait rester en vie. Pour une raison qui ne tarderait certainement pas à m'accabler un peu plus.

Tout en composant le numéro de Gurmit, je demandai au chauffeur de me suivre.

« J'ai retrouvé Sharda. » Des frissons incontrôlables me parcoururent quand je prononçai ces mots. Je tremblais soudain comme une feuille et des larmes coulaient sur mon visage.

Il me dit qu'il venait immédiatement. Par ailleurs, il avait obtenu des informations sur Durga. Des papiers que la gardienne de la maison d'arrêt avait accepté de lui remettre en échange d'une certaine somme, sans aucun doute.

Je restai assise sous la véranda dans un état d'hébétement jusqu'à ce qu'il arrive. Je n'avais jamais été aussi soulagée de voir quelqu'un de toute ma vie. Il entra dans la maison et prit des photos de Sharda malgré les fortes protestations de l'infirmière, qui finit par se réfugier dans l'autre pièce en marmonnant qu'elle allait appeler Amarjit. Sharda était toujours allongée sur le lit, sans avoir conscience de cette nouvelle présence et du flash de l'appareil qui illuminait ses yeux.

Je restai assise dehors, toujours incapable de bouger. Tandis que Gurmit achevait son travail, je lui demandai si nous devions l'emmener. Mais l'infirmière refusa de défaire les menottes. Quand Gurmit la menaça de toutes sortes de conséquences terribles, elle expliqua que c'était Ramnath qui en avait les clés.

Pendant que nous nous disputions avec elle, Manubhai, absent jusque-là, fit son apparition et je compris que tout était fichu. Il nous dit qu'il allait appeler Ramnath et cette menace suffit à nous faire quitter les lieux sur-le-champ. Il essaya d'arracher l'appareil photo des mains de Gurmit, mais celui-ci passa rapidement un bras autour de mes épaules et me poussa dehors en direction de la voiture. Je ne cessais de protester et de crier. Cependant, je ne me rappelle plus mes paroles exactes.

Les souvenirs de cette journée me reviennent par flashs maintenant, un peu comme quand un éclair illumine soudain une nuit sombre et orageuse. Mais le reste du temps, tout reste caché, obscur – un fouillis absurde de formes et de voix.

Dans la voiture, je m'autorisai enfin à fondre en larmes. Je ne me souviens pas de quel véhicule il s'agissait, ni de ce que j'ai dit au chauffeur avec qui j'étais venue. Je posai la tête sur l'épaule de Gurmit et tout le long du chemin jusqu'à Amritsar, je pleurai. Quand il me remit les papiers, le journal que tenait Durga à la maison d'arrêt, je pleurai encore plus.

Il me donna une version papier des e-mails inquiets de Binny, puis la photo de Rahul, l'enfant aux yeux verts, et de Mandy, une vraie petite poupée. Mais c'est Rahul que je ne pus m'empêcher de contempler pendant de longues minutes. Pourquoi avais-je résisté à l'évidence aussi longtemps ? Je ressentis un énorme soulagement à l'idée d'approcher enfin de la vérité, mais aussi un douloureux sentiment de perte.

*

À simransingh@hotmail.com

c'est la quatrième fois que je vs écris sans avoir aucune réponse. j'ai essayé de vs joindre à la maison d'hôtes, j'ai finalement obtenu le numéro en appelant le bureau d'amarjit, mais on me dit que vs êtes sortie pour la journée. Je ne sais pas ce qui se passe, et j'entends toutes sortes de rumeurs venant des journalistes. c'est vrai qu'ils ont emmené durga à amritsar ? pourquoi, pourquoi, pourquoi ?

où êtes-vs, je suis malade d'inquiétude. monsieur harpreet m'a de nouveau appelée, mais j'ai demandé à ma mère de lui dire que j'étais souffrante. Je le suis vraiment. Je croyais que vs arriveriez à sortir durga de cette situation…

vs savez qu'enfant, elle a failli être tuée par sa famille, tout comme sa sœur ? ils n'ont jamais voulu de ces filles. c'est pour ça qu'elle me protège autant, elle a souffert pendant ses quatorze années d'existence, on ne peut pas imaginer ce que ça fait d'être un bébé non désiré, superflu. c'est seulement pour cette raison qu'elle était en colère. ils se servent de cette colère contre elle. ne les laissez pas faire.

je vous en prie, écrivez-moi vite. nous vs embrassons tous, binny

Chapitre 14

Cette journée aussi a commencé de manière étrange. Le médecin est venu et on m'a retiré tous mes vêtements, même mon kara[1] *et mes boucles d'oreilles. Ensuite, j'ai dû enfiler une blouse d'hôpital. Des gens m'ont dit qu'ils devaient procéder à des analyses et puis ils m'ont fait une piqûre, et alors je me suis rendormie. Je ne sais pas si j'ai mangé, car je ne fais plus très bien la différence entre le jour et la nuit. On m'a mise dans un fourgon et emmenée à un autre endroit. Une fois là-bas, ils se sont montrés très stricts avec moi. J'entendais des gens crier et pousser des hurlements, et il y avait des barreaux tout autour de la cellule où on m'avait laissée. Mais je savais que ce n'était pas une prison normale, parce que tout le monde n'arrêtait pas de me bousculer et de dire « une nouvelle folle est parmi nous ».*

Ainsi, j'ai compris qu'ils m'avaient finalement emmenée là où Didi avait dû vivre à une époque. Ils m'ont donné une pilule à avaler, mais je ne l'ai pas encore prise. Je le ferai seulement quand j'aurai fini cette lettre, car je veux pouvoir tout noter clairement.

---

1. Bracelet en argent que portent les sikhs.

J'ai demandé du papier et un crayon à une infirmière, afin de pouvoir vous écrire. Je sais que vous allez venir me chercher. Je sais que vous n'allez ni m'oublier, ni me faire de mal. Elle a promis de la poster pour moi. Mais maintenant qu'on m'a déclarée officiellement folle, qui sait si elle va vraiment le faire ?

C'est marrant que ce soit devenu une telle habitude. Il y a deux semaines, je ne vous connaissais pas, et maintenant je pense à vous tous les jours, je vous parle dans ma tête, je passe mon temps à vous écrire ces lettres. Peut-être qu'un jour, si jamais vous me retrouvez, je vous raconterai tout. Vraiment. Tout.

Je n'en veux pas vraiment à Ramnath, vous savez. Il s'est comporté comme un serviteur loyal envers mes parents. Il n'a fait que suivre leurs ordres, même après leur mort. En fait, je m'attendais à tout ce qui vient d'arriver, parce que je savais que les événements de cette nuit-là me rattraperaient d'une façon ou d'une autre. Comment pourraient-ils me libérer aussi facilement, ces fantômes du passé qui ont voulu ma mort dès l'instant où je suis née ? Au cours des trois derniers mois, alors que j'étais enfin débarrassée de ces gens pour un petit moment au moins, je me suis souvent demandé à quoi aurait ressemblé ma vie si j'avais été une enfant aimée, désirée et choyée. Si ma mère ne m'avait pas détestée parce que j'étais une fille.

Parfois, Didi et moi nous abandonnions à ce rêve tout en jouant à nos jeux secrets. Elle était à la fois ma mère et mon amoureuse, parce que personne d'autre autour de nous ne comprenait ce que voulait dire aimer.

Alors je suis prête maintenant. À subir les coups, les électrochocs et la torture. À perdre la tête et à devenir comme Didi. Je veux que vous sachiez que je n'ai pas peur du tout, et que je m'en réjouis, même.

Maye ni maye, main ik shikra yaar banaya… *Vous vous souvenez ?*

Maintenant que je suis folle, Ramnath va enfin pouvoir prendre possession de ce qu'il nous a envié pendant si longtemps. La maison hantée, vidée de tous ses habitants énervants. Combien de temps cet homme a-t-il passé à comploter et à tout organiser avant d'obtenir ce dont il rêvait le plus au monde ? J'ai toujours su qu'il était très intelligent, mais je ne connaîtrai jamais les conséquences réelles de ma propre imprudence. Pour être honnête, cependant… je suis contente et même soulagée de disparaître, de m'enfoncer dans les ténèbres. Quel bonheur de pouvoir me réfugier pour toujours dans l'autre monde, là où j'oublierai tout, tout de cette épouvantable nuit ou de l'horrible vie qui l'a précédée.

Après avoir vécu avec ces terribles souvenirs, je vais enfin pouvoir me laisser dominer par cet esprit vif et logique qui manigance, organise et s'inquiète, et qui toujours réfléchit, réfléchit, réfléchit…

C'est vrai, j'ai promis toutes ces choses dans l'intérêt de Didi, de Binny et dans son intérêt à lui. J'ai juré de rester silencieuse et de les laisser prendre les choses en main, pourvu que Didi et moi soyons ensemble. Ici, je suis finalement libre de dire tout ce que je veux. Ici, même si je raconte quelque chose à quelqu'un, qui me croira ? Et ce n'est pas grave, car je n'étais pas censée naître et survivre de toute façon.

Apparemment, nous avons le même destin, Didi et moi. À peine nées, on nous a sauvées de la mort pour nous faire vivre un véritable enfer. Mon seul espoir maintenant, c'est que Ramnath tienne sa promesse et qu'on m'enferme enfin avec ma sœur. Et dans notre folie, au moins, nous serons réunies. Ma sœur, ma mère, mon amoureuse.

Avec un peu de chance, j'entrerai très bientôt dans les ténèbres.

La voiture roula à tombeau ouvert jusqu'à Amritsar. Nous étions convaincus qu'il fallait rejoindre Durga aussi vite que possible, car Ramnath aurait certainement besoin de recueillir les preuves de son instabilité. Et comment en obtenir autrement qu'en demandant à ses amis de provoquer cet état ? De fabriquer des comptes rendus, de lui injecter des médicaments ?

De lui administrer les électrochocs interdits – probablement sans anesthésie, comme ils l'avaient fait avec Sharda.

J'espérais que mon vieil ami Prakash Goel, le directeur de l'hôpital psychiatrique, serait capable de s'opposer à ces demandes. En vérité, le patron était parfois le dernier à découvrir ce qui s'était vraiment passé. Il suffisait souvent de graisser quelques pattes un peu plus bas dans la hiérarchie.

Le fameux bâtiment rouge et gris se dressa devant moi d'un air menaçant. Je savais que je parlais trop, que je marchais trop vite, que je me comportais moi-même comme une folle. Je traînai presque Gurmit derrière moi jusqu'à l'accueil. *Vite, vite, vite*, murmurait sans cesse une voix dans ma tête. *Il est peut-être trop tard, trop tard, trop tard.* J'entendais encore les cris rauques de Sharda. Je voyais ses mains griffer l'air, son visage angoissé se déformer à chaque fois que réapparaissait le souvenir de la douleur et de la déchéance. Son langage incompréhensible exprimait un immense chagrin. Elle avait oublié tous les mots de notre langue parce qu'aucun ne pouvait exprimer ce qu'elle avait vécu.

Pendant que nous roulions vers Amritsar, une quantité de mystères s'éclaircirent grâce à la lecture du journal de Durga, même si j'aurais préféré le lire dans des circonstances moins tragiques.

À bien des égards, c'était l'histoire que Gurmit voulait déjà publier avant les meurtres – surtout celle des fœticides féminins. Il avait découvert cette pratique dans les cliniques locales auxquelles Santji avait fait don de grosses sommes d'argent. Là-bas, les médecins lui étaient beaucoup trop reconnaissants pour aller déposer une plainte auprès de la police. Il possédait même une clinique où l'on pratiquait l'avortement de façon systématique. Mais les rédacteurs en chef des différents journaux avaient évidemment rejeté ses déclarations, surtout celles qui impliquaient Ramnath, car c'était après tout un père de famille et un policier exceptionnel plusieurs fois médaillé.

Par ailleurs, Gurmit avait découvert d'autres faits troublants, qu'il n'avait pas tout à fait compris à l'époque. Il avait appris que monsieur Harpreet, cet homme injustement séduisant, voyait parfois Durga à la maison ou dans d'autres endroits, tels que de petits hôtels dans la banlieue de Jullundur. Ma Sukhi avait raison, comme toujours. Le professeur l'avait emmenée deux fois hors de la ville, mais à ce moment-là, Gurmit n'imaginait pas que Durga se trouvait au cœur d'un plus large complot ou que monsieur Harpreet lui donnait en fait des leçons d'un genre très particulier. Des leçons qui anéantiraient son existence tout entière, et en même temps, tous les gens qu'elle avait connus.

Comme l'enfant recherchait toujours l'amour dont elle était privée depuis la disparition de sa sœur, on avait dû la persuader de se tourner vers monsieur Harpreet. Durga avait alors trouvé en lui une personne qui aimait Sharda. À travers lui et à travers son corps, elle avait pu à nouveau aimer sa sœur. Aveuglée par son désespoir, elle n'avait jamais compris qu'il se servait de ses émotions et de sa sexualité pour la manipuler.

Au début, il avait probablement trouvé cette situation flatteuse mais ensuite, il avait utilisé l'enfant pour se venger, et peut-être même plus. Il avait alimenté la colère et la peine de Durga en lui rappelant le mépris et le traitement épouvantable que Sharda et elle avaient subis. Comme un parfait professeur, il lui avait enseigné le sens du mot « rébellion » au cours de leurs rendez-vous secrets. Il lui avait expliqué, pendant des après-midi sans doute passés à faire l'amour, qui étaient ses vrais ennemis. Il avait aidé la jeune créature blessée, privée du point d'ancrage de sa vie, à élaborer le plan qui sauverait l'enfant de Binny et vengerait les cruautés infligées à Sharda. J'avais compris dès notre première rencontre à quel point il pouvait se montrer intelligent et charmeur – combien donc il avait dû être difficile pour la jeune fille de lui résister ! Pendant ce temps, il avait pris soin de se bâtir une réputation d'homme parfait, attentionné et idéaliste.

En fin de compte, après avoir perdu Sharda, il avait épousé une femme défigurée par ses beaux-parents à cause d'une dot insuffisante, et adopté sa petite fille. C'est ce qu'il nous avait raconté et nous l'avions cru. Il était impossible de douter de la perfection de cette image.

Le détail qu'il avait omis de mentionner, mais que nous avions maintenant découvert, c'était la façon dont il avait encouragé l'adulation aveugle de Durga. Il avait agi avec beaucoup de subtilité et il avait probablement suffi que la famille décide de faire subir un avortement à Binny pour que Durga bascule dans son camp. Était-ce l'homme qui avait facilité l'organisation de cette nuit macabre ? On dit que la drogue sert souvent à laver le cerveau d'un futur meurtrier ; mais dans ce cas-là, il s'agissait d'amour, n'est-ce pas ? L'amour qui avait détruit une sœur était maintenant utilisé contre l'autre.

L'enfant sans défense qui désirait tant qu'on l'aime était tombée dans le piège, alors même que son doux amant la manipulait comme une poupée et la modelait à sa guise. Innocente et naïve, convaincue qu'il avait des projets pour elle, qu'une nouvelle vie lui était promise, elle s'était montrée malléable et obéissante à souhait.

Peut-être qu'il l'avait aidée à acheter le poison et lui avait suggéré d'inciter Binny à emmener son propre fils Rahul loin du pays. Il était peut-être même présent dans la maison ce soir-là afin d'orchestrer le déroulement des événements, de s'assurer que la peur de Durga avait disparu et que le plan était correctement exécuté. Il avait sans doute usé de son pouvoir sur elle pour la convaincre de rester, de sorte qu'elle devienne une coupable évidente. Dans son journal, il apparaissait qu'il l'avait violée. Il savait qu'elle mourrait plutôt que de le trahir. Elle avait tenu promesse.

Gurmit avait une autre théorie. Comme Ramnath savait depuis le début où se trouvait Sharda, il avait dit à Durga qu'il veillerait sur sa sœur si elle suivait ses instructions. C'était l'autre partie du marché. Après la mort de la famille, les retrouvailles finales.

Durga avait pu envoyer les photos de sa sœur à la presse dans l'espoir futile de faire éclater la vérité et de dévoiler les secrets de sa famille avant l'apocalypse. Mais rien ne s'était passé. Elle avait fait une dernière tentative en me demandant de lui apporter ses livres, car elle voulait que je tombe sur la photo de Sharda et que je parte à sa recherche. Cependant, je n'avais pas compris.

Monsieur Harpreet avait montré à Durga les conditions dans lesquelles vivait Sharda. Et soudain la jeune femme était réapparue propre, bénéficiant même de la présence d'une infirmière de la police. Ainsi, l'enfant reconnaissante qui n'avait aucun autre moyen d'aider sa sœur avait accepté de faire tout ce qu'on lui disait. Toutes ces années d'exclusion et de châtiments avaient fait d'elle une adolescente obéissante.

C'était un mélange dangereux – l'un de ceux que monsieur Harpreet aimait utiliser. Il avait fait pression sur elle jusqu'à ce qu'elle se soumette totalement à ses exigences. La nuit des meurtres, telle qu'elle était décrite dans son journal, démontrait s'il le fallait encore le pouvoir qu'il avait sur elle.

Et après ? Nous n'avions aucune preuve de rien et pourtant nous étions là, prêts à essayer de faire sortir une jeune fille d'un asile de fous comme si c'était la chose la plus facile au monde. Devant la porte, je pris une profonde inspiration et me tournai vers Gurmit.

« Écoute, avant d'entrer, je voudrais simplement te dire que je t'aime beaucoup et que je te remercie sincèrement, quoi qu'il arrive maintenant. J'étais en colère contre toi avant, et je sais que je t'ai conspué – mais tu faisais ton travail, tout comme je fais le mien en ce moment. Ça va te sembler d'un héroïsme totalement stupide et je ne suis pas sûre que je devrais dire ça : mais si nous pouvons la sauver d'une façon ou d'une autre…

— Je t'aime beaucoup moi aussi », m'interrompit Gurmit qui n'avait plus l'air d'avoir quinze ans de moins que moi, mais soudain beaucoup plus. Devant le sérieux de son expression, je me demandai ce qu'il pensait vraiment. *Quelle idée de m'être associé à cette vieille travailleuse sociale complètement dingue!* Ou peut-être: *Je risque d'être arrêté d'un moment à l'autre si je continue à contrarier Ramnath.*

«Tu sais, j'ai un tas de soi-disant amis à Jullundur, des gens que je connais pratiquement depuis que je suis née. Alors je me demande vraiment pourquoi, au lieu de me fier à eux, je t'ai choisi toi, le jeune sikh que j'ai rencontré il y a trois jours à peine.

— Une semaine. Je t'ai envoyé des fleurs, tu te rappelles? Il doit y avoir une espèce de connexion mystique entre nous.

— Est-ce que c'est une promesse?»

Il sourit. Et j'aimai la façon dont ce sourire remontait jusqu'à ses yeux. Il se dirigea avec moi vers le bureau du directeur et nous demandâmes à rencontrer Prakash Goel. La réceptionniste se souvenait de moi mais elle se montra réticente à nous laisser entrer: «Monsieur est en réunion avec le commissaire, monsieur Ramnath.»

Sans le savoir, elle venait d'agiter le chiffon rouge.

Gurmit sortit rapidement sa carte de journaliste et je lui répondis que c'était urgent. Avant qu'elle ait pu nous arrêter, chacun de nous entra dans le bureau et se retrouva face à trois personnes très surprises, en train de boire le thé. Prakash semblait franchement le plus étonné de tous.

Le regard toujours aussi chaleureux, monsieur Harpreet nous adressa un sourire poli. Ramnath, lui, nous salua avec une courtoisie feinte: «Bonjour, bonjour.» Aucune angoisse ne transparaissait sur leurs visages. Soudain, je commençai à me sentir un peu idiote. Je gardai l'image de Sharda fermement en tête, afin de pouvoir me raccrocher à ma colère.

« Simran, est-ce que ça vous ennuierait d'attendre que j'en aie terminé avec ces messieurs ? demanda Prakash.

— En fait, nous souhaitions vous voir tous les trois, dis-je en m'asseyant résolument sur une chaise. »

C'est drôle. Quand on est presque certain d'avoir développé la bonne théorie, il suffit de se retrouver face aux personnes concernées pour que celle-ci s'effondre comme un satané château de cartes. Ces types semblaient tellement normaux ! D'accord, l'un était toujours tiré à quatre épingles et l'autre, un professeur trop beau pour être vrai, mais fallait-il les pendre pour autant ? Je n'avais aucune preuve concrète : mes hypothèses ne reposaient que sur des rumeurs, le journal de Durga et l'ancienne enquête de Gurmit. Celui-ci devait d'ailleurs penser comme moi, car il me jeta un regard interrogateur. Pourtant nous savions que ce n'était pas le moment de faiblir. Nous ne pouvions nous appuyer que sur nos théories… mais il ne fallait pas oublier notre visite à Sharda.

Le principal était de ne pas nous montrer trop nerveux et de faire sortir Durga, d'une manière ou d'une autre.

« Vous réapparaissez toujours aux endroits les plus étranges, dit Ramnath. Amrinder m'avait bien prévenu. »

Il ajusta le pli de son pantalon en riant puis se cala dans son fauteuil et croisa les jambes. Ses chaussures noires vernies étincelaient toujours comme les phares d'une voiture.

Qu'est-ce qui m'énervait autant chez cet homme, à part sa femme et sa belle-mère ? Il me vint à l'esprit au moins une centaine de choses, mais ce n'était pas le moment de dresser des listes.

Monsieur Harpreet ne riait pas ; il me fixait d'un air triste. Ce n'était pas non plus le moment de penser à lui.

Gurmit tendit sa carte de visite à mon vieil ami Prakash et lança un regard narquois à Ramnath.

« Vous aviez dit dans votre interview que Durga ne serait pas transférée ici : je me trompe ?

— Il semble qu'elle soit schizophrène, comme sa sœur.

— Et vous l'avez découvert il y a trois jours seulement ?

— Puis-je voir le rapport du psychiatre qui vous a incité à l'amener ici ? Je l'ai vue il y a trois jours, moi aussi, et elle allait bien. Elle était absolument normale. Juste déprimée et très silencieuse, comme à chaque fois que je l'ai rencontrée », ajoutai-je rapidement.

Mon portable se mit à sonner. Maman.

« Je viens de recevoir une autre réponse à ton annonce. Tu vas être ravie, roucoula-t-elle joyeusement.

— Je te rappelle plus tard, Maman. » Je ne pus m'empêcher de lui répondre sèchement. Ma mère avait vraiment trouvé le parfait endroit pour débattre de questions matrimoniales : l'asile de fous.

J'éteignis mon portable et regardai Ramnath droit dans les yeux. Il me souriait d'un air suffisant. Curieusement, l'appel fortuit de ma mère déclencha en moi un élan de colère froide et je sentis ma haine pour cet homme broyer le dernier de mes doutes.

«Je ne crois pas que vous l'ayez transférée en raison d'une quelconque maladie mentale. Vous l'avez fait parce que vous avez vu la photo de Sharda. Je venais de la lui donner. Vous avez eu peur que quelqu'un apprenne ce qui lui était arrivé et force Durga à avouer toute l'histoire – une histoire qui vous implique tous les deux.»

Je m'aperçus en prononçant ces mots que je m'avançais beaucoup trop. Il ne s'agissait que de suppositions, après tout.

Monsieur Harpreet resta impassible. Il prit soin de ne pas regarder Ramnath. Celui-ci poussa un profond soupir. Il avait l'air fatigué et exaspéré, mais il s'efforça de me répondre avec tact.

«Je ne vois pas de quelle photo vous parlez. Pour le moment, nous avons besoin d'un vrai compte rendu médical sur l'état de Durga. Simran, malgré tout le respect que je vous dois, nous ne pouvons nous fier uniquement à vos analyses psychologiques un peu légères: désolé de vous le dire. Elle a commis un crime majeur et doit…

— Faites très attention à ce que vous allez dire, le coupa brusquement Gurmit. Vous portez une accusation très grave contre cette jeune fille et devant trois témoins…» Je mc tournai vers lui, stupéfaite. Je ne lui connaissais pas cette voix autoritaire et agressive.

Ramnath parut déconcerté. Il imaginait sans doute les titres un peu moins flatteurs que Gurmit rédigeait déjà. Mais sa confusion ne dura qu'un instant et il reprit d'un ton mielleux:

«Je vois que vous ignorez toujours les faits de ce dossier. Je vais donc tout vous expliquer, à vous et à Prakash, car il est nouveau ici et doit être très surpris de la façon dont nous nous comportons.

— J'ai assez de photos et d'interviews pour connaître toute l'histoire. Je travaille dessus depuis près d'un an, et encore plus depuis que j'ai reçu la photo de Sharda. La dernière fois, vous avez réussi à empêcher sa publication. Mais aujourd'hui, je vais remettre tout mon dossier à une chaîne de télé. Et celle-ci diffusera bientôt l'histoire d'une jeune fille rendue folle par un policier juste parce qu'elle est tombée amoureuse de la mauvaise personne. Tout le monde saura qu'elle a été violée et torturée dans cet asile, que le professeur qu'elle aimait a ensuite commencé à abuser de sa sœur, et que celle-ci se trouve maintenant dans le même asile. Nous avons le journal de Durga avec nous. Une chaîne d'informations se prépare à diffuser un reportage sur elle dès ce soir. Et c'est *vous* qui tout à coup allez vous retrouver au cœur de l'histoire.»

Visiblement, Prakash était de plus en plus mal à l'aise. Il s'essuya le front et nous regarda tous d'un air impuissant. Ce qu'il entendait le dépassait complètement et il semblait ne pas avoir très envie d'être mêlé à tout ça.

Je m'inclinai vers lui et dis doucement: «Je ne crois pas qu'il soit de votre ressort de garder une jeune fille innocente et saine d'esprit dans cet endroit. La situation va devenir très compliquée si les caméras de télévision viennent ici; on a toujours du mal à s'en débarrasser une fois qu'elles ont reniflé une histoire intéressante. Vous vous souvenez de cette affaire à l'Hôpital central? Elles ont campé devant l'établissement pendant près d'un mois, et je crois qu'à la fin, l'hôpital a eu des problèmes. Un grand nombre de médecins ont été renvoyés…

D'un autre côté, si vous permettiez à Durga de repartir avec nous et si la police classait l'affaire en alléguant un manque de preuves… Il n'y aurait pas de scandale.»

Gurmit hocha la tête. «Je suis prêt à annuler le reportage télé, si vous acceptez.»

Il y eut un long silence. Puis mon ami le directeur prit enfin la parole.

«Ramnathji… Je suis désolé, mais je crois que Simran a raison. Il est possible que je dispose d'informations erronées au sujet de cette jeune fille et je trouverais regrettable que nous lui causions le moindre tort.»

Monsieur Harpreet s'exprima pour la première fois depuis que nous étions entrés dans la pièce. «Nous ne le souhaitons pas non plus. Simranji et vous vous faites de fausses idées.»

Toujours cette voix suave, ce ton persuasif, la souffrance dans ces yeux verts. Malgré tout ce que je savais, je sentis la Terre se dérober sous mes pieds une fois encore. Il était si facile de penser que j'avais tort et lui raison !

« Harpreetji... » Je décidai de me montrer aussi formelle que lui. « Je suis sûre que les intérêts de Durga vous tiennent profondément à cœur. Après tout, votre fils est son neveu et vous allez être lié à elle un certain temps. Je sais aussi, d'après son journal, que vous l'aimiez, disons... beaucoup. Sa sœur avait seulement seize ans quand elle portait votre enfant, et Durga n'en a que quatorze. Ramnathji conviendra certainement que ce que vous leur avez fait pourrait être qualifié de viols si nous voulions porter plainte. »

Une expression peinée traversa le visage de monsieur Harpreet. Comme pouvais-je oser utiliser ce terrible mot ? Il avait seulement essayé de se lier d'amitié avec deux jeunes filles que leur propre famille maltraitait.

« Je regrette vraiment que vous ayez une si piètre opinion de moi. Je suis uniquement venu ici pour aider Durga à guérir. »

Je compris à son expression pourquoi il était si important de garder Sharda en vie. La preuve qu'elle était la mère de Rahul se trouvait dans son ADN, et c'était sans doute la seule partie de son être qui n'avait pas été définitivement endommagée. Gurmit avait bien mené ses recherches. À présent, toutes les informations que son journal avait refusé de publier éclataient au grand jour.

« Ramnathji… Le marché que nous vous proposons est très simple. Laissez Durga repartir avec nous et nous parviendrons peut-être à un compromis au sujet de la maison. »

Ramnath sembla soulagé, malgré lui. La maison de Company Bagh dont il avait compté les chandeliers dans ses rêves n'allait peut-être pas lui échapper en fin de compte. Et il y avait encore moyen de partager le butin avec Harpreet.

« Qu'est-ce qui me garantit que vous tiendrez parole ? » Sa bouche de beau parleur ne put retenir ces mots.

En entendant ces aveux indirects, Prakash se leva brusquement et refusa d'écouter le reste de notre conversation, à la fois horrifié et embarrassé. Comme moi, il n'avait pas fini d'assimiler la dure réalité de la vie dans ce Far West. Car elle n'avait certainement rien de plaisant. Il avait invité ces messieurs à discuter d'un cas probable de schizophrénie et au lieu de ça, on l'obligeait à écouter des histoires de viols, de meurtres et de querelles de propriété. Prakash appartenait à une famille de médecins honnêtes, établie à l'étranger depuis cinquante ans. Il avait complètement oublié qu'une vie normale en Inde était faite de tractations et que les gens ici marchandaient leur destin en permanence.

« Je pense que je vais donner des instructions pour que l'enfant parte avec vous, Simran, quoi qu'il en soit. Si la police préfère l'emmener, qu'elle le fasse, mais je ne vais pas pouvoir la garder ici. »

Monsieur Harpreet se tourna vers Ramnath. « Mais n'avez-vous pas déclaré dans des interviews que l'affaire était résolue ? »

Il y eut un soudain silence.

« Vous n'avez qu'à dire la vérité. On vous a donné de fausses informations sur l'implication de Durga et vous recherchez toujours le coupable. Et les médecins l'ont déclarée saine d'esprit. » La détermination de Gurmit était inébranlable.

Ramnath prit la parole. « Mais toutes les preuves la désignent comme coupable.

— Nous pouvons également en fournir qui vous désignent tous les deux. »

Il nous fallut peu de temps pour peaufiner notre marché. Gurmit leur céderait son appareil photo ainsi que le journal de Durga en échange de sa liberté.

Vint ensuite le moment le plus doux, lorsqu'une Durga groggy et à moitié endormie nous rejoignit à l'entrée. Il fut décidé que nous retournerions récupérer Sharda le lendemain, puisqu'il fallait d'abord trouver le meilleur endroit pour la faire soigner. Le reste des documents ne leur serait remis qu'à ce moment-là.

Au moment de quitter l'hôpital psychiatrique, monsieur Harpreet sembla chercher ses mots pour me dire combien je l'avais mal jugé. À quel point j'avais fait fausse route et quelle affection sincère il avait ressentie pour ces deux filles. Tant de choses étaient cachées sous la surface, tant d'intensité gardée secrète, mais il n'en ressortait rien en réalité : juste son propre instinct de conservation et cette aspiration constante. À quoi ? La reconnaissance, l'admiration ? « Ne vous méprenez pas », répétait-il sans cesse. J'étais incapable de dissimuler mon dégoût mais en même temps, l'expression meurtrie de son regard hypnotique m'ensorcelait. Aurais-je pu me tromper sur son compte, après tout ?

Alors que je la guidais prudemment vers la voiture, Durga, pourtant sonnée par les médicaments, eut une hésitation en passant devant lui. Elle lui tendit une main. « S'il vous plaît, ne me quittez pas, ne me quittez pas. » Le ton suppliant de sa voix me hérissa. Je repoussai la main de Harpreet, fis monter Durga dans la voiture et claquai la portière devant le visage affligé du professeur.

« N'essayez surtout pas de les recontacter, dis-je. Ni elle ni Sharda.

— Vous ne comprenez donc toujours pas ? » Sa voix restait calme et posée, mais il avait l'air bouleversé. « Je voulais seulement les aider. J'aime Sharda. »

J'ignore pourquoi ces paroles se fixèrent dans ma mémoire. Elles me hantèrent tout le long du trajet. En un sens il avait raison. Les filles n'auraient jamais pu venger la perte de leur enfance toutes seules. Elles étaient bien trop innocentes. Il les avait aidées à le faire, mais ce geste leur avait coûté terriblement cher.

*

À simransingh@hotmail.com

Chère Simi, quel soulagement. Je viens d'apprendre par un flash d'informations que mon petit ange a été libéré et totalement disculpé. C'est une nouvelle merveilleuse… Gurmit m'a dit au téléphone que vs dormiez toutes les deux et que vs me parleriez demain. J'ai tellement hâte de vs entendre. J'ai encore du mal à récupérer après la tension de ces derniers jours. Mais appelez-moi vite.

Bien à vous, Binny

Chapitre 15

12.04.2008

On dit que rien n'est facile dans la vie et que chacun doit se battre s'il veut découvrir sa vraie personnalité et être heureux. Je suppose que l'endroit où je me trouve maintenant est enfin celui qui me rendra heureuse. J'ai passé les six derniers mois à me reposer et à tenter de devenir « normale », à essayer de faire des choses de filles – porter de beaux vêtements, des bijoux ou me vernir les ongles. Mais d'une certaine façon, je ne cesse de repenser à cette nuit-là et à ce qui s'est vraiment passé. Je n'ai évidemment rien oublié même si tu me rappelles sans arrêt que je devrais considérer ce souvenir comme un cauchemar. Que j'ai été forcée à faire certaines choses, que j'ai obéi avant tout parce que je me sentais rejetée et mal-aimée, que je l'ai fait pour ma sœur, pour monsieur Harpreet. Tu dis qu'il ne faut plus y penser, que je dois commencer une nouvelle vie… Me pardonner et apprendre à m'aimer.

Mais comment oublier la tyrannie de nos rêves ? Ils dominent ma vie depuis le début, avec leurs couleurs plus vraies que nature ; leurs paysages qui reflètent une joie que je ne ressentirai jamais. Je regarde ma pauvre sœur. Elle n'a pas non plus échappé à cette tyrannie. Pourquoi croyait-elle que les rêves se réalisent toujours ? À présent, elle ne vit pas dans un monde de rêve, mais dans un univers où ses cauchemars défilent sans arrêt. Je me souviens de ses seins doux et de son ventre qui s'arrondissait, de son odeur exquise quand je me pelotonnais contre elle, des jeux secrets qui occupaient notre vie nocturne…

Je la regarde maintenant, cette jeune femme brisée aux cheveux blancs. Ses yeux sont vitreux sous l'effet des médicaments. Ses doigts cherchent sans arrêt et volettent comme des oiseaux. C'est moi qu'ils cherchent, je le sais. Elle est rassurée quand je m'assois à côté d'elle. Elle cesse de gémir et d'utiliser des mots que je ne comprends pas, et puis elle caresse mon visage en silence… Je vois en elle toutes les sœurs et toutes les filles que ma famille a supprimées et enterrées. Quand je la regarde, je vois la terre brune du champ derrière notre maison, celle où l'on étouffait les bébés. Je ne peux rien oublier de tout ça, je ne peux pas oublier ces rêves injustes qui me forcent à agir différemment… Je veux être comme tout le monde mais ces rêves ne me laissent aucun répit ; ils me donnent envie, envie, envie…

Ils me donnent envie de détruire le monde et de le recréer, de le rendre plus aimant, plus juste… Et puis la colère, cette horrible colère réapparaît et je me sens vraiment comme Durga, la déesse que tu m'as montrée, avec ses myriades de mains et ses crânes autour du cou, la Durga qui a envie de taillader, d'arracher, de torturer et de blesser… d'imiter la violence qu'on a fait subir à ces pauvres petits bébés. J'ignore quand cette rage me quittera... Peut-être qu'elle s'estompera un peu quand je retournerai à l'école et commencerai à me faire des amis. D'après toi, ce sont les vagues d'une mer en colère qui continuent à me submerger. Mais si je laisse les eaux se calmer, je finirai par y découvrir de beaux poissons, des algues colorées et des récifs de corail. Tu dis que je dois apprendre à suivre le courant, au lieu de nager contre lui.

Binny sera bientôt ici et peut-être que la présence du bébé me changera les idées. Je suis tellement contente de rencontrer une petite fille normale, en bonne santé, aimée de tous. J'ai hâte de revoir Rahul aussi. Cependant, il risque de ne pas venir à cause des procédures d'adoption toujours en cours.

Et moi ? Qu'est-ce qu'il va m'arriver à moi, l'enfant qui n'aurait pas dû naître ? Je ne te l'ai pas dit, mais il m'a envoyé un e-mail hier. Que me veut-il maintenant, est-ce que le passé ne me laissera jamais tranquille ? Parfois, sa voix douce résonne encore dans ma tête, ses mains sur mon corps me font faire des choses que je n'ai jamais voulu faire, m'enseignent des choses que je n'ai jamais voulu connaître. Il s'est emparé de mon être si totalement après le départ de Didi que je pensais à lui jour et nuit. La vérité, c'est qu'il arrivait à entrer dans ma tête. D'après toi, c'est parce que j'étais très jeune, mais je voulais tout ça, je le voulais lui, et oui, je crois que je voulais même qu'ils meurent tous. Est-ce que je pourrai te le dire un jour ? Est-ce que tu m'écouteras ?

Quand j'attendais que Didi revienne, j'ai aussi cru qu'il viendrait me chercher tout au bout de ce long tunnel tout noir. Alors, j'ai attendu, attendu, attendu. Au lieu de ça, c'est toi qui es venue, et je sais que tu ne me diras jamais ce qu'il faisait à l'hôpital ce soir-là. Je me rappelle l'avoir vu même si j'étais abrutie par les médicaments, mais tu changes toujours de sujet quand je parle de lui. Je crois savoir pourquoi.

Alors je me demande si je dois lui répondre. Est-ce que tu seras fâchée ? Je n'ose pas te poser la question.

En fin de compte, on dirait bien que cette affaire, que je pensais être la dernière de ma carrière, m'a changé la vie. Je suis rentrée à la maison avec Durga. Pour une raison que j'ignore encore, Amarjit a accepté qu'elle reste avec moi quand Ramnath le lui a suggéré. Le fait qu'il ait perdu toute crédibilité à mes yeux l'a peut-être enfin touché. Il a voulu qu'on prenne tous un nouveau départ. Peut-être même qu'il souhaitait vraiment sauver Durga, comme il le prétendait. Quand la police a officiellement classé l'affaire, ma mère s'est soudain retrouvée avec une petite-fille de quatorze ans au passé plutôt mouvementé. Elles semblent s'apprécier, assez curieusement. Durga trouve sans doute le mode de vie frivole de ma mère assez agréable après la dépression sévère dont elle a souffert pendant les mois qui ont suivi la disparition de sa sœur. Tout ce dont elle a besoin, c'est d'amour et de sécurité. Elle dort mieux déjà, et les cernes autour de ses yeux s'estompent jour après jour.

Ma mère est heureuse de cuisiner pour Durga et ensemble, elles passent des heures dans la cuisine à discuter de recettes ou à en essayer de nouvelles. Finalement, tout le monde a droit à une seconde chance dans la vie. Peut-être qu'en cette adolescente maltraitée psychologiquement, ma mère voit l'occasion de comprendre enfin sa propre fille. Après avoir traversé une période d'incertitude totale, nous essayons aujourd'hui de rendre l'ambiance aussi joyeuse que possible pour Durga. Nous avons vraiment été à deux doigts de la perdre. Et parfois je vois dans ses yeux qu'elle le sait aussi.

Je dois avouer que j'ai décidé d'abandonner mes recherches sur ce qui s'est passé cette nuit-là, il y a neuf mois, dans la maison de Company Bagh. Il fallait que nous tournions la page d'une manière ou d'une autre, et je me suis dit qu'un jour, Durga serait peut-être capable de regarder en face son rôle pendant cette horrible nuit. Quand elle aura pris assez de recul par rapport à ces événements, elle pourra me les raconter. Comme elle refuse de parler de sa famille – elle ne le fait que pendant ses soudains accès de colère –, j'en conclus qu'elle ne lui a pas pardonné non plus. Ce mode de vie entièrement patriarcal, cette façon de traiter ses filles, la négation de leur sexualité… Je pourrais écrire tout un livre sur la famille Atwal. Durga se rappelle très clairement le cimetière derrière la maison, les histoires de petites filles systématiquement assassinées, l'incapacité des deux sœurs à seulement sortir de la maison. Elle n'a toujours pas accepté cette inégalité inhumaine. Qu'est-ce qui n'allait pas chez elle ? Cette question continue à la tourmenter.

Mais de cette nuit, à part ce que j'ai lu dans son journal, je sais très peu de choses. Elle semble aussi avoir tout oublié. Comment est-ce que ça a pu arriver ? Ai-je eu peur que l'histoire se répète, qu'on puisse la convaincre de se retourner contre nous ? J'en doute. D'après moi, elle souffrait d'un grand manque d'amour et d'une vraie solitude quand monsieur Harpreet a commencé à se servir de ses émotions. Aujourd'hui, les choses sont très différentes. C'est un soulagement de savoir que sa relation avec lui appartient au passé. Avec le temps, ce tatouage puéril sur son bras s'effacera aussi.

Si je refuse d'en savoir plus sur les meurtres, c'est aussi parce que nous sommes arrivés à un compromis avec Ramnath, qui rachète la maison de Company Bagh à un prix plus bas que celui du marché. Je crois que ni Binny ni Durga ne seraient capables d'y vivre ; dès lors autant s'en débarrasser. Quand Binny viendra ici, elles signeront les papiers et je lui raconterai tout. Elle ignore encore les détails de ce qui s'est passé, car elle est toujours très fragile et nous devons veiller sur elle. Binny n'a toujours pas encaissé le choc de l'internement de Durga. Elle se sent coupable.

Il peut paraître étrange que j'arrive encore à traiter avec les personnages de cette affaire, après avoir vu leurs pires côtés. Je suppose que toutes ces années de travail auprès de prisonniers m'ont endurcie. La seule chose qui me touche encore, c'est Durga, et j'espère bien réussir un jour à la sortir de là.

Sortir un enfant de prison, lui permettre de retrouver le monde libre et l'aider, peut-être, à commencer une nouvelle vie, voilà ce que j'ai toujours voulu faire et ce pour quoi j'ai toujours lutté. Cette rédemption que j'espère, finira-t-elle par arriver ?

Serais-je en train de faire des expériences en agissant de la sorte ? Me prendrais-je donc pour Dieu ? Peut-être. Atteindrai-je mon but ? Qui sait. Tous mes efforts se révéleront utiles le jour où Durga sera devenue une femme normale, active et indépendante, avec une famille peut-être, et qu'elle vivra auprès de quelqu'un qui l'aime.

Bon : la vraie raison pour laquelle je ne veux rien savoir de cette nuit-là est que j'ai commencé à m'attacher profondément à Durga. Elle a besoin d'une vie entière d'amour et de protection, et je crois que j'avais raison en disant que ce serait ma dernière affaire. J'attends le moment où elle sortira du monde de ténèbres dans lequel on l'a poussée, et où elle sera enfin libre. Libre de ces fantômes qui la hantent et libre de monsieur Harpreet, aussi. Je vois encore ces images dans ses yeux. Elle me raconte que sa sœur souhaitait devenir agent de change, et combien elle rêve elle-même de devenir médecin ou ingénieur. Si elle y met du sien, je suis sûre qu'elle arrivera à ses fins et ce succès justifiera toutes ces années de souffrance. Elle prouvera que sa sœur avait raison quand elle disait que personne ne parviendrait jamais à les tuer. Sa vie aura un but.

Sharda suit un traitement et les médecins pensent que les médicaments vont la rendre plus calme. Elle essaie déjà de communiquer avec Durga, qui semble être la seule à pouvoir se faire comprendre d'elle.

Ma mère a du mal à supporter le fait de partager sa maison avec cette étrange créature au langage si particulier, qui est incapable de se prendre en charge. Mais je crois qu'elle la plaint en même temps. Par chance, mon père nous a laissé un énorme bungalow dans le sud de Delhi ; alors si jamais l'une n'a pas envie de croiser l'autre, la séparation entre les deux étages permet de l'éviter. L'argent de papa nous permet aussi d'employer une infirmière à plein temps pour Sharda. Je ne pense pas qu'il s'y serait opposé.

Pour finir, ma mère a presque renoncé à me chercher un fiancé. Je crois qu'elle éprouve une pointe d'affection pour Gurmit, car elle ne s'est pas plainte une seule fois de notre différence d'âge. Elle flirte avec lui de temps en temps, et ne voit pas d'inconvénient à ce qu'il la taquine ou l'emmène prendre un café. Il vient à la maison le week-end et nous passons notre temps à boire de la bière et à parler. Parfois, nous faisons beaucoup plus que ça heureusement. Malgré toutes nos différences, nous allons bien ensemble.

*

À simransingh@hotmail.com

Chère Simi, une chose très étrange est arrivée aujourd'hui. Monsieur Harpreet est apparu sur le pas de ma porte ! Pourquoi personne ne m'a dit qu'il était aussi beau ? Et ces yeux verts, on s'y noierait. Il ressemble beaucoup à Rahul, ou c'est peut-être l'inverse, et je comprends maintenant pourquoi il voulait nous rencontrer. Je me sens déjà mieux. Mandy l'aime beaucoup elle aussi. Alors nous sortons aujourd'hui, je l'emmène faire un peu de tourisme.

Souhaitez-moi bonne chance, Binny

Mot de l'auteur

Si tous les personnages et les lieux de ce livre sont entièrement fictifs, les événements qui s'y déroulent ne le sont pas. La police, le système judiciaire, le monde politique, les médias et la société incivile se font tous les complices de la corruption qui règne en Inde. Mon père, Padam Rosha, a sans doute été l'un des très rares policiers incorruptibles en poste dans le nord du pays. Il a eu le courage de lutter contre des hommes politiques puissants – et en a souvent subi les conséquences. Mais comme l'a prouvé une fois de plus le cas de Ruchika Girhotra, les policiers comme lui ne sont pas légion en Inde et l'égalité des sexes y est toujours traitée avec mépris.

Remerciements

Il est toujours plus facile d'écrire un premier roman lorsque les gens croient en vous. J'aimerais donc remercier ma merveilleuse éditrice Karthika V. K., de Harper Collins India, pour son soutien et ses remarques constructives. Un million de *shukriyas* à Meghnad, mon mari, et à Mallika, ma fille, pour leurs points de vue clairs et impartiaux, à mes parents, Padam et Rajini Rosha, et à Gaurav, mon fils, pour leur précieuse contribution et leur compréhension – la vie d'un écrivain n'étant pas toujours un long fleuve tranquille.

J'aimerais également exprimer toute ma reconnaissance à Khushwant Singh (bien que ce livre ne soit pas celui qu'il voulait me voir écrire en premier). Si j'ai été capable de m'imaginer écrivain, c'est grâce à sa foi en mes compétences.

Je remercie en outre Julian Friedman, mon agent, et Simon Petherick, mon éditeur au Royaume-Uni, de m'avoir suggéré de faire de Simran le personnage central d'une série de livres. Dès lors, ne manquez pas le retour de Simran !

Achevé d'imprimer en octobre 2014
sur les presses de l'imprimerie Pulsio
pour le compte des éditions de l'Aube
rue Amédée-Giniès, F-84240 La Tour d'Aigues

Numéro d'édition : 1097
Dépôt légal : novembre 2014
N° d'impression :

Imprimé en Europe